KB155195

이혼 후 처음

이혼 후 처음

이윤정 장편 소설

2

DAHYANG
ROMANCE STORY

*for the first time
since the divorce*

목차

2부

13. 열병이었다   009

14. 신경 쓰여요   050

15. 원하는 건 뭐든   088

16. 가슴에 담긴 말   136

17. 욕망이 사랑의 증명이라는 것처럼   173

18. 철저하게 복수를   212

19. 그 거짓도 진심이 되리라   250

20. 아무도 알지 못하는   291

21. 처음을 시작했다   331

2부

13.

열병이었다

고은이 눈을 떴을 땐 이미 침대 옆자리는 비워져 있었다. 이것을 바라고 도하 몰래 처방받은 수면제를 삼키고 잠자리에 들었다. 그와 살던 빌라로 되돌아온 날, 고은은 예전처럼 돌아갈 수 없다는 걸 직접 눈으로 보고 깨달았다.

공간은 아예 다르게 변해 있었다. 그녀가 묵었던 침실은 서재로 변해 있었고, 잠들 수 있는 곳은 도하와 함께 쓸 그의 방뿐이었다. 그는 첫 번째 결혼 때와는 달리 그녀를 자신의 옆에 두지 못해 안달이 나 있었다.

'부부라면 당연히 한방을 쓰는 게 맞잖아요?'

그의 말은 뒤쪽에서 대기하고 있던 비서와 여사님들에게도 또렷하게 들렸을 것이다. 그들은 고개를 숙이고 시선을 피했지만 도하가 어떤 말을 건네는지 궁금해하는 표정들이었다. 주인이 이전과 달라졌다. 기억을 잃었다고 하더니 그 말이 진짜인가. 예전 아내를 데려와 정말 사랑했던 사이처럼 행동하는 그를 되돌아본다.

도하는 그것을 즐기듯 고은과의 생활을 이전과 180도 다르게 설정해 놓았다. 고은은 자신이 마치 그가 벌이는 연극 안에 들어와 감정 없이 움직이는 인형이 된 것만 같기도 했다. 거기에 기꺼이 동참해 주겠다, 체념하고 이곳으로 되돌아왔지만 시간이 흘러도 그와의 동침엔 전혀 익숙해지지 않았다.

그는 아버지의 회사로 출근했다. 주말도 없이 일을 배웠다. 정시에 일어나 아침을 먹고 출근한 뒤 저녁을 먹기 전 퇴근했다. 그리고 고은과 함께 저녁을 먹었다. 자신의 일상을 다정하게 이야기했다. 고은의 밥그릇 위에 그녀가 좋아하는 반찬들을 올려 주고선 맛있게 먹어 주길 바랐다.

식사가 끝나면 서재로 들어가 남은 일을 했다. 그리고 고은이 먼저 침대 안으로 들어가 잠들면 뒤늦게 나타났다. 성적인 행위를 요구하진 않았다. 그녀가 먼저 잠들어 버려서 그랬을지도 모르지만 그녀의 이마나 볼에 짧은 입맞춤을 하는 게 다였다. 그것이면 만족한다는 것처럼.

똑똑.

여지없이 정확한 시간에 방문이 두드려졌다. 고은은 침대에서 내려와 간단히 로브를 걸치고 문을 열었다. 집안일을 총괄하는 김 여사가 커피 한 잔을 들고 문 앞에 서 있었다. 이러지 않으셔도 된다고 해도 그녀는 전처럼 수긍하지 않았다.

자신이 할 일이라고 일렀다. 도하가 거르지 말고 꼭 해 달라고 지시한 리스트 안에 들어 있는 것이라 어쩔 수가 없다고 했다. 그 말에 고은은 더 이상 고집을 부리지 않았다. 이 집의 주인이 누구인지 안다. 그녀는 그저 구색을 맞추는 인형처럼 그의 옆에 존재하고 있을 뿐이었으니까.

"감사합니다."

"얼른 아침 준비하겠습니다."

김 여사는 자신의 할 일을 마무리하고 재빨리 돌아섰다. 고은은 그녀가 건네준 커피 잔을 내려다보며 한참이나 멍하니 서 있었다. 공주놀이가 이런 걸까. 그녀는 어릴 적에도 해 본 적 없는 역할극을 떠올렸다.

커피를 테이블 위에 내려놓고 드레스 룸으로 들어간 고은은 오늘

입을 옷을 골랐다. 그녀가 집에서 챙겨 온 옷들은 이미 그녀의 시야에서 사라진 지 오래였다. 김 여사의 지시에 의해 쓰레기통으로 직행해 버렸을지도 모른다. 고은은 고가의 옷과 가방, 액세서리로 가득 채워진 드레스 룸 안에서 작은 한숨을 내쉬었다.

샤워를 한 후 옷을 갈아입고 나오자 커피는 미지근하게 식어 있었다. 고은이 그것을 물처럼 마신 후 돌아서려 할 때였다. 테이블에 놓아둔 핸드폰이 울렸다. 화면 안에는 도하의 이름이 찍혀 있었다. 평일, 주말 상관없이 아침 시간엔 회의가 많다며 그는 주로 오후에 전화를 걸어 오곤 했다. 고은은 곧장 통화 버튼을 누르지 못한 채 서 있었다.

아무렇지 않게 행동하면 될 것을. 아직도 이 모든 게 버겁고 맞지 않은 옷을 입은 것처럼 불편하기만 했다. 고은이 전화를 받지 않고 핸드폰을 내려놓자 곧 문자가 들어왔다.

[일어났어요?]

[시간이 비어서 전화했어요.]

[목소리 듣고 싶어서.]

문자를 확인한 고은은 그대로 침대에 다시 누워 버렸다. 가슴 안에 물기를 가득 머금은 먹구름이 다시 빈틈없이 들어차는 기분이었다.

명치가 아팠다. 그가 하는 모든 것들이 연극이고 쇼라는 걸 알면서도 고은은 자꾸만 그녀의 뒤를 좇는 그의 눈빛을 떠올렸다.

도무지 잠들 수가 없던 날, 눈을 감은 채 잠든 척을 하고 있는데, 그가 뺨을 어루만지며 그녀의 이마에 입술을 가져다 댔다. 그 순간, 고은은 금세 코끝이 찡해지고 말았다. 아무렇지 않은 척 몸을 돌려 눕자, 도하의 따뜻한 상체가 그녀의 등에 와 닿았다. 살며시 그녀를 안은 채 곤히 잠든 그의 숨소리가 그녀를 안심하게 만들면서도 한없이 무너지도록 했다. 그를 사랑하지 말아야지, 수없이 다짐했던 게 아무 소용 없는 것처럼 그녀를 또 다른 바보로 만들었다.

"그…… 사람이요?"

"네. 비서부터 보내셨나 보네요."

아침 밥상을 마주하기도 전에 고은은 도하가 보낸 비서와 마주해야 했다. 문 앞에서 대기하고 있던 그의 비서는 부담스러울 정도로 깍듯하게 인사를 건네 왔다. 옆에서 지금 상황을 자세히 설명해 준 건 김 여사였다.

그는 그녀가 전화를 받지 않자 참지 못하고 김 여사에게 전화를 걸었고, 고은이 왜 전화를 받지 못했는지에 대해 설명하라고 했단다. 안방으로 들어온 김 여사는 고은의 샤워 소리를 들었고 그걸 도하에게 들려주었다. 그제야 안심한 도하는 고은의 식사 여부를 물었다.

아직 먹지 않았다는 말에 도하는 비서를 보내겠다고 했다. 주말 아침 일정이 틀어져 시간이 비었고, 고은과 오랜만에 바깥 데이트를 하고 싶다는 이유에서였다. 그런 말들을 아무렇지 않게 김 여사에게 건넸다는 것도 고은은 받아들이기 쉽지 않았다. 도대체 도하의 본모습은 무엇일까. 그녀가 알던 사람은 가짜일까, 진짜일까. 추리해 보려해도 소용없는 망상들만 머릿속을 부유하듯 떠다닐 뿐이었다.

"얼른 준비하고 나오세요."

고은이 서두르지 않고 멍하니 서 있자 김 여사가 그녀를 재촉하듯이 말을 덧붙였다. 사람을 보내 놨으니 분명히 기다리고 있을 것이다. 지체하게 된다면, 김 여사가 업무를 제대로 하지 않았다는 뜻이 될지도 몰랐다.

고은은 재촉하는 김 여사와 그녀만 기다리고 서 있는 비서를 번갈아 바라봤다. 이런 상황에서 어느 누구에게도 피해가 가지 않도록 행동해야만 하는 고은의 성격을 알기에 도하는 이런 방식을 선택한 걸까. 모르겠다. 그의 적극적인 표현들이 부담스럽기만 한 고은으로선 감정을 다스릴 여유조차 주어지지 않는 기분이었다.

언제나처럼 고은은 인형이 되어 기계적으로 드레스 룸에 들어섰다. 그 뒤를 김 여사가 따라 들어올지 몰랐던 고은은 그녀가 골라 준 원피스를 손에 쥐고 서 있어야만 했다.

"이사님이 주말에 사 두신 거예요. 아주 예쁘죠?"

"……."

고은은 말없이 원피스만 내려다봤다.

"얼른 갈아입으세요."

김 여사는 그녀의 등을 밀어 환복실 쪽으로 향하게 만들었다. 도하가 그녀의 옷을 하나둘 사다 나르고 있다는 건 알고 있었다. 모두 원피스나 투피스 위주의 부담스러운 옷들이었다. 격식을 갖출 때 입는 옷들이 그의 취향인 걸까.

고은은 어쩔 수 없이 예전을 떠올릴 수밖에 없었다. 그와 함께 살기 시작하면서 고은은 나름 옷에 신경을 썼다. 하지만 그녀 자체가 외모에 관심을 가지는 편이 아니었다. 사치 또한 부리지 않는 삶을 살아왔기에 기껏 신경 써서 꾸며 입어도 깔끔한 블라우스 정도였다. 그리고 하의는 깔끔한 청바지를 입었다.

그런 여자의 옷을 바라보면서 도하는 무슨 생각을 했을까. 촬영 현장에서 상대하는 수많은 여자 연예인들과 꾸미는 게 뭔지도 모르는 여자를 비교하는 건 당연한 걸지도 모른다.

옷을 갈아입고 거울 앞에 선 고은은 잠시 쓴웃음을 지었다. 눈앞에 있는 여자는 다른 사람 같았다. 옷이 날개란 말을 이럴 때 쓰는 걸까. 그 날개가 잘 어울리는 여자가 필요해 이런 쇼를 벌이는 것이라면 더 좋은 상대가 있을 텐데. 고은은 여전히 도하를 이해하지 못한 채 드레스 룸을 빠져나왔다.

도하를 만나기 전, 그녀를 차에 태운 비서가 향한 곳은 고급 숍이었다. 헤어와 메이크업은 이곳에서 받으라는 지시가 떨어졌다고 했다. 화장기 없이 말갛기만 한 자신의 얼굴이 부끄러워지는 순간이었다.

비서의 안내를 받고 그녀는 헤어와 메이크업을 마쳤다. 새 옷을 입고 어색하게 서 있던 여자와 지금의 여자는 또 달랐다.

완벽한 인형의 모습이 이런 걸까. 숍을 빠져나온 고은은 더 이상 자신의 외모를 들여다보는 짓을 하지 않았다. 지금은 그저 우도하의 와이프인 것이지, 이고은은 아니었다.

비서는 그녀를 차에 태운 후 곧장 도하가 말한 장소로 직행했다. 청담동의 한 미술 전시장이었다. 건물은 카페와 레스토랑, 미술관으로 나눠져 있었다. VIP만 드나들 수 있는 프라이빗한 공간이란 걸 알려 주듯 들어가는 입구부터 출입 절차가 복잡했다.

비서의 능숙한 행동을 지켜보다 고은은 창밖으로 건물을 올려다봤다. 대학을 다닐 때였나. 같이 그림을 그리던 한 친구의 말이 떠올랐다. 청담동, 그런 곳에서 재벌들을 상대로 미술 전시나 하면서 살고 싶단 푸념이었다. 세상은 너무 불공평했고, 그림은 그 잘난 가진 자들의 예술적 허세를 채워 줄 도구 그 이상도 이하도 아니라고. 우리는 그런 시대에 살고 있다던 친구의 말이 갑자기 생각났다.

"안 내리고 뭐 해요?"

고은이 생각에서 빠져나오자 뒷좌석 문은 이미 열려 있었다. 비서 대신 도하가 문을 잡고 서 있었다. 오늘따라 그의 외모는 유난히 빛이 났다. 특별하게 꾸민 티가 나는 겉모습에 고은은 더 거리감을 느끼며 천천히 몸을 움직여 차 밖으로 나갔다.

"예쁘네요."

도하가 그녀의 모습을 감상하듯 시선을 아래로 내렸다. 당신이 원한 여자가 이런 사람이에요? 이 정도로 정말 만족해요? 고은은 눈으로 물었다. 도하는 쓸쓸한 그녀의 눈빛을 모른 척하며 그녀의 손을 붙잡았다. 언제나처럼 그의 손은 아주 잔인할 정도로 따뜻했다.

그의 손에 붙잡혀 레스토랑 안으로 들어서자 공간은 생각보다 훨씬 더 조용했다. 도하는 총지배인으로 보이는 중년의 남자에게 안내를 받아 창가 쪽으로 다가갔다. 투명한 유리문이 열리자 특별한 테이블이 놓인 비밀의 장소가 나타났다. 음식은 그가 이미 주문을 해 놓았는지 직원은 코스를 차례대로 준비하겠다는 말을 남기고 재빨리 사라졌다.

"앉아요."

그제야 고은의 손을 놓은 도하는 테이블 의자를 빼내어 주었다. 몸에 밴 듯 자연스러운 행동이었다. 고은은 기다리며 서 있는 그와 시선을 마주했다. 그가 하자는 대로, 이 역할극에 감정 없이 응해 주겠다고 했지만 이곳에 오기까지 그녀는 머릿속에 수십 번의 물음표를 달아야만 했다. 익숙해지려 해도 그렇게 되지가 않았다. 생각하지 않겠다고 했지만 생각은 더 깊어져만 갔다.

"싫은 거 아는데."

도하가 체념하듯 웃고선 고은을 억지로 앉혔다. 그러고는 맞은편으로 걸어가 자신도 큰 몸을 접어 의자에 자리를 잡았다. 두 사람은 말없이 서로를 건너다보았다. 마치 눈싸움을 하는 것도 같았다. 예전에 상대의 눈동자에서 멀어지려 노력한 쪽은 고은이었다. 하지만 이젠 도하가 먼저 고개를 돌리며 웃어 버렸다.

"그래도 나름 준비한 거예요. 좀, 좋아하는 척이라도 해 줘요."

목이 타는 듯 그가 물잔을 들어 올렸다. 고은은 도하가 긴장하는 모습을 처음 보았다. 그의 입술 끝이 미세하게 떨렸다.

하지만 그걸 관찰하고 있는 자신이 우스워지는 건 순식간이었다. 연기가 직업인 사람에게는 이런 행동조차도 계산될 수 있다는 걸 모르는 바보가 그녀였다.

"밥부터 먹어요. 느긋하게 커피도 한 잔 하고."

도하가 분위기를 전환하려는 것처럼 다정하게 말을 꺼냈다.

"전시는 언제든지 내려가서 보면 되니까."

"왜…… 여기로 정했어요?"

감정 없는 눈으로 고은이 물었다. 도하의 시선이 다시 그녀에게 꽂혔다. 그 질문을 해석하려는 듯 그의 미간에 힘이 들어가는 게 보였다. 두 번째 결혼 이후, 고은은 그의 얼굴을 아무렇지 않게 바라볼 수 있는 담력이 생겼다. 모든 게 거짓이었다는 걸 알고 나서부턴 오히려 그를 바라보는 게 쉬웠다.

"고은 씨, 그림 보는 거 좋아하잖아요."

"……."

"그 생각이 났어요."

도하는 간단히 대답하며 순수한 소년처럼 웃었다.

예전의 그녀를 말하는 걸까. 고은은 첫 번째 결혼 생활을 떠올릴 수밖에 없었다. 할 수 있는 것이라고는 그가 마련해 준 작업실에서 그림을 그리는 일뿐이었다. 그는 집안일은 모두 전문 관리인이 하길 원했다.

자신은 그저 그의 아내 역할만 하면 된다는 말에 고은은 생각했다. 그의 아내로서 어울리는 행동이 무엇일까. 도하는 그녀의 어떤 점이 마음에 들어 결혼 계약을 하자고 한 걸까. 어머니 정화는 말했다. 네가 고상하게 그림이라도 그리는 여자가 아니었다면 우도하가 널 봐줬을 것 같으냐고.

그래서였을까. 고은은 외출을 할 때면 의도적으로 전시회를 다녀왔다. 그가 원하는 아내가 되기 위해서 그림을 보고, 예술에 대해 더 공부하고자 했다. 그리고 그런 날이면 고은은 들뜬 마음으로 도하에게 전시회에 다녀온 이야기를 건넸다. 도하는 그녀의 감상을 가만히 들어 줄 뿐이었다. 자신은 그림을 보는 취미가 없어 고은이 멋있고 대단해 보인다는 말을 했었다.

"……좋아하지 않아요."

뒤늦게 진실을 고백하는 것처럼 고은이 입을 열었다. 도하가 그녀를 건너다보며 그 뜻을 또다시 해석하려 했다. 고은은 그런 도하의 눈동자를 피해 창밖을 바라봤다. 인공적으로 세운 나무가 우거져 모든 시야를 가렸다.

"그럼, 좋아하는 게 뭐예요?"

도하가 시선을 떼지 않은 채 끈질기게 그녀를 바라보며 물었다. 고은은 다시 고개를 돌려 도하를 건너다봤다. 우리는 왜 이렇게 의미 없는 시간들을 보내고 있나요. 이런 것들이 무슨 소용이 있다고. 아무도 보지 않는 곳에서 나누는 말들이 무슨 의미가 있다고. 당신이 원하는 연극은 나를 알아 가는 게 아니라 당신에게 맞춘 여자를 사람들 앞에 보이는 것 아니냐고. 고은이 잠자코 도하만 바라보고 있자 그 말을 다 알아들은 것처럼 그는 가라앉은 웃음을 보였다.

"그거 알아요? 연기를 하려면 그 캐릭터에 대해 전부 파악하고 시뮬레이션을 해 봐야 해요. 그 사람이 무슨 음식을 좋아하는지, 싫어하는 음식이 있다면 왜 싫은 건지. 그렇게 된 이유를 하나하나 떠올리다 보면 어느새 나는 그 사람이 되어 있어요."

"……."

"그래서, 진짜 나는…… 없어요."

"……."

"아직도 뭘 좋아하는지 모르겠어요. 그걸, 못 찾고 있어요."

도하가 수수께끼 같은 말을 꺼내 놓고선 입을 다물었다.

곧 타이밍도 절묘하게 애피타이저와 식사가 차례로 그들 테이블 위에 올라왔다. 모두 고은이 좋아하고 즐겨 먹는 음식이었다. 이런 메뉴가 이 레스토랑에 있는지 의문스러운 순간에도 고은은 도하를 바라보지 않았다. 그저 묵묵히 음식을 씹어 삼켰다. 그래야만 이곳을 벗어날 수 있는 사람처럼. 그 모습을 가만히 지켜보는 도하의 어두운 시선만이 창가에 반사되어 비쳤다.

"어머, 너 고은이 아니야?"

화려한 색채와 그에 어울리지 않는 기괴한 눈물. 어쩌면 그녀 자신을 그려 놓은 것만 같은 그림 앞에서 발걸음을 떼지 못하고 있을 때였다. 누군가 고은의 이름을 불렀다. 고은이 천천히 고개를 돌려 목소리가 들린 쪽을 바라봤다. 상대가 확신에 찬 얼굴로 걸어오는 게 보였다.

"맞구나. 설마, 했는데."

그 친구였다, 청담동에서 재벌들을 상대로 전시를 하겠다던. 고은은 그녀의 이름보다 그날의 말들을 먼저 기억해 냈다. 이름이 뭐였더라. 그것을 생각해 내는 동안 상대는 덥석 고은의 손을 붙잡았다.

"진짜 네가 우도하랑 결혼을 한 거야? 나 기사 보고 얼마나 놀랐는데."

그의 연예계 은퇴와 재혼은 한동안 온라인을 달궜다. 부모의 권유로 이제부터 가업을 이어받으려 한다는 기사 밑에는 비밀리에 치러진 재혼 사진이 게재되었다. 그리고 그 여자가 첫 번째 와이프란 확정적인 추가 제보까지 쏟아지자 고은의 얼굴 공개는 막아 낼 수가 없었다.

첫 번째 결혼과는 대응 방식이 아주 달랐다. 의도적으로 드러낸 것처럼 작게 모자이크된 사진은 삭제되지 않고 점점 퍼져 나가기만 했다. 그녀를 아는 사람들이 본다면 바로 눈치챌 정도였다. 와이프란 여자가 우도하를 등에 업고 화가로서 이름을 알리고 방송 활동까지 나서는 것 아니냐는 억측까지 나돌았다.

그래서 한동안 고은의 핸드폰에는 불이 났다. 어떻게 연락처를 알아냈는지 이름조차 기억나지 않는 고등학교 동창까지 그녀에게 잘 지내냐는 문자를 보내왔다. 정말 우도하의 아내가 되었다는 것을 뒤늦게 실감하는 순간이었다.

"결혼할 때 부르지도 않고. 섭섭하다, 야."

지금도 마찬가지였다. 이 친구가 이렇게 스킨십이 잦고 친근한 타입이었나. 고은은 겉으론 웃어 주었지만 속으론 난처했다. 도하가 업무 전화를 받느라 자리를 비운 것이 천만다행이라는 생각부터 들었다. 조금 전 식사를 마치고 후식으로 나온 커피를 간단하게 마셨다. 그 후 곧장 전시장으로 향할 것 같았던 도하는 건물 밖으로 나섰다. 그를 불러 세운 건 오히려 그녀였다. 도하가 무슨 일이 있느냐며 돌아봤다.

'전시는…… 안 보나요?'

'싫어한다면서요.'

화가 나 되묻는 말은 아니었다. 도하는 싫어하는 걸 굳이 억지로 할 필요는 없다고 했다. 그림 보는 걸 좋아하는 줄 알고 예약했다는 뜻이었다. 고은은 그의 말을 듣고 한참이나 가만히 서 있었다. 왜 청개구리 같은 마음이 드는 걸까.

'지금은…… 보고 싶어요.'

스스로가 우습다 생각하면서도 그녀는 그렇게 말했다. 그러자 도하는 한 치의 망설임도 없이 다시 건물 안으로 들어갔다.

'그럼, 봅시다. 뭐가 어렵다고.'

그는 전시장으로 향했다. 고은은 뒤따라 걸어가며 도하의 뒷모습을 눈에 담았다. 그녀의 표정은 처음보다 한결 편안해졌다. 그 모습을 지켜보는 사람은 아무도 없었다. 고은 역시 그 사실을 알아채지 못했으니.

"……그래, 오랜만이다."

고은은 친구에게 잡힌 손을 슬그머니 빼내며 이름을 생각해 내려 했다. 하지만 쉽지 않았다.

"나, 윤하. 조윤하. 뭐야, 내 이름도 기억 못 하고."

윤하는 눈을 흘겼지만 고은을 향한 호의 가득한 미소는 입가에서 지우지 않았다. 그게 무슨 뜻인지 고은도 모르지 않았다. 톱스타 우도하와 결혼한 여자. 그 사람이 자신과 함께 대학을 다녔고 자주 말을 섞던 친구라면 없던 호의라도 만들어 건넬 것이다. 고은은 지금 이 순간 여기가 어떤 곳이고, 자신이 여기에 어떤 역할로 왔는지 더 확실하게 깨닫게 되었다.

"미안해. 너도…… 전시 보러 온 거야?"

고은은 뒤쪽에 친구의 일행이 없는지 살폈다. 그러자 윤하는 주머니에서 명찰을 꺼내 목에 걸었다. 거기엔 [큐레이터 조윤하]라고 쓰여 있었다. 그제야 고은은 친구가 왜 이곳에 있는지 알아챘다.

"점심 먹고 막 들어오는 길이야. 여기서 일한 진 좀 됐어."

"아……."

당연히 그림을 그리고 있을 것이라 생각했다. 하지만 그렇게 살아갈 수 있는 동기들이 몇이나 될까. 우리는 한때 늘 그 괴리 앞에서 머리를 맞대며 술을 마셨고, 미래를 고민했었다. 고은은 잠시 대학 때로 돌아간 기분이 들었다.

"내가 그때도 청담동, 청담동 노래를 불렀잖아. 어쨌든 꿈은 이뤘지."

윤하가 쓸쓸한 웃음을 짓곤 어깨를 으쓱거렸다.

"……그렇네."

고은은 어떤 말을 건네야 할지 몰랐다. 화가의 인생을 살지 못하는 건 그녀도 마찬가지였다. 나도 너와 다를 바가 없다는 말이 위로가 될까. 지금 위치에선 그런 동조가 더 우습다는 걸 알기에 고은은 같이 웃어 줄 뿐이었다.

"암튼 이렇게라도 얼굴 보니까 좋다. 나 늘 찜찜한 게 있었거든."

윤하가 고은의 눈을 슬쩍 피했다.

"뭐가?"

"그게…… 아니다. 일단 내가 가서 보여 줄게. 이리 와."

고은은 영문을 모른 채 윤하의 손에 이끌려 전시장 안쪽으로 걸어 들어갔다. 인공 연못이 흐르는 유리 다리를 건너자 작은 전시 공간이 하나 더 나왔다. 그곳엔 벌써 누군가 들어가 있었다. 사람이 있는 걸 보고 놀란 건 윤하도 마찬가지였다.

"어, 뭐야…… 우, 우도하 씨 아닌가……."

전화 통화를 한다고 밖으로 나갔던 그가 이곳에서 그림을 보고 있을 줄은 몰랐다. 고은은 윤하처럼 잠시 걸음을 멈췄다. 그리고 자연스럽게 그가 보고 있는 그림에 시선을 주었다. 전체를 확인한 순간, 심장이 쿵, 하고 떨어지는 것만 같았다.

"고은아, 그게……."

윤하가 건네는 말이 들리지 않았다. 이 그림이 왜 여기에. 고은은
자신의 그림 앞에서 두근대는 심장을 멈출 길이 없었다. 테라스 난간
에 선 남자의 뒷모습이 그려진 그림이었다. 그리고 그림 안의 남자가
손으로 가리키는 곳에는 보름달이 자그마하게 떠 있었다.

"큐레이터님."

도하가 이쪽을 보지도 않고 말을 걸었다.

"……네, 네."

윤하가 황급하게 대답했다.

"이 그림 살 수 있을까요?"

그가 천천히 고개를 돌렸다. 그의 시선은 당연한 것처럼 고은에게
로 향했다.

진짜 다른 의도 같은 건 없었어. 난 네 그림이 화실에만 있는 게 너무 아
쉬웠고. 어디든 걸렸으면 했다니까. 네가 처분한다고 화실에 두고 갔다고 들
었을 때…… 그래서 들고 온 거야. 절대 팔 생각 같은 거 없었어. 만약에 그

런 일 생겼으면 내가 어떻게든 너 연락처 알아내서 자초지종 설명했을 거야. ……미안해, 미안해, 고은아.'

이혼을 결심하고 모든 걸 정리해야만 했다. 그동안 빌라의 작업실에서 그렸던 그림들도 마찬가지였다. 어떤 것들은 보관하고 싶기도 했으나 그런 마음 또한 미련이란 걸 알았다. 그래서 그동안 작업한 그림을 모두 들고 대학교 화실로 찾아갔다. 전부 불태우는 것도, 쓰레기통에 버리는 것도, 그 어떤 것도 쉽지 않았다.

어쩌면 거기서부터 잘못된 것일지도 모른다. 아무 창고에나 처박아 두었으면 될 것을. 그걸 간직해 두려는 마음까지 자신을 괴롭히는 것 같아 누군가에게 처분을 부탁할 작정이었다. 대학 때 친구들이 떠올랐고, 졸업을 한 뒤 개인 화실을 연 친구들에게 줘 버렸다. 걸어 두고 장식이나 하라고. 그러다 쓰일 데가 없으면 버려도 좋다고.

눈에 보이지 않고, 자신이 신경 쓰지 않는다면 모든 게 괜찮을 줄 알았다. 제대로 버리는 것조차 하지 못했던 그녀의 어리석은 마음들이 되돌아와 이렇게 뒤통수를 내리치는 것만 같았다. 이리될 줄 몰랐다는 게 말이 되나. 그 그림들을 그리며 품고 담았던 감정을 끝끝내 지워 낼 수 없어 눈앞에서 치워 버리기만 했을 뿐, 결국 사라지지 않길 바란 것이나 마찬가지였다.

"무슨 생각 해요?"

도하가 마음대로 그림의 값을 계산하고 비서를 통해 그것을 차에
옮기는 동안에도 고은은 아무 말도 할 수가 없었다. 그림 아래의 팻말
에는 제목도 '미상' 작가도 '미상'이라 적혀 있었다. 그럼에도 도하
는 큐레이터 윤하에게 꼭 그림을 사고 싶다는 마음을 전했다.

이것은 판매용이 아니라고 해도 그는 고집을 꺾지 않았다. 결국 미
술관 관장까지 헐레벌떡 뛰어오고 나서야 실랑이는 마무리되었다. 이
전시장 안에 우도하 이사님께 못 팔 물건은 없다고 말했다. 고은은 수
치심으로 무너지는 기분이었다.

윤하가 그녀의 눈치를 살피는 것도 싫었다. 괜찮다고. 이미 자신의
손을 떠난 그림이니, 네 맘대로 하는 게 맞다는 말까지 여유롭게 건넸
다. 그 그림을 그린 사람이 누구인지만 우도하가 모르면 된다고. 고은
은 그렇게 생각했다. 복잡한 머릿속을 비우려 애쓰고 또 애썼다.

"……그냥요. 아무 생각도 안 해요."

옆자리에 앉은 도하를 바라보지 않은 채 고은이 대답했다. 그의 시
선이 그녀에게 닿는 게 느껴졌지만 무시해 버렸다. 차 안엔 그를 그

린, 그녀의 그림이 실려 있었다. 끝내 지우려 했던 그 마음들이 다시 가슴을 옥죄어 오는 것만 같았다.

고은은 피곤한 눈을 감았다. 그의 차에 오르기 전, 황급하게 화장실로 달려가 병원에서 받은 약을 먹었다. 정말 가슴이 답답하고 숨을 쉬기 어려울 때에만 복용하라는 의사의 말은 이미 머릿속에서 잊힌 지 오래였다. 그 약의 부작용이 무엇인지는 그녀도 알지 못했다.

눈 깜짝할 새에 잠이 든 고은의 고개가 흔들렸다. 그리고 곧 그녀의 머리는 단단한 어깨에 기대어졌다.

"……괜찮습니다."

도하는 고은을 안은 채 집 안으로 들어섰다. 그녀는 도하의 가슴에 기대 곤히 잠들어 있었다. 김 여사는 생각지도 못한 상황에 얼른 안방 문부터 열어 주려 빠르게 움직였지만 도하의 저지에 곧 물러서야만 했다.

"제가 할게요. 오늘은 다 돌아가세요."

김 여사는 일하던 사람들을 모두 모아 내보내고 자신도 얼른 가방을 챙겼다. 도하가 고은과 오롯이 둘만 있는 시간을 필요로 할 때가 있다는 걸 알고 나선 눈치껏 행동했다. 김 여사는 지체하지 않고 두 사람의 공간을 빠져나갔다.

문이 닫히는 소리를 들은 도하는 침대에 누워 있는 고은의 흐트러진 머리칼을 다시 한번 쓸어 넘겼다. 문을 닫은 도하는 고은을 침대에 눕히고 흐트러진 머리칼을 쓸어 넘겨 주었다. 고은은 누가 납치해 가도 모를 정도로 깊은 잠에 빠진 상태였다. 그 이유가 신경정신과에서 처방받은 약 때문이란 걸 그는 매일 보고받는 내용을 통해 알고 있었다.

"······잘 자요."

도하는 고은의 이마에 짧게 입을 맞추곤 침실을 빠져나왔다. 목을 조르고 있던 넥타이를 풀자 그제야 숨통이 조금은 트이는 것 같았다. 부엌 안으로 들어가 셀러에서 위스키병 하나를 꺼내 글라스에 따랐다. 입을 헹구듯 단번에 술을 털어 넣고 거실 창밖의 전경을 바라봤다. 다시 또 한 잔. 술로 꽉꽉 채운 잔을 들고 그는 테라스로 향했다.

그러다 그림 하나가 시선에 걸렸다. 비서가 현관 쪽에 들여놓고 간 듯 보였다. 그림을 사는 데 시간이 걸렸을 뿐, 고급 액자 속에 담기는 건 순식간이었다. 그때 고은의 표정을 잊을 수가 없었다. 그의 입가에 비릿한 웃음이 흘렀다.

테라스 앞에 서서 하늘을 올려다보니 저 멀리 보름달이 떠 있었다. 어느 날이었던가. 그 순간이 등 뒤에 있는 그림처럼 되살아났다.

죽은 어머니의 제사를 올리고 온 날이었다. 그가 아니면 어느 누구도 모른 채 지나가 버릴 하루였다. 아버지 몰래 조그마한 절에 돈을 주고 기일 때만 찾아가는 무의미한 의식이었다. 그것이라도 하지 않으면 견디지 못할 것만 같은 날들이 있었다.

도하는 어머니의 기일만큼은 취하도록 술을 마셨다. 그날도 여느 날과 다를 바가 없었다. 결혼을 하고 아내가 생겼다고 해서 위로를 받거나 의무를 강요하는 것도 우스운 일이었다. 어차피 형식적인 껍데기였으니까.

하지만 그는 어느 순간부터 고은에게서 죽은 어머니를 보았다. 자신만을 기다리며 소파에 앉아 있다가 문이 열리면 강아지처럼 그의 앞으로 달려왔다. 왜 그러느냐고, 신경 쓰지 말라는 말을 내뱉어 놓고선, 그 자신도 모르게 퇴근 시간을 기다렸다.

고은이 전시회를 보러 나가거나 친구를 만나러 가는 날엔 그녀가 집에 돌아오는 시간에 맞춰 그도 집으로 돌아갔다. 그녀가 없는 집에 들어가기 싫었다. 문을 열면 고은이 있기를 바랐다. 괜찮다는 말을 건네도 그를 위해 식사를 준비하고, 그가 밥을 먹는 동안 맞은편에 앉아 있어 주는 그녀에게 고마웠다. 밥을 먹고 들어가야 하는 식사 자리를 일부러 취소하는 일들이 많아졌다.

늦은 밤에 스케줄을 마치고 돌아가는 날이면 고은의 방문 앞에서 머저리처럼 한참을 서성였다. 먼저 자라는 문자를 남겼음에도 고은이 달려와 반기지 않아서 슬픈 개새끼처럼. 도하는 점점 더 이고은을 다른 형식으로 가지고 싶은 열망이 솟구쳤다.

'도하 씨 좋아하는 음식이 뭐예요?'

'오늘은 언제 퇴근해요?'

'이번 주말엔 쉬어요?'

'많이 늦어요? 기다릴게요.'

'전시회 안 갔어요. 그냥, 집에 있고 싶어서요.'

고은 역시 그랬다. 어느 날부턴가 우도하만을 바라봤다. 새장 안에 갇힌 새처럼. 그는 순간, 소름이 끼쳤다. 당연한 것처럼 그들의 앞날이 그려졌다. 사랑이란 걸 믿지 않았다. 그 바탕엔 자신이 아버지의 핏줄이란 죄의식도 존재했다. 어떤 결말이든 그의 부모가 겪은 일을 되풀이하는 것만은 안 된다. 그는 스스로를 가두며 마음이 조금도 새어 나가지 않도록 주의했다.

하지만 멍청하리만큼 끝내주는 인내심이 바닥을 드러낼 때도 있었다. 그날이 그랬다. 술까지 마셨으니 제어가 되지 않았다. 고은에게 무슨 말이든 전하고 싶었다. 어쩌면 그 말을 하며 위로를 받고 싶었는지도 모르겠다.

보름달은 핑계일 뿐이었다. 날 좀 안아 달라고. 그렇게 말하고 싶었다. 그랬다면 고은은 자신의 일처럼 그의 상처에 진심으로 아파하고 슬퍼했을지 모른다. 그래서 안 됐다. 착한 고은을 가질 수도 없고, 놓지도 못하는 그는 딜레마에 빠진다. 결국 고은과의 결혼 생활 동안 그는 두려움에 압도당했다. 최선의 선택이라 여기며 흔들림을 다잡았다. 오래도록 고은을 보기 위해선 그게 정답이라고.

'좋아하는 사람이 생겼어요.'

그것은 배신인가, 아닌가. 헷갈릴 만큼 고은은 어느 날부터 그의 시선을 피했다. 우도하를 바라보지 않았다. 그여야만 하는데 그가 아닌 것처럼 말했다. 도하는 믿을 수도, 믿지 않을 수도 없었다. 그래. 일단은 보내 주었다. 다시 돌아올 너를 기대한 것일지도 모른다. 하지만 고은은 돌아오지 않았다. 그렇게 멍청한 인간은 끝까지 고생을 자처했다.

그는 씁쓸한 웃음을 입가에 머금은 채 들고 있던 술을 한꺼번에 털어 넣었다. 심장을 타고 내려가는 알코올의 기운이 오늘따라 유난히 버거웠다. 조금 휘청거리는 발걸음으로 다시 거실에 들어온 도하는 덩그러니 놓인 그림 앞에서 멈춰 섰다.

그림 속의 남자는 자신일까. 그것을 버려 놓고 다시 마주했을 때 기분이 어땠는지, 묻지 못할 물음이 머릿속을 한가득 가득 채운 느낌이었다. 두통이 일었다. 그는 관자놀이를 붙잡고 잠시 눈을 감았다.

고은을 옆에 데려다 놓으면 끝날 줄 알았다. 시시때때로 찾아오는 통증, 심장을 죄어 오는 먹먹함이 사라질 것만 같았으나 오히려 더 심해지기만 했다.

이름만 박아 넣은 이사 자리에 앉아 온갖 무시와 시기를 받으며 영혼 없이 일을 하는 건 나쁘지 않았다. 아버지의 기대에 못 미치는 아들이 되는 것만큼 통쾌한 기분이 드는 일은 없었으니. 하지만 늘 체한 것처럼 고은이 가슴 안에 걸렸다. 수시로 그녀의 얼굴이 스쳐 갔다. 그의 옆에, 아내로서 인형처럼 앉아 있는데도 만족스럽지가 않았다.

도하는 침실로 들어갔다. 자연스럽게 고은의 옆에 누웠다. 가만히 끌어안고 잠들기 위해 그가 얼마나 많은 인내를 쏟고 있는지 그녀는 모를 것이다. 등을 돌린 채 잠든 그녀의 마른 어깨에 입을 맞추며 도하는 시린 가슴을 모른 척해야만 했다. 옆에 있으니 그것으로 되었다. 그 것만 바란 것이 아니었나. 자신이 원하는 건 모두 이뤘는데 왜 아무것도 가지지 못한 것처럼 숨을 멈춰야 하는지. 이젠 그도 모를 상태였다.

정신을 차릴 필요가 있었다. 그는 자리에서 일어나 침실 안의 드레스 룸으로 들어섰다. 갑옷을 벗어 던지듯 옷을 벗고 나체가 된 채 욕실 안으로 들어갔다. 샤워 부스 아래에 서서 찬물을 틀었다. 정신이 번쩍 들 만큼 차가운 물이 그의 전신을 훑고 내려갔다.

시야가 흐렸다. 눈을 몇 번 끔벅거리자 그제야 정신이 들었다. 고은은 놀라 벌떡 몸을 일으켰다. 머리가 깨질 듯이 아파 관자놀이를 부여잡을 수밖에 없었다. 잠이 들었던 걸까. 마치 기절해 버린 것처럼 기억이 사라져 있었다.

머리를 잡고 주변을 돌아보자 그녀가 어젯밤에도 잠들었던 침실이었다. 분명 조금 전까지만 해도 그녀는 전시장에서 그림을 보고 있었다. 뭐가 어떻게 된 걸까. 찬찬히 되짚어 보던 그녀는 아, 하고 자신도 모르게 탄성을 흘렸다.

그녀가 그린 그림. 그것을 사는 도하. 그리고 화장실. 정신과 약. 모든 게 이어지듯 떠올랐다. 그녀는 어떻게 이 침대에 눕게 된 걸까. 도하의 차에 올랐던 장면까지 머릿속에 스쳐 갔다. 거기서 잠들어 버려 그가 침실에 옮겨 놓은 걸까. 그렇다면 그는 지금 어디에 있는 건지. 고은의 생각이 거기까지 닿았다.

딸각.

그 순간이었다. 드레스 룸 안쪽의 욕실 문이 열리는 소리가 들렸다. 집 안의 청소는 늘 정해진 시간에만 이뤄졌다. 지금 그곳에서 나올 사람은 그녀가 아니라면 도하뿐이란 소리였다. 그런 추측을 한 순간 고은의 온몸이 긴장감으로 경직되었다.

이런 타이밍에 마주하지 않기 위해 철저히 노력해 왔다. 고은은 얼른 몸을 일으켜 침실을 벗어나려 했다. 하지만 그녀가 움직이기도 전에 도하의 젖은 몸이 먼저 눈앞에 나타났다. 그는 하체에만 타월을 두른 채 젖은 머리카락에서 물을 뚝뚝 떨어뜨리며 고은의 앞에 멈춰 섰다. 방금 샤워를 마친 사람에게서 나는 시원한 물 내음과 바디 워시 향이 고스란히 고은의 코끝으로 전해졌다.

"……"

"……"

침실로 들어선 도하와 그곳을 벗어나려던 고은이 대치하듯 마주 서 버린 꼴이었다. 얼굴이 하얗게 질린 고은은 그가 더 다가올까 봐 지레 놀라 뒷걸음질 쳤는데 그 발걸음이 꼬여 침대에 무너지듯 넘어질 뻔했다. 놀란 도하가 그녀의 팔을 잡아 제 쪽으로 끌었고, 그런 그를 피하기 위해 실랑이를 벌이다가 두 사람은 침대에 포개지듯 눕게 되어 버렸다.

"하……."

의도치 않게 고은을 제 아래에 깔리게 만든 도하가 낮은 웃음을 흘렸다. 그의 한숨 소리가 너무도 가까이에서 들렸다. 그리고 그의 젖은 머리에서 나는 샴푸 향도 너무 진해 고은의 머리를 어지럽히고 코의 감각을 마비시키는 것만 같았다. 그녀가 그에게서 벗어나려 움직거리자 도하가 더 견딜 수 없다는 듯 한순간 눈빛을 바꾸며 그녀의 팔을 위로 결박한 채 꿰뚫듯 내려다봤다.

"……"

"……."

두 사람 모두 아무 말도 하지 않은 채 서로를 응시했다. 고은은 더 이상 피하고 싶은 마음이 생기지 않았다. 그의 시선은 노골적으로 솔직했다. 짙고 검은 눈동자가 원하는 바가 너무도 명료했다.

"하고 싶으면…… 해요."

고은이 먼저 입을 열었다. 그러자 도하의 들끓던 눈빛이 또 다른 빛깔로 바뀌었다. 서늘하게 식어 버린 눈동자가 고은을 피해 침대 바닥으로 떨어졌다. 그가 고개를 숙인 채 잠시 동안 움직이지 않았다. 고은은 무겁게 짓눌린 몸 속의 심장이 너무 세차게 뛰어 전신이 아리고 저려 왔다. 약 기운이 아직도 남아 있는 걸까. 두통이 몰려오자 그녀는 작은 입술을 깨물 수밖에 없었다.

"도하 씨."

그녀가 억눌린 신음을 뱉듯 그의 이름을 부른 순간이었다. 도하가 급하게 고개를 들어 입을 맞췄다. 불덩이를 삼키는 것만 같은 뜨겁고 아찔한 입맞춤이었다. 깊게 혀를 넣어 점령하듯 안을 휘젓는 키스는 질척한 신음 소리를 만들며 가슴 안까지 울렸다. 그녀의 귓가에 심장 뛰는 소리가 쿵쿵쿵, 방망이질 쳤다. 온몸이 나른해지며 아득해져만

갔다. 다시 정신을 놓을 것만 같았다. 그래서 고은은 도하의 등을 끌어안듯이 붙잡을 수밖에 없었다.

그것을 거절하지 않는다는 신호로 받아들인 걸까. 단단한 팔로 고은의 허리를 자연스럽게 감싸 안은 도하가 침대 머리 쪽으로 기듯이 올라갔다. 그 와중에도 입 안의 혀는 더욱 진하게 얽혀 들었다.

"하아……."

어느 순간부터 일방적인 것은 없었다. 어느새 눈이 풀린 고은도 도하를 원하는 것처럼 그의 목을 끌어안았다. 그의 손이 그녀의 살결을 헤치며 쓸어 댈 때마다 발끝이 곱아 들고 짜릿한 전율이 잘게 일었다.

그의 손길에 몸이 저절로 반응했다. 약의 부작용일지도 모른다. 고은은 그렇게 생각하고 싶었다.

아무 생각도 하지 않는 순간이 필요하다고 의사는 말했다. 그리고 심각해지지 않는 것이 중요하다고 충고했다. 이 모든 게 살려는 발버둥인지, 아니면 벗어나려는 체념인지. 어느 것인지도 모른 채 그저 몸이 가는 대로 해 버리는 게 정답인 것처럼, 고은은 이전과 다르게 그를 거부하지 않고 오히려 그에게 매달렸다.

"하아…… 이고은."

그걸 눈치챈 도하가 애무를 멈추고 상체를 들어 그녀를 내려다봤다. 그녀의 눈은 이미 탁하게 흐려져 있었다. 아직 약 기운이 남아서 대범하게 저지른 건가. 허무하고 비참했다. 그래도, 이것조차도, 자존심을 부려 없던 일로 해 버리고 싶지 않은 자신의 치졸하고 천박한 욕망 앞에서 도하는 낮게 욕을 뱉어 냈다.

차라리 모른 척해 버리고 말 것이다. 감당할 수 없는 성욕은 누구에게나 있는 법이었다. 고은이라고 다를까. 그게 오직 그라서, 라는 이유가 아니라도 상관없었다. 이젠 정신을 차리는 것조차 무의미했다.

"하읏."

도하는 고은의 윗도리와 속옷을 한꺼번에 벗겨 바닥으로 던지고는 목덜미부터 급하게 빨았다. 뜨거운 혀로 여린 살갗을 잘게 깨물면 고은은 허리를 꺾으며 교성 같은 신음을 터뜨렸다. 그가 더 깊은 압력으로 빨아 대자 벗어나려는 발악처럼 발바닥을 침대 시트에 비비며 발버둥 쳤다. 그는 고개를 들어 그녀를 바라보았다. 눈 안에 살려 달라는 애원이 가득했다.

비로소 조금은 만족감이 채워졌다. 도하는 입술을 끌어 올려 웃고

선 나머지 손으로 고은의 아래 속옷을 침범하듯 벗겼다. 살결을 음험하게 어루만지자 고은이 참지 못하고 내뱉은 흐느낌이 귓가를 울렸다.

머릿속이 약에 잠식당해 무슨 일이 일어나고 있는지 모르는 와중에도 겁을 잔뜩 집어먹은 눈동자는 그의 밑바닥을 가득 채우고 있는 타락한 욕망을 더욱 들끓게 만들었다. 잘못을 저지르지 말고 회개하라. 악마가 되지 말거라. 눈에 불을 삼킨 채 갖은 비행을 일삼던 어린 날의 그는 아버지의 손에 이끌려 수많은 종교 앞에 섰지만 이미 깨닫고 있었다. 자신이 악마 그 자체라는 걸. 천사를 찾아내 더럽히고 악마가 무엇인지 알려 줄 테다.

천사를 만났다. 그 여자가 손을 들어 그의 뺨을 어루만졌다.

"……."

"……."

눈물이 가득한, 충혈된 눈동자 안에 동정이 가득했다. 불쌍한 사람. 자신을 괴롭히지 말아요. 그렇게 말하며 본인을 희생하는 아주 착한 천사처럼 고은이 도하의 얼굴을 쓰다듬었다. 욕망도, 복수도, 집착도, 모든 감정이 사라진 흰 도화지 위에서 두 사람은 서로를 바라봤다.

"날 좋아한다고 말해요."

그럼 이 지옥에서 구해 줄 테니까. 도하가 다시 한번 악마의 손길을 내밀었다. 고은의 눈동자가 흔들렸다. 그를 쓰다듬던 손이 천천히 내려갔다, 그것만은 절대 할 수 없다는 것처럼. 모든 기억이 돌아온 듯 싸늘해진 고은의 표정을 견디지 못하고 도하는 입술을 맞췄다.

"으읍. 도하, 씨…… 흐응…… 읏."

손은 저절로 은밀한 곳에 직행했다. 고은이 허벅지를 바들바들 떨어 댔다. 그래도 도하는 멈추지 않았다. 그로 인해 흥분하는 고은을 집요한 시선으로 관찰했다.

흥분한 몸이 뜨겁게 달아올랐다. 당장 그녀의 안으로 들어가 오래도록 욕구를 해소하고 싶었다. 내일이고, 모레고, 그녀가 걸어 다니지 못하도록. 어디에도 갈 수 없도록. 나를 좋아하지 않는다면 그 방법뿐이라고. 도하는 그녀의 몸을 희롱하던 손을 차갑게 떼 내고는 자신의 아래를 감싼 타월을 거칠게 벗겨 냈다.

속옷은 처음부터 입지 않았다. 그 안의 악마가 가능성을 붙잡은 채 언제든 틈을 노리고 있었다. 이제껏 참아 온 것도 어쩌면 대단한 일일지도 모른다.

"콘돔이 없는데 어쩌죠?"

고저 없는 말에 고은의 시선이 순식간에 그에게로 꽂혔다. 그의 몸을 시선으로 훑던 고은은 더 이상 바라보고 있기 버겁다는 것처럼 고개를 돌려 버렸다. 그리고 몸을 웅크렸다. 절대 안 된다는 것처럼.

"그럼, 싫어요."

단단한 말투에 도하에게서 코웃음이 흘러나왔다.

"왜? 임신이라도 할까 봐 겁나요?"

그의 목소리는 낮고 잔인했다.

"……."

말없이 고은의 날카로운 시선이 날아와 꽂혔다. 입술을 깨물어 자학하는 버릇은 막다른 상황에서 더 자주 나타났다. 고은의 입술 끝엔 이미 피가 맺혀 있었다. 그 모습을 보는 것만으로도 도하는 가슴 안 어딘가가 날카로운 송곳으로 갈기갈기 찢기는 것만 같았다. 고작 입술에 난 상처 하나일 뿐인데. 이리도 아플 수 있는가. 그러면서도 그의 입은 제멋대로 그녀를 상처 주고 있었다.

"결혼했으면 아이를 낳아야지."

"……."

"그건 당연한 거 아닌가."

도하가 몸을 아래로 내리며 제 양팔에 고은의 상체를 가뒀다. 그녀가 그를 바라볼 수밖에 없도록 고개를 고정시켜 버렸다. 그 움직임에 두 사람의 몸이 더 밀착됐다. 고은은 어떻게든 벗어나려 했지만 자신만 점점 우스워지는 걸 깨닫고는 독기를 품은 눈으로 도하를 올려다봤다.

"넣기만…… 해 봐요."

이가 바득바득 걸리는 것만 같은 선전 포고였다. 도하는 이 모습까지 전부 사랑스러웠다. 도대체 어쩌자는 건지. 그는 자신의 변태적인 욕망에 두 손을 들 수밖에 없었다.

"넣는다고 다 임신이 되진 않아요."

"당신 같은 사람…… 정말 최악이야."

고은은 곧장 그의 얼굴에 침이라도 뱉을 것처럼 일갈했다. 그 순간 도하는 세상에서 가장 재미있는 말을 들은 것처럼 힘 빠진 웃음을 터뜨렸다. 고작 한다는 욕이 '최악'이라니. 이래서 어떻게 그의 품을 벗어날 수 있을까. 고은의 앞날을 오히려 그가 걱정하게 돼 버렸다.

"최악이니까 최선의 여자를 찾는 건 당연한 거고."

도하는 고은에게 시선을 맞춘 채 손을 내려 그녀의 배를 쓸어 냈다.

마치 그 안에 오늘 아기를 잉태시키겠다는 표시처럼, 손바닥으로 원을 그리며 배를 어루만졌다. 고은은 소름이 끼쳐 어떻게든 피하고 싶었지만 단단한 도하의 손이 이미 그녀의 허리를 꽉 움켜잡고 있었다.

"도하 씨……."

무력한 눈빛으로 고은이 도하의 이름을 불렀다. 이러지 말라는 마지막 부탁처럼. 그녀가 할 수 있는 최선의 방법처럼. 도하는 그 처연한 눈빛을 바라보며 또 다른 감정을 느꼈다. 타락하고 싶다는 욕망보다 그녀에게서 온전한 사랑을 받고 싶다는 희망이 더 크다는 걸 안 순간이었다. 되돌릴 수 없다는 걸 알면서도 미련을 가지게 됐다. 바보처럼, 멍청하게. 이것은 마치 끝나지 않는 고통 같았다. 열병이었다.

"아이가…… 싫어요?"

도하가 온순한 표정으로 물었다. 고은이 두 눈에 눈물을 잔뜩 머금은 채 고개를 끄덕였다. 뺨을 타고 흐르는 눈물이 줄기를 이루어 이어지고 또 이어졌다. 고은이 쏟아 내듯 울음을 터트리려는 순간, 도하는 그녀를 꽉 끌어안았다.

"미안해요."

"……흑, 흐흑."

"내가 잘못했어요."

그가 고은을 더 꽉 안아 주다가 자리에서 벌떡 일어났다. 그는 도망치듯 다시 욕실로 향했다. 또 한 번 차가운 물줄기 아래에 섰다. 욕망으로 가득 찬 몸은 여전히 가라앉을 생각을 하지 않았다. 깊은 한숨과 후회의 탄식이 그의 입에서 흘러나왔다.

벌벌 떨리는 손으로 고은은 옷과 속옷을 챙겨 입었다. 그녀가 먼저 도발해 버리고선, 왜 임신이란 말에 그렇게 울음을 터뜨렸을까. 그의 아이를 가지고 싶다는 생각을 한 적도 있었다. 하지만 그것은 비현실 같은 꿈이었고, 이런 상황에서 벌어질 악랄한 결실이 아니었다. 아이는 그렇게 가지는 게 아니라고. 어른들의 욕망에 의해 피해자처럼 생겨난 아이가 어떻게 커 가는지, 그녀는 본인의 삶을 통해 뼈저리게 깨닫고 느꼈다.

고은은 계속해서 흘러내리는 눈물을 잠재우기 위해 거실로 뛰쳐나갔다. 하지만 그녀가 갈 곳은 없었다. 그녀가 이 집에서 온전히 도망칠 수 있는 공간은 어디에도 존재하지 않았다. 고은은 주방 안쪽의 냉장고 뒤 작은 공간에 무너지듯 주저앉아 울음을 삼켰다.

'울지 마. 고은아, 울면 아빠 마음이 아파.'

안 울게. 안 울어. 고은은 되뇌듯 아버지를 생각했다. 그렇게 다시 정신을 잃고 잠들어 버린 순간이었다. 누군가가 그녀의 앞에 무릎을 꿇고 앉는 게 느껴졌다. 그녀를 지켜보는 진득한 시선이 잠결에도 고스란히 전해졌다.

그리고 한참이 흐른 후 그에 의해 몸이 들렸다. 눈을 뜬 고은이 흐릿한 시선으로 상대를 바라보자 표정이 없는 도하였다. 그는 그녀를 안아 들고 다시 침실로 들어갔다. 그러곤 고은을 침대 위에 눕히고는 자리에서 일어났다.

"방을 만들어 줄게요."

그가 말했다.

"이제 병원은 그만 다녀요."

도하의 말이 허공을 지나 한참 뒤에야 그녀에게 닿았다.

14

신경 쓰여요

다시 눈을 떴을 때 도하는 없었다. 아침이 밝았다는 걸 알아챈 건 커피를 가져온 김 여사 때문이었다. 그것을 받아 든 고은은 언제나처럼 몸을 씻고 옷을 골라 입었다. 식은 커피를 단숨에 마시고 방을 나섰다. 식탁에 마련된 음식을 보자마자 역겨운 기운이 올라왔지만 참아 내야 했다. 고은이 아무렇지 않게 의자에 앉는 순간이었다.

"어머님……이요?"

김 여사는 고은의 수저 옆에 후식을 미리 가져다 놓으면서 말했다. 도하의 새어머니가 곧 들르겠다는 연락을 해 오셨다고. 밥을 먹을 수 없는 건 당연했다. 고은은 수저를 내려놓고 이유를 묻듯 김 여사를 올려다봤다.

"잘 지내는지 보고 싶으신가 봐요."

그녀는 살짝 미소를 더하며 고은에게 대답했다. 두 번째 결혼이니 거창히 상견례를 하거나 식을 올리는 것도 우스워 두 집안이 모여 간단히 식사를 하는 것으로 인사를 끝냈다. 그때 고은은 예전 시어머니를 다시 마주했다. 그녀는 이전과 다르게 고은의 행동을 주시했다. 고은의 앞에 음식 접시를 밀어 줬을 땐 의아함에 고개를 들 수밖에 없었다. 최 관장은 간단하게 웃어 보일 뿐이었다. 아무런 뜻이 없다는 듯이.

하지만 고은의 어머니 정화는 단박에 눈치를 채고 시어머니의 달라진 행동에 대해 경계 태세를 보였다. 그녀를 따로 화장실로 불러낸 어머니는 행동을 조심하고 또 조심해야 한다고 딸에게 충고했다. 너한테 관심을 가지는 이유가 뭐겠느냐며. 예전엔 도하가 그저 우 회장의 눈 밖에 난 장남이었지만 이젠 다르다는 것이다. 당연히 자신의 자식들 자리가 될 줄 알았는데 한순간에 뺏기게 생겼으니 태도가 달라질 수밖에 없지 않겠느냐고. 너를 이용해 도하를 끌어내리려 할지도 모른다는 말까지 들었을 땐 고은은 머리가 지끈거렸다.

"도착하시기 전에 옷을 갈아입어야겠어요."

고은은 아예 식사를 하지 않은 채 자리에서 일어났다. 김 여사는 그녀의 행동을 막을 수 없었다. 다시 안방으로 향하는 고은에게 김 여사의 시선이 끈질기게 따라붙었다.

도하의 빌라 앞에 도착한 미란은 운전석의 비서가 건넨 파파라치 사진들을 받아 꼼꼼하게 살펴봤다. 고은의 외출 사진과 고은을 쫓아다니며 사진을 찍는 사설 업체의 뒷모습까지 같이 뒤섞여 있었다. 누군가 고은을 미행하도록 지시하고 행적을 보고받는 중이란 소리였다.

"그래서, 이걸 받는 사람이 누구야?"

미란의 물음에 비서가 잠시 난처한 얼굴을 보였다. 그녀는 날카로운 눈빛으로 그에게 독촉했다.

"그게…… 우 이사님이십니다."

우 이사라. 그녀가 아는 우씨 성을 가진 이사는 현재로선 우이형의 큰아들 우도하뿐이었다. 그렇게 둘째 아들 지석의 자리를 마련해 달라는 무언의 압박에도 모른 척하던 양반이었다. 아직 배울 게 많다며 스스로 유학길에 오른 자식 걱정에 미란은 그때부터 하루도 제대로 된 식사를 한 적이 없었다.

모두들 우이형 부회장이 그저 우석문 회장의 허수아비일 뿐이라 여겼지만 그녀가 볼 땐 아니었다. 그는 자신의 발톱을 감추고 묵묵히 때를 노리는 살쾡이 같았다. 그러지 않고서야 굳이 도하를 회사로 끌어들였을까. 그녀의 집안사람들이 회사의 실세로 자리 잡아 가고 있는 걸 마냥 지켜볼 사람이 아니었다. 그의 편을 필요로 했고, 자신의 피가 섞였음에도 둘째 아들 역시 제 등에 칼을 꽂을 것이라 의심하고 있었다.

도하를 앞장세워 그가 이루려는 것은 무엇일까. 그 노리개를 스스로 자처하고 있는 우도하는 또 무슨 꿍꿍이인 것이고. 미란은 갑자기 두통이 일었다. 한순간에 판이 뒤집혔다. 도하가 연예계 생활을 접을 것이란 시나리오는 그녀에게 없었다. 자신이 볼 때 도하는 회사 쪽에 미련이나 관심 따위를 전혀 가지지 않았었다.

'돈은 이미 차고 넘치니 명예가 탐나더라고요. 남자들 다 그렇지 않습니까?'

미란이 새롭게 마련된 도하의 집무실에 들러 의중을 떠보자, 그는 능글맞은 웃음을 지으며 대답했다. 할아버지라면 우선적으로 벌벌 기는 제 아버지를 보고 자라 우씨 집안이라면 환멸이 인다는 표정을 짓고 있었으면서 명예를 얻겠다고 이 정글 같은 곳에 스스로 기어들어 왔단 말인가. 어딘가 맞지 않았다. 뭔가 다른 곳에 정답이 숨어 있을 것만 같았다. 찾아야 했다. 그래서 제자리로 되돌려 놔야만 했다.

"깨끗이 헤어질 땐 언제고, 다시 데려다 놓고 감시를 한단 말이야?"

그녀의 머리로는 이해가 되지 않는 부분이 많았다. 둘 사이에 대체 무슨 일이 있었던 걸까. 결혼도, 이혼도 모두 그녀의 짐작 안에서 움직였다. 하지만 재혼은 생각지도 못한 일이었다. 그것이 도하를 변화시켰고, 자신의 아버지와 거래까지 하게 만든 걸까. 굳이 그렇게까지 하는 이유는 또 무엇인가. 설마, 고은을 사랑이라도 한단 말인가.

"하……."

미란에게선 작은 헛웃음이 터졌다. 그녀가 아는 우도하는 그런 감정에 모든 걸 걸어 버리는 놈이 아니었다. 우이형보다도 더 음흉하고 더 지독했다. 그래서 미란은 처음부터 도하가 싫었고, 그가 자신을 바라보는 눈빛조차 역겨웠다.

"근데 그게…… 며느님도 미행을 당하는 걸 알고 계신 눈칩니다."

비서의 덧붙임에 미란은 어이없는 표정으로 고은이 찍힌 사진을

내려다봤다. 도대체 너는 무슨 생각으로 겁도 없이 여기를 다시 기어
들어 와 인형처럼 살고 있니? 미란은 그녀에게 묻고, 경고해야만 했
다. 네 어미가 대성 안주인 자리를 노리고 붙어 있으라고 충고한들 들
어주면 안 되는 것이라고. 그만큼 너도 대가를 치르게 될 것이고, 나
중에 후회를 해 봐야 아무 소용이 없는 무서운 미래를 알려 줄 필요가
있었다.

"일단 들어가서 얼굴을 봐야겠어."

미란이 사진을 옆자리에 던져 놓고 차 문을 열었다.

비서의 손에 의해 현관문이 열리자 눈앞에 그녀를 기다리고 서 있
는 고은이 보였다. 옷차림이 예전과는 달랐다. 모두 도하의 안목이겠
지만 고은의 모습이 이 집과 나름 잘 어울린다는 생각이 들었다.

첫 번째 결혼 때는 모든 것이 엉망이었다. 하지만 미란은 그 모습
에 오히려 만족하며 아무런 간섭도 하지 않았었다. 특별한 날, 우 회
장의 지시로 식사 자리를 갖는 일이 아니라면 절대 개인적으로 고은
에게 연락하는 법이 없었다.

신경 쓰지 않으며 아예 무시를 해 버렸다. 어차피 필요에 의한 정략

결혼이었으니. 도하가 고은을 어떻게 받아들이고 생각하는지도 이미 파악한 뒤였다. 그래서 이혼을 한다고 했을 때도 놀라지 않았다. 오히려 우도하의 곁에서 1년이나 버틴 게 용하다는 생각을 하기도 했다.

그렇게 다시는 볼 일이 없을 줄 알았던 며느리였다. 그녀가 무슨 생각을 하는지, 무엇에 관심을 가지는지, 또 어떤 마음으로 자신의 호적상 첫째 아들을 바라보는지 궁금하지 않았다. 그럴 필요조차도 없었으니까.

하지만 이젠 달랐다. 도하의 행동이 달라졌고, 자신이 애써 잘 닦아 놓은 왕의 자리를 자격도 없는 어떤 놈에게 한순간에 뺏길 위기에 놓여 있었다. 무엇이든 약점을 만들고, 무기를 쥐어 공격을 할 수밖에 없었다.

"안녕하셨어요."

고은이 미란에게 깍듯하게 인사를 건넸다.

"그래. 잘 지냈니?"

미란은 제집 현관으로 들어서는 것처럼 익숙하게 발을 옮겼다. 고은의 뒤에 서 있던 김 여사가 그 누구보다 빠르게 그녀에게 허리를 숙였다. 뒤따라 들어온 비서가 두 손에 가득 챙긴 선물 바구니를 김 여사에게 건네자 고은은 미란의 얼굴을 바라봤다.

"아들 집인데 빈손으로 올 순 없잖아."

"……감사합니다."

고은은 곧장 기계처럼 고개를 숙였다. 미란은 잠시 그런 며느리를 내려다봤다. 이 정도로 표정이 없는 아이였나. 근본이 없는 어머니 밑에서 자란 티가 나긴 했어도 순수한 생기는 간직하고 있었다. 그 점이 마음에 들어 미란은 고은을 도하의 결혼 상대로 추천했었다.

그녀의 새아버지의 사업과 자신의 일이 엮어 있어 어쩔 수 없이 협상처럼 이뤄진 관계였지만 그 안에서 미란이 주시할 것은 분명했다. 셈이 느리고 도하의 예민한 신경을 거스르지 않아야 한다는 것이었다.

녀석이 결혼을 받아들인 건 우 회장의 간섭에서 벗어나기 위함이었다. 그 눈속임을 생각해 낸 건 미란이었다. 회사와 자신, 그리고 도하까지. 모두가 얻는 것이 분명하게 있는 완벽한 결혼이었다. 그 이후는 미란도 생각하지 않았다. 선택은 도하의 몫이었고, 이혼 역시 미란의 입장에선 나쁠 게 없었다.

두 사람의 이혼은 예상한 것보다 더 우 회장의 심기를 건드렸고, 도하를 후계자 자리에서 아예 탈락시켜 버리는 아주 좋은 찬스가 되기도 했다. 그런데 재혼이라니. 그것도 우 회장이 쓰러진 이후에 벌어진 상황이었다. 할아버지의 마지막 소원을 들어주고 싶어서 회사로 들어오게 됐다는 도하의 웃기지도 않은 선전 포고 앞에서 그녀는 실소를 터뜨릴 수밖에 없었다.

녀석은 노인이 죽을 날만 기다리고 있지 않았던가. 더 자유로워지고 싶어 안달이 나 있었으면서 사람들이 그 말을 믿을 것이라 생각한 걸까. 미란은 고은을 바라보고 있자 감정이 더 치밀어 올랐다.

"다시 돌아오니까 어때?"

차와 다과를 내온 김 여사가 물러난 후 미란은 고은에게 단도직입적으로 물었다. 맞은편에 앉아 얌전히 찻잔만을 바라보던 며느리가 고개를 들어 그녀에게 눈을 맞춰 왔다.

"……좋아요."

깜찍한 말에 미란은 도저히 웃음을 참을 수 없었다.

"뭐가 그렇게 좋으니?"

독수공방을 하다가 한방을 써서? 우도하가 직접 만들어 주는 음식이 맛있었나? 다정하게 말하는 눈빛에 가슴이 녹아들었어? 그래서 겁도 없이 이 집구석에서 안주인놀이를 하면서 사람의 뒤통수를 치는 거니? 미란은 눈빛으로 쏘아붙이듯 모든 말들을 토해 냈다.

"어머님이…… 이렇게 챙겨 주시는 것까지."

"……."

"전부 다요."

고은이 태연하게 인정했다. 그녀는 천천히 찻잔을 들어 향이 진한 꽃잎차를 한 모금 마시고 내려놓았다. 그 모습을 지켜보며 참을 수 없는 감정에 어금니를 사리무는 시어머니가 느껴졌다. 그녀가 정면으로 미란을 바라봤다.

도하 덕분에 기 싸움을 하는 덴 이젠 도가 튼 걸까. 미란의 직설적이고 날카로운 눈빛에도 그녀는 아무런 두려움도 느끼지 않았다. 예전 같았으면 미란의 한마디에 의미를 부여하고 도하에게 나쁜 영향을 끼칠까 봐 밤잠을 설쳐 가며 고민했겠지.

하지만 이젠 그 모든 것들이 무의미하다는 걸 깨달은 후였다. 고은은 새어머니 미란도 불쌍하다는 생각뿐이었다. 얼마나 더 가져야 만족하는 걸까. 도하가 가지려 하는 자리를 뺏기면 안 되는 이유라도 있나. 단순히 그가 그녀의 자식이 아니기 때문이라면 고은은 이 현실이 너무도 서글프다고 생각했다. 고은은 또다시 멍청하게도, 이 치졸하

고 역겨운 자리싸움에 제 스스로 발을 담그려 하는 도하가 안쓰러워
지고 말았다.

'방을 만들어 줄게요.'

'이제 병원은 그만 다녀요.'

어젯밤 도하의 말에 감동이라도 한 걸까. 고은은 이다지도 작은 것
들에 줏대 없이 갈대처럼 흔들리는 자신이 한심해 쓰게 웃었다.

"안 본 사이에 성격이 달라졌나 보구나."

미란이 고은의 미소를 보며 신경질적으로 찻잔을 들었다.

"어머님은 똑같으셔서 다행이에요."

고은의 말대답에 미란이 찻잔을 던지듯 내려놓았다.

"이제 겁이 없니? 아니면, 도하가 그래도 된다고 했어?"

"……"

"어머니도 뭣도 아니니까, 나 같은 건 무시하고 함부로 해도 된다
고, 네 맘대로 지껄이라고 하더냐?"

"……"

고은은 흥분한 미란의 말을 그저 듣고만 있었다.

"널 도하 짝으로 정한 건 나였어. 네 어머니가 무릎이라도 꿇을 것

60

처럼 달라붙어서는 떨어지질 않았다고. 우리도 나쁠 것 없다 싶었는데, 내가 잘못 생각 했어. 이렇게…… 시키먼 속을 드러내며 뒤통수를 칠 줄 알았으면 너 같은 건 처음부터 무시했을 거다."

그렇게 처음부터 만나지 않았다면, 그랬다면, 고은은 미란의 말에 그런 생각을 할 수밖에 없었다. 도하와 부부 사이로 엮이지 않았다면 그녀의 인생은 어떻게 달라졌을까. 벗어나려 해도 도망칠 수 없는 늪 같았다.

도하가 주방 쪽으로 도망쳐 쭈그려 앉아 있는 그녀를 안아 들고 침대에 눕힌 후 그녀의 짓무른 눈가를 쓸어 내는 순간, 고은은 차라리 기억 상실에 걸리고 싶은 마음이었다. 이 모든 행동이 사랑이라고 착각할 때가 마음은 편했다. 그를 사랑하지 않겠다고 했지만 그럴 수가 없었다.

도하의 손길 하나만으로도 가슴이 시큰거렸다. 미안하다, 잘못했다는 그의 사과에 더 큰 울음이 터졌다. 날 왜 이렇게 만들었냐고. 사랑하지도, 그렇다고 도망가지도 못하게. 억울한 울분도 이젠 뱉을 수가 없었다.

"아니면, 부부는 닮는다더니, 네가 도하를 꼬였니?"

"……."

미란은 이제 다른 쪽으로 고은의 심리를 자극했다.

"이 집안이라면, 우씨라면 지긋지긋해하던 녀석이었어. 호적에서도 파내 달라고 할 것처럼 굴던 놈이 한순간에 맘을 바꾼다는 게 말이안 돼. 네가 옆에서 그랬니? 가지려면 가질 수 있는 자린데 왜 멍청하게 연기나 하고 있느냐고?"

"……어머니."

고은은 머리가 울렸다. 미란의 말이 자신의 어머니 정화가 쏟아 내는 독설과 겹쳐 들렸다. 너 때문이야. 네가 문제야. 너를 낳지만 않았으면. 고은은 숨이 막히는 기분에 원피스 자락을 쥐었다. 등 뒤로 식은땀이 흘렀다. 그럼에도 미란은 멈추지 않았다.

"제 손으로 손목 그어 죽은 배우 엄마 피, 그대로 이어받아 연기만하면서 살면 될 인생이야. 걔는 거기서 못 벗어나. 악착같이 발악을해도 그 어미에 그 자식이란 소리나 듣게 될 거라고."

삐. 고은은 머릿속에서 이명이 들리는 것만 같았다.

"제 아버지가 뭘 쥐고 협박한 건지 모르겠지만 조심하라고 전해. 핏줄이고 뭐고 없는 양반이니까. 다 같이 물속에 뛰어들기 전에 네가 말려. 이건 정말 충고니까 새겨듣고."

고은의 얼굴이 하얗게 질려 가는 걸 지켜보던 미란이 만족한 듯 자리에서 일어났다. 김 여사가 미란을 배웅하려 뒤따르는 걸 보면서도 고은은 꼼짝도 할 수가 없었다. 그대로 소파에 무너지듯 누워 버리곤 눈을 감았다. 삐이이. 이어지던 이명이 도하의 웃는 얼굴을 떠올리자 잠시 멈췄다.

'나랑…… 다시, 결혼해 줄래요?'

그 말이 이제야 다시 되감기된 파일처럼 재생되었다.

● ○ ●

"김 박사님이 보고 가셨는데 큰 이상은 없으시대요. 잠시 안정을 취하면 된다고 하셨어요."

"……알겠습니다. 나가 보세요."

죽은 듯이 잠들어 있는 고은의 이마 위에 도하의 손바닥이 살며시 닿았다. 피부가 너무도 찼다. 아니면 그의 손이 뜨거운 걸까. 도하는 외투도 옷도 벗지 못한 채 침대 끝에 앉아서 고은의 이마를 조심스레 매만졌다.

새어머니 미란이 집을 찾아왔다는 보고는 오전 회의 중반쯤 핸드폰에 전송되었다. 우이형 부회장까지 참석한 중요 회의였다. 그 안에서 도하가 알아들은 말은 얼마 없었지만 자리라도 지켜야 한다는 걸 안다. 지금 상황에서 그가 하고 싶은 대로 행동한다면 그들의 협약은 물거품이 되고 우 회장이 어떤 새로운 협박 카드를 내놓을지 몰랐다.

도하는 처음으로 두려운 게 생겼다. 가지고 싶어서일까, 지키고 싶은 걸까. 그 감정이 무엇이든 고은이 제 옆에만 있어 준다면 이 모든 걸 견딜 자신이 있었다. 그녀가 약을 집어삼켜 매일 잠에 취해 있다고 해도 보내 줄 수 없다는 마음은 변함이 없었다.

"내가…… 잘못하고 있는 거예요?"

잠든 고은에게 도하가 긴 한숨처럼 물었다. 고은은 악몽을 꾸는 것처럼 미간을 잔뜩 찌푸렸다. 완전하게 웃는 얼굴을 본 게 언제였나. 도하는 그런 자각을 하기도 했다. 그의 시선은 천천히 침대 옆 협탁 위에 놓인 약 봉투로 옮겨졌다. 방을 옮겨 주겠다는 말을 꺼냈다. 그것이면 될 줄 알았다. 그때까지 조금만 기다리면 되는데, 그것조차 참지 못하고 정량 이상의 약을 섭취한 이유는 그에 대한 악착같은 복수심일까.

도하는 자신의 얼굴을 부여잡고 쓰게 웃었다. 웃음이 났다. 이런 상황 속에서도 벗어나려 하는 그녀의 발악이 그에 대한 미움 때문이라는 것에, 그 발버둥 또한 감정이라는 생각에, 안도하며 만족하는 자신이 악마 같아 소름이 끼쳤다.

"그냥 날…… 용서하지 말아요."

그는 천천히 일어나 침실을 벗어났다.

도하는 저녁도 거른 채 서재에서 회사 자료들을 훑었다. 지금 그의 입장과 위치에서 성과를 보일 수 있는 건 새롭게 준비 중인 엔터 사업이었다.

아는 분야와 모르는 분야를 분리하고 핵심 문제들에만 빠르게 접근했다. 그러는 와중에 틈틈이 회사 홍보 모델로서 광고 촬영을 겸하며 그만이 할 수 있는 능력치를 아버지와 임원진들에게 내비쳤다. 재롱 잔치의 주인공이 된 것 같은 기분이었지만 큰 의미를 두지 않으니 못 할 것도 없었다.

똑똑.

안경을 낀 채 서류를 훑던 도하는 노크 소리에 고개를 들었다. 식사를 거른 그를 위해 간단히 요기할 간식을 만들어 온 김 여사일 것이라 생각했다.

"네."

도하의 대답에도 문은 곧장 열리지 않았다. 뭔가 이상함을 느낀 그가 안경을 벗으려 하는 순간, 천천히 문이 열리고 고은이 서재 안으로 들어섰다. 도하는 안경다리를 붙잡은 채 가만히 그녀를 건너다봤다. 푹 잠들었기 때문일까. 그녀의 안색이 나빠 보이진 않았다.

"좀 괜찮아졌어요?"

그가 먼저 물었다. 문을 닫은 고은이 고개를 끄덕였다.

"일이…… 많아요?"

그녀가 그에게 질문을 건넬 줄은 몰랐다. 도하는 슬며시 웃으며 안경을 벗었다. 분명 그에게 무슨 할 말이 있는 눈치였다. 여러 추측이 들었다. 그리고 하나가 걸렸다. 방을 옮기는 일. 그 생각이 들자 웃고 있던 얼굴이 천천히 가라앉을 수밖에 없었다.

"방은……."

"방이요."

둘은 동시에 말을 꺼냈다. 도하는 자신의 예상이 맞다는 걸 알아챘다. 하루 종일 그 고민을 한 걸까. 이 집으로 다시 들어온 이후 단 한 번도 그가 있는 서재를 찾지 않은 여자였다. 얼마나 급했으면. 씁쓸하면서도 안쓰러운 감정이 들었다.

"그래요. 방은 걱정 말아요. 당신 짐 옮겨 놓으라고 말해 놨……."

"취소해 줘요."

고은이 도하의 말을 잘라 내며 자신의 뜻을 전했다.

"……."

"……."

두 사람은 가만히 서로를 바라보고만 있었다. 도하는 지금 자신이 들은 말이 정확한 것인지 이해할 시간이 필요했다. 방을 옮기지 말아 달라는 소린가. 그 부탁을 하려고 지금 그를 찾아온 건가. 왜. 도하의 눈동자에 물음표가 가득하자 고은이 시선을 내리며 대답했다.

"둘만 지내는 것도 아니잖아요."

"……."

"또…… 이리저리 말 나오는 거 싫어요."

고은은 딱딱하게 말했지만 도하의 입가엔 다시 미소가 걸렸다.

"언제부터 남들 눈 신경 썼어요?"

그의 말에 고은이 고개를 들어 그를 노려봤다. 꼭 그렇게 말을 받아야 하느냐는 미움이 담긴 눈동자였다. 그 미움이 이토록 사랑처럼 느껴지다니. 도하는 자신이 미친 건 아닐까 하는 생각도 들었다.

"약 먹는 것도…… 내가 알아서 해요. 사람이, 그러니까, 적응하려면…… 그런 시간도 필요한 법이에요. ……알아요. 내 방식이 잘못됐다는 거. 조금만 기다려 줘요. 방법을 찾을 거니까."

고은은 제 할 말만 건네고는 차갑게 문을 열고 나가 버렸다. 도하에게선 웃음이 터질 수밖에 없었다. 그는 참지 못하고 입꼬리를 올리다가 벌떡 자리에서 일어났다.

두 사람의 식사는 금방 준비되었다. 김 여사는 손이 빠른 게 장점이었다. 그렇다고 대충 하는 법은 없었다. 그 점을 높이 사 우석문 회장 때부터 집안일을 모두 믿고 맡기고 있었다.

"고생하셨어요. 일찍 퇴근하세요."

도하가 고은과 식탁에 자리를 잡고 앉자마자 김 여사에게 일렀다. 식사 이후 정리와 후식까지 내올 생각이었던 그녀는 놀라서 잠시 눈동자가 흔들렸다. 그러나 도하의 의도를 금방 읽고는 곧장 고개를 숙인 후 가방을 챙겨 나왔다.

"치우는 건 제가 아침 일찍 와서 하겠습니다. 그냥 두세요. 그럼."

김 여사는 두 사람에게 깍듯하게 인사를 하고 현관 쪽으로 사라졌다. 그녀의 인사에 자리에서 일어나 고개를 숙인 건 고은뿐이었다. 누구를 부려 본 적 없는 사람만이 가진 순수한 예의 바름이었다. 고은의 행동에 도하의 입꼬리는 처음보다 더욱 올라갔다.

"보지도 않는데 인사는. 얼른 앉아서 먹어요."

그럴 필요 없다고 말해도 듣지 않는단 걸 알았다. 그런 행동은 살아오는 동안 몸에 밴 습관이었으니까. 도하는 어쩌면 이런 그녀라서 곁에 두고 싶었는지도 모른단 생각을 했다. 우씨 집안 사람들과는 달랐으니까. 그런 오만함을 당연하게 지니고 사는 건 그 역시 마찬가지였으나 한 번씩은 환멸이 일었다.

도하는 그런 상상을 한 적이 있었다. 자신이 우이형의 아들로 태어나지 않았다면 이런 성격을 가지지 못했을지도 모른다고. 좀 더 평범하고 다정하며 날카롭지 않은 사람이 되지 않았을까. 고은이 할머니 은금의 무릎에 눕거나, 학원에서 아이들을 가르칠 때의 표정을 마주하는 순간이면 부럽기도 했다. 자신은 그녀처럼 살 수 없을 것 같아 고은을 더 가지고 싶어졌다.

"저녁은 왜 안 먹었어요?"

고은이 수저를 들고선 반찬만 보며 물었다.

"당신이랑 같이 먹으려고?"

목소리 톤이 한 옥타브 정도 올라선 그의 대답에 고은은 잠시 고개를 들었다. 뭔가 기분이 좋거나 신이 났을 때 나오는 말투였다. 고은은 이제 그것을 파악했기에 그 이유를 생각하지 않을 수 없었다. 왜 이러나. 뭐가 그를 기분 좋게 한 거지. 지금 벌어진 일은 그저 두 사람이 같이 앉아 식사를 한다는 것뿐인데. 그건 어제도 마찬가지였다.

"수수께끼 다 풀었어요?"

언제나처럼 고은의 표정을 단박에 읽어 낸 도하가 먼저 물었다.

"무, 무슨…… 수수께끼요?"

그녀는 모른 척 다시 시선을 내렸다. 그러나 목 아래가 발개지는 건 감출 수가 없었다. 도하는 어쩔 수 없이 입가에 미소가 걸렸고, 반사작용처럼 아랫도리가 묵직해져 왔다. 이젠 주인의 말을 듣지 않는 놈이 시시때때로 발정하듯 부풀어 올랐다. 그의 목 아래도 뜨끈하게 열이 오르는 느낌이었다.

"어머니 다녀갔다면서요."

도하는 대화의 주제를 바꿨다. 고은이 고개를 들자 그 역시 반찬만 바라보고 있었다. 무슨 뜻으로 묻는 것인지 알 수가 없었다. 고은은 도하처럼 머리가 좋지도, 생각의 전환이 쉬운 사람도 아니었다.

"궁금하셨나 봐요. 저희, 다시…… 이렇게 사는 거."

아무렇지 않게 말을 받으며 고은은 장조림 하나를 집으려 했다. 하지만 동그란 메추리알은 집히지 않고 젓가락을 피해 이리저리 도망가 버렸다. 평소에 젓가락질을 잘하는 편이 아니라서 고은은 이런 반찬을 먹기 힘들어했다. 그때 고은의 상황을 모두 다 지켜보고 있던 도하에게서 짧은 웃음이 흘러나왔다.

"이렇게 깨 볶고 사는 게 보고 싶으셨나?"

도하가 젓가락으로 단번에 메추리알을 집어 고은의 밥그릇 위에 올려 주었다. 깨를 볶다니. 그런 말이 어쩜 이리도 자연스럽게 나오는 걸까. 고은은 도하의 뻔뻔함에 다시 한번 감탄하게 되었다.

"깨까진 아니고, 좋다고는 했어요."

푸흡. 고은이 받아친 말에 도하가 결국 참지 못하고 웃음을 터뜨렸다. 고은은 민망함에 얼굴을 붉힐 수밖에 없었다. 그럼 뭐라고 할까.

그런 말밖에 할 수 없지 않나, 따지는 것도 자존심이 상했다. 두 번이나 이런 연극 같은 결혼 생활을 하고 있는 자신이 한심해 더 독기가 오른 것도 있었다.

"진짜 좋아요?"

도하가 웃음을 멈추고 진지하게 물었다.

"그럴 리가요."

고은은 당연한 것 아니냐며 곧장 대답했다. 오랜만에 부드럽게 풀렸던 분위기가 금세 가라앉아 버렸다. 도하는 고은의 그런 자존심조차 모두 받아들일 수 있다는 표정으로 그녀를 바라봤다.

"그럼…… 싫어요?"

도하가 한참 만에 고은에게 다시 물었다. 고은은 도하의 시선을 피해 이리저리 반찬을 뒤적거리다 다시 고개를 들었다. 진득한 시선이 부담스러웠다. 왜 안 하던 질문을 하는 건지. 이미 우린 되돌릴 수 없는 사이라고 결론 나지 않았는가. 남들처럼 상대를 사랑해서 건네는 청혼이 아니었다. 그는 거절은 할 수 없다고 했고, 그녀가 도망치지 못하도록 어머니 정화와 할머니 은금까지 이용했다.

그래 놓고선 좋아지내길 바라는 건 욕심이 아닌가. 고은은 이젠 정말 그의 마음을 모르겠다. 이대로 그녀가 바보처럼 모두 다 잊고 그에게 웃어 주기만을 바라는 건가. 그걸 바랐다면 그는 고은을 옆에 두지 않았을 것이다. 그녀가 좋아하다는 말 한마디만 하면 야멸차게 내버릴지도 모르는 사람이 우도하였다. 고은은 그가 어떤 거짓말을 했는지 이미 들어 전부 알고 있었다.

"좋지도, 싫지도 않아요."

"……."

"그런 감정으로 도하 씨 앞에 앉아 있는 거아니에요."

고은도 진지하게 자신의 뜻을 전했다. 도하는 그녀의 속마음에 씁쓸한 서운함이 생기고 말았다. 그녀의 말처럼 마음까지 바라는 건 욕심이었다. 되돌릴 수 없는 사이라 여기는 여자 앞에서 진심을 보인다고 달라질까. 또한 그의 진짜는 뭘까. 그 자신조차 모른 채 오직 곁에 두고 싶다는 결론만으로 이 자리를 지키고 있었다.

"좋지도, 싫지도 않은 남자랑 한 침대에서 잘 수 있나?"

어김없이 삐뚤어진 방식으로 말이 튀어나오고 말았다.

"못 할 것도 없죠."

고은은 단단히 결심에 찬 눈빛이었다. 도하는 수저를 식탁에 내려

놓으면서 얄밉게 웃었다.

"그럼, 오늘 밤 잘 부탁해요."

그가 먼저 자리에서 일어났다. 고은은 그의 밥그릇을 건너다봤다. 하나도 먹지 않았다. 그것이 뭐라고. 그녀의 가슴을 콕, 하고 찌르는 것만 같았다. 먹든지 말든지. 고은은 꾸역꾸역 밥을 입 안으로 밀어 넣었다.

그렇게 자신 몫의 음식을 모두 비우고 수저와 밥그릇, 국그릇을 들고 자리에서 일어났다. 싱크대에 그릇을 넣는 것까지 강박처럼 끝내 놓고 그녀는 안방으로 향했다. 도하는 서재로 사라지곤 또 움직임이 없었다. 고은은 그것을 애써 외면하며 방 안으로 들어섰다.

약 봉투를 눈앞에 두고 고은은 고민했다. 더 이상 먹으면 안 된다는 생각을 하면서도 그러지 않고서는 오늘 밤을 아무렇지 않게 넘길 자신이 없었다. 도하에게는 못 할 것도 없다고 호기롭게 말했지만 막막함이 턱 끝까지 차오르는 기분이었다.

무슨 생각이었는지 도하의 새어머니가 다녀간 이후, 방을 옮기는 일은 하지 않는 게 좋겠다는 결론이 들었다. 언제까지 피할 수도 없는 노릇이었다. 그의 옆에서 아무렇지 않게 잠들 수 있다는 것으로 고은은 자신이 우도하를 신경 쓰지 않는단 걸 보여 주고 싶었다.

그리고 약에 의존하는 나약한 존재가 아니란 걸 모두에게 보여 줄 필요가 있었다. 보는 눈이 많은 것도 사실이었다. 김 여사는 새어머니와 더 오랜 시간을 보낸 사람이었다. 자신의 행동 하나하나가 보고되고 있다는 건 조금만 머리를 돌려도 나오는 결론이었다. 도하와의 연극에서 약자가 되어선 안 된다. 어떻게든 이곳에서 벗어나려면 그녀 자신이 강해져야 했다.

오늘 미란을 만나면서 고은은 또 다른 결심을 했다. 그녀는 약 봉투를 집어 들고 자리에서 일어났다. 드레스 룸으로 들어가 안쪽 서랍장을 열었다. 그 안 깊숙한 곳에 약을 쑤셔 넣었다. 다시는 찾아 꺼내는 일이 없도록.

샤워를 마친 고은은 일찍 침대로 들어서 몸을 뉘었다. 도하가 침실로 언제 들어설지는 모르겠지만 그것조차 의식하지 않을 필요가 있었다. 침대 옆 협탁에 놓아두었던 두꺼운 책을 펼쳤지만 같은 구절에서 계속 맴돌 뿐이었다. 고은은 다시 침대에 눕고 아예 눈을 감았다.

그는 여전히 소식이 없었다. 이러고 있으니 꼭 그녀가 그를 애타게 기다리고 있는 것만 같았다. 우스운 마음이었다. 그러자 서글픈 생각이 들기도 했다. 수시로 감정이 변하는 것도 약의 부작용인 건가. 고은이 벌떡 몸을 일으켜 앉는데 어디선가 문이 닫히는 소리가 들렸다. 그리고 터벅터벅 익숙한 발자국 소리가 점점 가까이 다가왔다.

고은은 얼른 다시 눕고 눈을 감았다. 잠든 척을 하는 게 가장 좋은 시나리오였다. 그러다 보면 저절로 잠들겠지. 앞일은 그녀 자신에게 맡겨 보자는 심산이었다. 그때 문이 열렸다. 그가 여유롭게 다가와 그녀가 누운 침대 곁에 멈춰 섰다.

이불이 들어 올려지고 침대 안으로 그의 몸이 들어서는 게 느껴졌다. 침구에 가득 배어 이미 익숙해져 버린 그의 향이 더욱 진하게 풍겼다. 바깥 욕실을 쓴 걸까. 그에게선 젖은 물 냄새가 났다. 고은은 자신이 그의 모든 걸 의식하고 생각하는 게 싫었다. 그저 빨리 잠에 빠져들고 싶었다.

뒤척이는 척 몸을 그의 반대쪽으로 돌려 누웠다. 그러다 한참 만에 베개보를 꽉 쥐었다. 그리고 나서 얼마 후에는 이불을 좀 더 당겨 올렸다. 그녀가 잠들기 위해 이리저리 애쓰는 동안에도, 그에게선 아무런 기척이 없었다. 잘 자는 사람이니까. 그는 불면증 같은 건 없어 보였다.

'잠잘 시간이 부족해서 그렇지, 자려면 어디든 머리만 붙이면 잘 자는 편이에요.'

도하는 의외로 수면에는 예민하지 않았다. 윤 대표도 그 점이 그의 장점이라 일러 주었다. 정말 그는 콩이가 있던 2층 빌라 거실 바닥에서도 아무렇지 않게 단잠을 자던 사람이었다. 그게 이제 와 그렇게 신기할 수가 없었다. 그가 당연히 잠들었을 거라 생각한 고은이 다시 한 번 몸을 뒤척이며 고개를 돌리는 순간이었다.

"……."

"……."

도하는 어느새 눈을 뜨고 그녀를 바라보고 있었다. 고은은 숨을 멈출 수밖에 없었다. 이제껏 그녀가 하던 행동을 모두 지켜보고 있던 걸까. 창피함에 얼굴이 뜨거워지기 전에 고은이 다시 몸을 돌리려 할 때였다.

"약은 안 먹은 것 같고."

"……."

"내가 잘 자게 해 줄까요?"

어쩐지 그의 말이 달콤한 신호 같았다.

● ○ ●

'좋지도, 싫지도 않아요.'

'그런 감정으로 도하 씨 앞에 앉아 있는 거 아니에요.'

고은의 말이 날카롭게 가슴에 박혀 빠져나가지 않는 기분이었다. 서재로 들어온 도하는 서류들을 다시 잡았다가 맥없이 내려놓았다. 안경을 벗고 눈을 감은 채 관자놀이를 문질렀다. 두통이 상시 대기를 하고 있다가 그를 공격하는 것만 같았다.

고은의 농담과 붉게 물든 얼굴 앞에서 아래를 세우다가도 그녀의 차가운 말투에 단번에 심장이 얼음물에 담기는 걸 오롯이 감당해야 했다. 도하는 후, 하고 한숨을 내놓은 뒤 막 알림이 울린 핸드폰을 열었다.

퇴근한 김 여사가 보내온 문자였다. 그녀를 이중 스파이로 만든 건 그의 뜻이었다. 최 관장에게 매수되어 정보를 넘기고 있다는 건 이미 오래전에 알고 있었다. 잘라 내는 방법보다는 새어머니를 안심시키는 쪽을 선택했다. 김 여사가 아니면 다른 인물을 고용해서라도 염탐을 이어 갈 사람이었으니. 김 여사에게도 나쁜 제안은 아니었다. 도하의 편에 서는 게 돈이든 뭐든 자신에게도 이득일 테니까.

오늘 그녀가 보내온 것은 간단한 음성 파일이었다. 도하는 서랍을 열어 헤드셋을 찾았다. 블루투스를 연결하고 파일을 열자 감이 먼 곳에서 녹음했는지 두 여자의 대화 소리가 희미하게 들렸다. 그는 볼륨을 좀 더 높였다.

─다시 돌아오니까 어때?

─……좋아요.

고은이 했다는 말은 진짜였다. 그 사실을 직접 목소리로 확인하자 어째선지 도하에게선 공허한 웃음이 흘렀다. 좋다고 말하는 여자의 목소리가 전혀 좋아 보이지 않았기 때문이다.

─안 본 사이에 성격이 달라졌나 보구나.

─어머님은 똑같으셔서 다행이에요.

─이제 겁이 없니? 아니면, 도하가 그래도 된다고 했어? 어머니도 뭣도 아니니까, 나 같은 건 무시하고 함부로 해도 된다고, 네 맘대로 지껄이라고 하더냐?

─널 도하 짝으로 정한 건 나였어. 네 어머니가 무릎이라도 꿇을 것처럼

달라붙어서는 떨어지질 않았다고. 우리도 나쁠 것 없다 싶었는데……

악다구니를 쓰며 말을 뱉어 내는 미란의 목소리를 더 이상은 듣기 힘들었다. 도하는 파일을 멈춰 놓고 의자에 머리를 기댔다. 두통이 또 다시 찾아왔다. 눈앞에 장면이 그려졌다. 연기 연습을 할 때 그가 자주 쓰는 방식이었다. 대사를 그의 목소리로 녹음해 놓고 그것을 눈을 감은 채 다시 들었다. 장면이 그려지고 마치 그 상황 안에 자신이 있는 것 같았다.

새어머니와 고은이 앉아 있는 테이블. 미란의 독설을 묵묵히 받아 내고 있는 고은이 말을 잃은 채 하얗게 질려 버린다. 그녀가 감당하지 않아도 될 말들. 일부러 상처 입히기 위해 그녀를 몰아세우는 악담에 마음이 여린 여자는 두 주먹을 꽉 움켜잡으며 모멸감을 참아 낸다.

도하가 천천히 눈을 떴다. 그제야 고은이 왜 그에게 방을 옮기지 말자고 했는지 이유를 알 것 같았다. 그는 다시 몸을 세우고 앉아 표정 없는 얼굴로 파일의 재생 버튼을 눌렀다.

─아니면, 부부는 닮는다더니, 네가 도하를 꼬였니?

─이 집안이라면, 우씨라면 지긋지긋해하던 녀석이었어. 호적에서도 파내 달라고 할 것처럼 굴던 놈이 한순간에 맘을 바꾼다는 게 말이 안 돼.

네가 옆에서 그랬니? 가지려면 가질 수 있는 자린데 왜 멍청하게 연기나 하고 있느냐고?

— ……어머니.

— 제 손으로 손목 그어 죽은 배우 엄마 피, 그대로 이어받아 연기만 하면서 살면 될 인생이야. 걔는 거기서 못 벗어나. 악착같이 발악을 해도 그 어미에 그 자식이란 소리나 듣게 될 거라고. 제 아버지가 뭘 쥐고 협박한 건지 모르겠지만 조심하라고 전해. 핏줄이고 뭐고 없는 양반이니까. 다 같이 물속에 뛰어들기 전에 네가 말려. 이건 정말 충고니까 새겨듣고.

훗. 미란의 마지막 말에 그는 비웃음밖에 새어 나오지 않았다. 머리 좋은 사람이라 여겼는데 아니었나. 이렇게 무식한 방식으로 고은을 협박할 줄은 몰랐다. 처음 그들이 만나도록 나서서 자리를 마련한 건 새어머니였다. 그녀의 손이, 머리가, 지금의 상황을 만든 것이다.

도하는 핸드폰을 끄고 헤드셋을 던지듯 서랍 안에 집어넣었다. 서재를 빠져나와 게스트 룸 쪽의 욕실로 들어섰다. 옷을 벗고 차가운 물줄기에 몸을 식혔다. 그제야 두통이 조금씩 사라져 갔다.

샤워를 마친 그는 몸에 묻은 물기만 대충 닦은 채 공간을 빠져나왔다. 그의 머리카락에선 물이 뚝뚝 흘러내렸다. 도하는 안방 쪽을 바라보고 섰다가 몸을 돌렸다. 그가 없는 게 그녀의 수면에 도움을 주는 건 확실한 사실이었다.

새어머니 미란의 가시 돋친 말들을 받아 낸 뒤 약을 먹고 쓰러진 여자가 그와 얼굴을 맞대고 앉아 저녁을 먹었다. 착하다고 해야 하나, 멍청하다고 여기는 게 맞는가. 당장 이 집을 나가겠다고 소리치는 게 정상인 상황이었다. 미란도 그걸 원해서 죽은 그의 어머니까지 들먹였을 텐데.

도하는 게스트 룸 쪽으로 발길을 옮기다가 다시 돌아섰다. 도저히 안 되겠다. 고은이 보고 싶었다. 그저 안아 주고 싶었다. 아니, 그녀에게 안기고 싶은 마음이 들었다.

침실 문을 열고 들어서자 고은은 놀라 어깨를 움찔하는 게 보였다. 약을 먹지 않고 버텨 보려는 걸까. 그런 그녀의 행동들이 자꾸만 도하의 마음을 흔들며 나약하게 만들었다. 놓아줄 수 없는데. 놓고 싶지 않은데. 놓아줘야만 할 것 같았다.

그는 눈을 감고 있는 고은을 내려다보다가 그녀의 옆에 누웠다. 고은 쪽으로 몸을 돌려 그녀의 뒷모습을 바라봤다. 고은은 몇 분에 한 번씩 뒤척였다. 그럼에도 절대 도하 쪽은 바라보지 않았다. 그것이 또

서운해져 버렸다. 자신의 감정에 황당함을 느낀 도하가 눈을 감으려 하는 순간이었다.

"……."

"……."

고은이 그 쪽으로 몸을 돌려 누웠다. 그와 눈이 마주친 그녀의 눈동자가 달처럼 커졌다. 도하의 가슴속에서 먹먹한 통증이 일었다. 이 여자를 어찌해야 할지 모르겠다.

고은이 그를 피해 다시 돌아눕자, 그가 말을 건넸다.

"내가…… 잘 자게 해 줄까요?"

고은은 그의 말을 곧장 이해하지 못하고 눈만 끔벅거렸다. 잘 자게 해 준다니. 그의 존재감 때문에 그녀가 이토록 수면 부족에 시달리고 있는데 그가 그녀를 잠들게 만들어 준단다. 고은은 그가 또 이상한 장난을 친다고 생각했다.

"알아서 잘 거니까 걱정 마요."

말은 냉정하게 내뱉었지만 도하가 여전히 그녀를 바라본 채 아무런 행동도 하지 않는 게 신경 쓰였다. 평소 같았으면 억지로라도 그녀의 몸을 돌려놓았을 사람이었다. 도대체 어디까지 장단을 맞춰 줘야 하는지. 가슴 안에 답답함이 차고 올라 그녀는 다시 몸을 반대로 누웠다.

"……."

"……."

도하가 고은이 이럴 줄 알았다는 것처럼 웃었다. 그게 얄미우면서도 그의 눈가가 어둡게 가라앉아 보여 고은은 가슴이 시큰거렸다. 버리려 해도 버려지지 않는 마음. 미움으로만 가득 차 있는 것 같았는데 그 미움조차도 감정이라 이성적으로 움직여지지가 않았다.

"그거 알아요?"

고은이 먼저 입을 열었다. 도하는 여전히 그녀를 가만히 응시하고만 있었다. 젖은 머리를 말리지 않는 건 습관인 건가. 그러다가 감기라도 들면. 그녀가 해야 할 걱정이 아니란 걸 알지만 이렇게 같은 침실을 쓰고 나서부턴 또 다른 부분들이 그녀를 괴롭혔다.

"당신이 죽도록 싫고 미운데…… 그렇게 우울한 얼굴은 보고 싶지 않아요. 그것도 연기라면 할 말은 없지만. 신경 쓰여요. 그러니까……."

"……."

그때 도하가 고은의 허리를 끌어당겨 품에 꽉 끌어안았다. 그의 가슴 안에 얼굴을 묻게 된 고은은 숨이 막혔다. 아니, 심장이 미친 듯이 뛰었다. 제발, 이 남자에게는 반응하지 말라고, 그렇게 설득하고 세뇌를 시켜도 몸이 그녀의 말을 듣지 않는 것만 같았다.

"잠깐, 도하 씨."

고은이 도하를 밀어 내려 하면 그는 더욱더 힘을 주어 꽉 그녀를 안았다. 이상하게도 더 이상 그의 포옹을 거절할 수가 없었다. 그가 그녀를 안고 있지만 마치 그녀에게 안아 달라고 하는 것만 같았다. 이 모든 느낌들은 그저 그녀의 생각일 뿐이었지만 너무도 세차게 뛰는 그의 심장 소리가 그녀의 귓가에 들려와 고은은 이 행동마저 연기로 치부할 수가 없었다.

"근데 연기자는요."

도하에게선 아무런 대꾸가 없었지만 고은은 민망한 이 상황을 벗어나기 위해서 무슨 말이든 해야만 했다. 그녀가 빼꼼 고개를 들고 그를 올려다봤다. 도하도 그걸 느꼈는지 시선을 내려 그녀를 바라봤다.

"심장 소리도 연기할 수 있어요?"

뭐라고? 푸하하. 도하가 어이없다는 듯 작은 웃음을 터뜨렸다. 그 웃음이, 마치 그녀의 얼굴 위로 스며드는 기분이었다. 그가 웃는 모습을 이렇게 가까이에서 보는 건 처음이니까. 도하는 미소가 예쁜 사람이었다. 남자다우면서도 섬세한 얼굴선은 배우로서 희소성을 가졌다. 배우들이 가진 아우라를 넘어선 신비스러운 분위기는 그의 웃음을 더욱 돋보이게 만들었다.

그가 가진 유일함은 때론 거리감이 되었다. 도하의 웃음이 그녀에게만 허락된 미소가 아니란 걸 알았기에 따뜻하다고 느껴 본 적은 없었다. 그랬는데, 지금은 달랐다. 그녀를 내려다보는 도하의 시선에 그녀의 심장도 쿵, 쿵, 자꾸만 제 기분을 알아 달라고 재촉하듯 울리는 것만 같았다.

"심장까지 연기할 수 있음 얼마나 좋겠어요."

다시 고개를 들어 올린 도하가 그녀를 가슴 안에 더욱 깊이 안았다. 얼마나 안겼다고. 고은은 금세 그의 품에 익숙해진 기분이었다. 그녀의 사정거리 안에 그의 체취와 향이 가득해 자꾸만 눈이 감겼다. 이럴 순 없었다. 그가 재워 준다고 한 게 이런 거였나.

그때 도하의 손이 고은의 등을 다정하게 쓸어 냈다. 어쩐지 낯설지가 않았다. 그가 이런 행동을 한 적은 없는데. 고은이 그 생각을 할 즈음 도하의 입에서 천천히 수수께끼가 풀렸다.

"할머님이랑 산책하다가 여쭤본 적이 있어요. 고은 씨 언제 힘들어하냐고."

"⋯⋯."

"한참을 생각하시다가⋯⋯ 악몽을 꿀 때가 많다고 하셨어요. 그럼 그땐 어떻게 하느냐고 내가 여쭤봤어요. 이렇게⋯⋯ 꼬옥 끌어안고 등을 쓸어 주면 다시 잠이 든다고⋯⋯."

눈이 감기는데도 고은은 왈칵 울음이 쏟아질 것만 같았다. 잠과 꿈의 경계에서 은금의 손길을 만날 때가 떠올랐다. 할머니. 우리 할머니. 그렇게 부르며 고은이 좀 더 끌어안으면 할머니는 몇백 번이고 그녀의 등을 쓸어내렸다. 괜찮다고. 다 괜찮다고. 꿈은 꿈일 뿐이라고.

"⋯⋯잘 자요."

고은은 잠결임에도 도하의 입술이 자신의 입가에 머물다가 떠난 걸 느꼈다.

15.
원하는 건 뭐든

정말 오랜만의 단잠이었다. 눈을 뜬 고은은 아침이란 걸 알아챘다. 약 기운이 남은 채 강제로 일어나야만 했던 순간들과는 달랐다. 몸을 일으킨 고은은 개운한 기분에 큰 기지개를 켰다. 그러다 화들짝 놀라 옆자리를 내려다봤다. 다행히 도하의 자리는 깔끔하게 비워져 있었다. 그게 당연한데 고은은 잠시 그가 머물던 자리를 가만히 응시했다. 평소와 다를 것 없는 아침인데도 마음이 이상해지는 것만 같았다.

어젯밤 일 때문일까. 그가 그녀의 등을 쓸어 내 주었다. 그리고 단잠을 이뤘다. 어쨌든 잠을 자게 해 준 것에 대한 고마움이 들었다. 밉다, 밉다, 해도 그러다 정이 드는 사이가 있다더니. 고은은 문득 할머니 은금이 할아버지와의 러브 스토리를 덤덤히 이야기해 줬을 때가 떠올랐다.

얼굴만 한 번 본 남자와 예식을 올렸다고 했다. 집안의 어른이 혼기가 찼다는 이유로 적당한 짝을 지어 준 혼사였다. 할머니도 그래야하는 줄만 알았단다. 다들 그렇게 살았단다. 그 사람을 내 운명이라 여기며 첫날밤을 보내고 난 뒤 한 달도 되지 않아 고은의 아버지를 가졌다. 젊은 남녀는 서로가 어떤 걸 좋아하고, 싫어하는지도 모른 채 부모가 되었다. 당연히 시행착오가 많을 수밖에 없는 결혼 생활이었다. 가장이라는 무게를 짊어진 할아버지는 할머니를 다정함보다는 책임감을 가지고 바라봤다고 했다.

'사랑 같은 말 생각할 새가 어디 있어. 당장 내일 먹을 쌀도 없는데. 그렇게 살다 보니 네 할아버지 등만 봐도 믿더라. 믿다, 믿다, 노래를 부르면서 아강이를 키웠지. 그런데 어느 날인가, 등만 보이고 자던 양반이 내 쪽으로 얼굴을 돌리고 자는데 그 얼굴에 주름이…… 아고, 그게…… 그렇게 안쓰러워서 한참을 울었어.'

할머니가 말한 그 마음은 사랑일까, 아닐까. 고은은 오랫동안 생각에 잠겼었다. 그때의 사랑과 지금의 사랑은 다른 모양일지 몰라도 그

무게는 같은 걸까. 고은은 아침부터 심장이 묵직해진 기분이었다.

이 미움 또한 사랑이면, 그렇다면 그녀는 어째야 하는지. 그를 사랑하지 않겠다는 결심이 우스웠다. 이리도 쉽게 그가 그녀에게 주었던 상처들, 배신들이 모조리 휩쓸려 어디론가 사라져 버릴 수가. 단지 그가 그녀의 등을 쓸어 내 줘서일까. 심장이 뛰었기 때문일까. 고은은 또다시 머릿속이 복잡하게 얽히고 말았다.

똑똑.

언제나처럼 문을 두드리는 소리가 들렸다. 고은은 자리에서 일어나서 문을 열었다. 김 여사가 아침 인사와 함께 커피를 건네주었다. 고맙단 인사를 하고 고은이 컵을 받아 들었는데도 그녀는 돌아서지 않고 서 있었다.

"무슨…… 할 말, 있으세요?"

그녀의 물음에 김 여사가 슬며시 입꼬리를 올렸다.

"푹 주무신 것 같아 보여서요. 얼굴이 좋아요."

고은을 바라보며 웃어 보인 김 여사가 인사를 하고는 문을 닫았다. 멋쩍어진 고은은 그 자리에 서서 자신의 얼굴을 한 번 쓸어 냈다. 커피를 테이블에 내려놓고 거울 쪽으로 다가가 섰다. 방금 일어나 부스

스함이 남아 있는, 평상시의 아침과 다를 바 없는 모습이었다.

뭐가 다르다는 거지. 그녀는 거울 속 자신의 얼굴을 한참이나 바라봤다. 다른 건가. 그러다 조금은 입꼬리를 올려 보게 되었다. 그렇다면 좋은 걸까. 그 웃음 끝에는 또다시 씁쓸함이 묻어났다.

고은은 잡념을 지우고 드레스 룸으로 향했다. 그때 고은의 핸드폰이 진동했다. 화면을 확인한 그녀는 좀 전의 거울 속 모습보다 더 활짝 미소를 지어 보였다. 어쩐지 오늘은 조금 더 힘차게 하루를 시작할 수 있을 것 같았다.

● ○ ●

"더 이상 볼 일 없을 것처럼 굴더니."

비서의 안내를 받아 도하의 이사실로 들어와 자리를 잡고 앉은 윤 대표가 기어이 서운한 마음을 퉁명스럽게 뱉어 냈다. 도하도 오랜만에 이 공간 안에서 계산적이지 않은 순수한 감정 표현을 듣자 표정이 한결 부드럽게 풀어졌다.

"그래서 문자에 답장도 안 한 거예요?"

잘 지내냐고 여러 번 문자를 보냈지만, 한수는 내용만 확인할 뿐 답을 하지 않았다. 배우로 지낼 때도 도하가 먼저 연락을 건네는 일은 흔하지 않았는데 그럴 때마다 윤 대표는 칼대답을 하며 그의 심기를 거스르지 않으려 노력했다. 그 모든 게 결국은 갑과 을의 계약관계로 묶여 있기 때문이었지만 도하는 둘 사이를 그렇게만 정의 내릴 순 없다고 여겼다.

윤 대표는 결정적인 순간에 그의 편이 되어 주었기 때문이다. 그가 연예계를 은퇴할 때에도 그랬다. 말로는 서운함을 표현했지만 그 이외의 행동은 보이지 않았다. 네가 위약금을 많이 줘여 줬기 때문이라고 했지만 윤 대표에게 우도하란 소속 배우의 존재감이 어떤지 모르지 않았다. 그리고 기획사와의 계약을 끝내는 과정이 얼마나 더러운지 이미 주변 배우들을 통해서 너무 잘 봐 왔다. 대부분의 대표들은 소속 배우를 기계처럼 부리는 경우가 많았고, 다른 주머니를 차면서 사기를 치는 게 열에 아홉은 되었다.

인기를 얻고 머리가 굵어진 배우들이 모두 제 이름을 건 1인 소속사를 내는 것도 그 이유였다. 가만히 앉아서 단물만 빼내 가는 족속들. 그들에게 한 톨의 양식도 줄 수 없다는 독기가 생기는 건 어쩔 수 없는 연예계의 구조였다.

살아남는 자만이 산다. 공생이 아니라 기생과 자생이 해답처럼 여겨지는 동네였다. 처음 윤 대표를 만났을 때 도하도 그에게 큰 신뢰를 보내진 않았다. 지지리 고생만 하다가 대어를 하나 물어서 성공한 케이스였다. 당연한 유혹들이 도처에서 그를 흔들었다.

눈앞에선 간이고 쓸개고 줄 것처럼 굴지만 이러다 어느 순간 돌변해 등에 칼을 꽂고 뒷주머니를 차겠지. 그런 일조차도 받아들일 만큼 도하는 돈에 큰 애착을 가지지 않았다. 윤 대표가 그 정도로 돈이 필요하다면 모른 척 내어 줄 생각도 있었다. 하지만 한수는 절대 그것만은 하지 않았다. 그렇다고 자신이 가져가야 할 몫까지 내놓진 않았지만 정당한 방식으로 도하와의 계약을 지켰다.

"그래서, 왜 보자고 한 건데?"

우도하가 없는 '윤 엔터테인먼트'의 앞날은 뻔했다. 지금 트레이닝을 시키고 있는 연습생들도 모두 도하의 후광 덕을 보기 위해 한수와 계약을 맺었다. 그런데 대표 배우가 돌연 연예계를 떠나 자신의 집안 사업으로 진로 노선을 틀었다.

당연히 뒤숭숭해진 기획사는 여러 난항을 겪고 있었다. 그런 상황

93

에서도 한수는 도하의 탓을 하지 않았다. 그가 미리 건넨 계약 위반 위약금이 있긴 했지만 한수가 막아 낼 독은 그보다 더 크면 컸지 작진 않았다. 도하는 한수가 이리저리 은행 대출을 알아보고 다닌다는 걸 건너 듣게 되었다. 참 윤한수다웠다.

다른 이들이라면 어땠을까. 당연한 것처럼 도하에게 찾아와 무릎이라도 꿇었을 것이다. 하지만 한수는 그것만은 절대 해서는 안 된다는 걸 아는 사람이었다. 싫다고 떠난 이의 가랑이만큼은 붙잡고 흔들고 싶지 않은 자존심이란 걸 가진 인물인 것이다.

"대표님 도움이 필요해서요."

도하는 자신이 짜 놓은 엔터 관련 플랫폼 사업안을 한수 앞에 내밀었다. 그제야 윤 대표의 몸이 테이블 쪽으로 천천히 움직였다. 서류를 내려다보는 그의 눈빛이 반짝이는 게 멀찍이 앉은 도하의 눈에도 고스란히 보였다.

언제나 윤 대표가 꿈꾸던 사업 기획이었다. 하지만 거대한 대기업들 틈에 끼여 시도만 하다가 미끄러진 게 몇 번이나 되었다. 그때마다 도하를 통해 번 돈이 뭉텅이로 빠져나간다는 걸 알고는 있었지만 알은척하지 않았다. 사업도 병이라고, 말린다고 고칠 수 있는 게 아니었다.

"이거…… 진짜, 네 선에서 가능한 거야?"

한수는 눈이 커진 것도 모자라 입까지 키우며 서류와 도하를 번갈아 바라봤다. 도하는 느긋하게 소파 등받이에 몸을 묻고 다리를 꼬았다. 여유롭게 주머니에서 지포라이터를 꺼내 뚜껑을 열었다가 닫았다. 고은을 집에 데려온 이후 담배는 다시 끊으려 하는 중이었다.

"형이 도와주면 가능할 것 같아요."

도하가 라이터를 테이블에 내려놓고 다리를 풀어 똑바로 앉으며 한수를 바라봤다.

"야……. 이, 이게…… 근데, 그러다가 실패하면? 네 아버지가 가만히 계시겠어? 차분하게 일 배운다고 들어온 거 아니야? 너, 사업 같은 거 해 본 적도 없는 놈이 괜히……."

"실패하면 다시 시도하면 되죠."

"뭐?"

도하는 크게 문제 될 것 없다는 표정이었다. 역시나 금수저를 물고 태어난 놈은 배포부터 다른 건가. 한수가 난감한 웃음을 흘렸다. 그로선 나쁠 것이 없는 제안이었다. 어쩌면 이참에 모든 빚을 갚고 도약할 수 있는 기회가 될지도 몰랐다. 그렇지만 리스크가 너무 컸다. 모두들 사업은 도박이라고 하지만 거기에도 선이 있는 법인데, 우도하가 내 놓은 기획은 그가 생각한 크기의 백 배가 넘는 스케일이었다.

"두드려 보고, 안 되면 또 두드리고. 문이 열릴 때까지 밀어붙이는 게 제 방식인 거 몰라요? 연기도 그렇게 했잖아요. 사업이랑 연기가 다를 게 없다고 보는데요, 난?"

자신감에 차 있는 도하를 보자 한수는 자신도 모르게 이끌릴 수밖에 없었다. 우도하가 어떤 놈이었나. 연기자로서 그는 정말로 포기란 단어를 몰랐다. 그가 납득하고 만족할 때까지 스스로를 극한으로 몰아넣었다. 사이코패스 배역을 맡았을 때도 그는 각종 영화, 다큐멘터리, 범죄 드라마를 섭렵하며 그 인물이 되었다.

자신의 부모를 잔인하게 살인하는 장면을 찍을 때 감독이 더 완벽한 그림은 없을 것이라 칭찬했지만 도하는 재촬영을 요구했다. 그렇게 스스로가 만족한 연기를 펼친 그는 최고가 되었다. 다만 후유증으로 몇 달간은 정신과 상담을 다녀야 했다. 그게 배우란 직업이 가진 어쩔 수 없는 고행이라며 도하는 당연하게 여겼다.

그때 한수는 느꼈다. 아무나 최고가 되는 것이 아니고, 간단만 마음가짐만으론 절대 될 수가 없다는 걸.

"근데 왜 이렇게까지 하는 거야?"

한수는 궁금해질 수밖에 없었다. 도하가 그의 질문에 흐린 미소를 보였다.

"뭐든, 이왕 하는 거 제대로 해 봐야 하지 않겠어요?"

녀석은 웃으며 말했지만 한수는 자신이 모르는 뭔가가 있다는 걸 알아챌 수 있었다. 그때 도하의 집무 책상 위에 있던 핸드폰이 울렸다. 도하가 몸을 움직여 그것을 집어 올리곤 화면을 확인했다. 입가에 흐린 미소를 달고 있던 그의 표정이 삽시간에 서늘하게 가라앉았다.

● ○ ●

옷을 골라 입는데도 고은은 조금 신이 났다. 그녀의 핸드폰으로 문자를 보내온 사람은 미선이었다. 서울에 업무를 볼 일이 있어 잠시 출장을 왔다는 거였다. 잠깐 얼굴이라도 볼 수 있느냐는 물음에 당연하게 나갈 수 있다는 답장을 보냈다.

샤워를 하고 평소보다 빨리 아침밥을 먹었다. 김 여사가 좋은 일이 있으신 것 같다는 말을 건넬 정도였으니 고은은 자신의 표정이 어떤지 보지 않아도 알 수 있었다. 옷장 앞에서 한참을 고민하던 그녀는 평소에 입던 간단하고 깔끔한 스타일로 외출 준비를 마무리했다.

고가의 원피스를 입은 모습을 보고 미선이 얼마나 놀랄지 안 봐도 비디오였다. 한 번씩 미선은 고은에게 여성스러운 옷을 입어 보라 권유했지만 그녀는 옷으로 겉모습을 치장하고 싶진 않았다. 그런다고 이고은이 다른 이고은이 되는 것도 아니고. 지금은 어쩔 수 없이 우도하의 아내로 살아야 하지만 그녀의 친구를 만날 때만큼은 진짜 이고은이 되고 싶었다.

"저, 약속이 있어서 나갔다 올게요."

김 여사가 현관으로 향하는 고은을 배웅했다.

"이사님이랑 점심 약속이라도 있으신가 봐요?"

그녀는 당연하다는 듯이 물었다. 신발을 신던 고은이 잠시 동작을 멈췄다. 그렇다고 사실대로 말하기도 애매해 고은은 다른 볼일이 있다고 둘러댔다. 어차피 도하가 퇴근하기 전에 돌아올 생각이었다. 미선도 잠깐 커피 한 잔 정도만 마실 수 있는 시간이 허락되어 굳이 그에게 보고할 필요는 없다고 여겼다.

그렇게 밖으로 나온 고은은 빌라 앞까지 걸어 나가 택시를 잡은 순간 깨달았다. 그녀를 미행하는 사람이 여전히 따라붙어 있다는 걸. 늘 있었던 일이니 당연하게 여겨야 하는 게 맞았지만 어쩔 수 없이 기분이 무겁게 가라앉는 건 막을 수가 없었다.

택시 기사에게 행선지를 말하고 창밖을 내다보며 고은은 반성이 들었다. 왜 자신이 그의 곁에 머물러 있는지를 잊어버리고 있었다는 게 섬뜩해지기도 했다. 언제든 그의 놀이가 시들해지거나 이용 가치가 없어지면 그녀는 가차 없이 내쳐질 운명이었다. 무엇을 바라고, 또 무엇을 기대해 버렸는가.

도하가 강제로 끼운 결혼반지를 내려다보며 고은은 그날의 기억을 떠올렸다. 할머니가 보고 싶고, 친구 미선도 빨리 만나고 싶었다. 이젠 그 생각뿐이었다. 흘러가는 구름을 멍하니 올라다보며 고은은 만지작대던 반지를 손가락에서 빼내 가방 속에 집어넣었다.

"여기!"

고은이 카페로 들어서자 미선이 힘차게 손을 흔들었다. 두 사람은 저절로 서로를 향해 함박웃음을 지었다. 고은은 더 빨리 걸음을 움직여 미선의 앞으로 다가갔다. 그녀는 이미 커피 한 잔을 시켜 놓고 케이크까지 반쯤 먹은 상태였다.

"아, 미안. 배가 너무 고파서."

미선은 고은의 시선을 알아채곤 변명했다. 그것마저 너무 최미선 같아 고은은 좀처럼 입꼬리를 내릴 수가 없었다. 기분이 이상했다. 오랜만에 만난 친구는 여전히 그 모습 그대로인데 자꾸만 눈물이 날 것만 같았다. 살면서 친구란 존재에 대해서 깊게 생각해 본 적은 없었다. 어차피 혼자라는 체념이 깊게 뿌리박힌 인생이었다. 어머니는 가족이 주는 포근한 안정감을 느끼게 해 주는 사람이 아니었다. 그녀에게 늘 하던 말도 그것이었다.

'내 인생 살기도 벅차. 너는 네가 좀 알아서 할 수 없니?'

그렇게 외로운 자립심을 키우게 만들어 놓고선 결정적인 순간엔 그녀를 놓지 않았다. 아니, 이용했다는 게 맞을 것이다. 지금 그녀가 도하의 곁에 있는 것도 어머니 정화의 욕심 때문이었으니까.

"넌 살이 좀 빠진 것 같은데?"

미선이 안쓰러운 눈길로 고은의 얼굴을 살폈다.

"그래? 몸무게는 그대론데?"

고은은 애써 웃어 보였다. 잠을 제대로 자지 못하니 살이 빠지는 건 당연했다. 그리고 도하와 함께 먹는 밥이 제대로 소화돼 영양분으로 흡수될 리 없었다. 그렇게 생각하니 저녁 일을 마치고 미선과 함께 먹던 음식들이 자연스레 떠올랐다. 그때만큼 행복한 순간도 없었는데.

"우도하 씨가 잘 안 해 줘? 이 사람, 안 되겠네. 내가 혼 좀 내야겠어."

미선이 일부러 눈썹 사이에 힘을 주어 말했다. 그 말만으로도 고은은 고마웠다. 너는 이제 네 인생 살기 위해 가 버릴 테니 우리의 인연도 여기까지만 하자. 당연한 수순처럼 멀어질 수도 있었다. 하지만 미선은 그러지 않았다. 불쑥 이유도 없이 웃긴 동영상을 보낸다든지, 자신이 점심으로 먹은 음식 사진을 고은에게 보낼 때도 있었다. 회사 생활에 대해서 한탄을 할 때면 고은은 그저 사람들이 왜 그러냐며 맞장구를 쳐 줄 뿐이었지만 그 시간들이 소중했다.

"몇 시 기차라고?"

"아, 어…… 3시."

두 사람에게 허락된 시간은 서울역 앞에서 잠시 마주할 시간뿐이었다. 미선의 업무가 생각보다 늦게 끝이 났고, 또 저녁에 집안일이 있어 더 오래 머물 수 없었다. 고은은 아쉬움과 애틋함을 동시에 느끼며 미선의 얼굴을 연신 눈 안에 담았다.

"왜 이러실까? 내 얼굴 뚫리겠다."

미선이 민망함에 웃으며 고은을 놀려 댔다.

"지금 보면 또 언제 보나 싶어서."

"야, 무슨. 강릉이 어디 외국도 아니고 한번 내려와. 할머니도 보고."

"……"

고은은 확답하지 못한 채 조그맣게 웃었다. 지금 그녀의 입장에서 그런 요구까지 할 순 없었다. 그리고 그녀부터가 감당할 수 없을 것만 같았다. 할머니를 보고 다시 서울로 돌아올 수 있을까. 은금을 마주하기만 해도 눈물이 쏟아질 게 뻔했다. 지금 그녀가 처한 상황을 모두 말하고 가슴을 치며 아파할 것만 같았다. 할머니에게 더 이상 그런 모습을 보여 주고 싶지 않았다.

"왜, 우도하 씨가 안 되겠대? 너랑 하루라도 떨어져 있으면 죽을 것 같대? 그 사람 생각한 것보다 더 집착이 심하네. 아주 마음에 들어."

미선이 일부러 짓궂은 말들로 고은을 놀려 댔다.

"그래서, 할머니는…… 잘 계시지?"

고은이 슬쩍 말을 돌렸다.

"너무 잘 계셔서 문제야. 태진 오빠가 매일 찾아……."

미선은 말을 해 놓고, 아차, 싶어 입을 다물었다. 그러나 이미 내뱉은 말이었다. 고은의 눈치를 보던 그녀는 어쩔 수 없다는 듯이 사실을 털어놓았다.

"내가 그러지 말라고 해도 자기가 하겠다고 하는데 어떻게 말려. 그리고 나보다 오빠가 빌라에서 더 가까운 데 살고 개인 시간 쓰기도 좋잖아. 얼마 전부터 후배가 강릉에 내려와 있어서 약국 알바로 쓰고 있거든. 그래서 여유가 있나 봐. 그리고 나보다 오빠가 무슨 일 생기면 더 잘 대처하지 않겠어?"

"……."

고은은 어떤 말도 쉽게 할 수가 없었다.

"나도 네 입장이 난처할 거라는 거 아는데, 그렇다고 좋은 뜻으로 하는 행동을 말릴 순 없잖아. 그리고 너 강릉 내려오기 전부터 할머니랑 태진 오빠 친구처럼 잘 지내는 사이였어. 너 서울 가고 할머니가 좀 적적해하시는 게 보여서 오빠도 마음이 쓰이나 봐. 아, 이젠 괜찮아지셨어. 요즘엔 오빠랑 같이 도자기도 배우러 다니셔. 아, 맞다! 이거."

미선은 잊고 있었다면서 종이 가방 하나를 건넸다. 그 안엔 신문지로 꽁꽁 싸맨 도자기가 들어 있었다. 고은이 포장을 열어 보자 작은 찻잔 바닥에 고은의 이름이 새겨져 있었다. 참으려고 해도 눈물이 왈칵 쏟아질 것만 같았다.

"다음엔 더 잘 만들어서 택배로 보내시겠대."

미선이 고은의 마음을 알고 그녀의 손을 꽉 붙잡아 주었다.

"이제 시간 다 된 거 아냐? 가자, 내가 역까지 데려다줄게."

고은이 아쉬움을 뒤로하고 가방을 챙겼다. 그러자 미선은 괜찮다며 한사코 손을 흔들었다. 그게 더 이상해서 고은은 서운해지려고 했다.

"진짜 괜찮아. 내가 애도 아니고. 너 지금 나 서울 사람 아니라고 무시하는 거 같다. 핸드폰만 봐도 몇 번 출구인지 다 알려 주는데 뭔 걱정이야. 너도 얼른 짐 챙겨서 들어가 봐. 우도하 씨 저녁 챙겨 줘야 할 것 아니야."

그의 저녁은 이미 다른 사람들 손에서 만들어지고 있다는 사실을 이야기하진 않았다. 그러고 보면 그녀가 그에게 해 줄 수 있는 건 뭘까, 잠시 허무한 마음이 들었다. 그저 옆에 있어 달라는 말이 정말 말 그대로의 뜻일 줄은 몰랐다.

"너 데려다주고 가도 충분해. 가자, 얼른."

고은은 괜히 고집을 부리며 미선을 카페에서 데리고 나왔다. 서울역이 있는 쪽으로 걸음을 옮기는데 미선이 따라오지 않고 자리에 멈춰 서 있었다. 그녀의 표정을 살피자 아무래도 다른 문제가 있는 것 같았다. 고은 말고도 더 만날 사람이 있는 건가. 미처 그 생각은 하지 못했다.

"또 약속 있어?"

"어? 아, 어. 누구 잠깐 보기로 했어."

미선이 고은과 눈을 맞추지 못하고 얼렁뚱땅 대답했다. 그렇다면 고은도 더 이상 억지를 부릴 순 없었다. 그런데 기차 시간이 다 됐는데, 누굴 만난다는 건지. 그녀가 모르는 사이, 미선에게 남자라도 생긴 걸까. 좋은 쪽으로 상상을 해 보려는 순간이었다.

빵빵. 클랙슨이 울리더니 두 사람이 서 있는 곳에 차 한 대가 멈춰 섰다. 고은이 놀라 그쪽으로 시선을 옮겼다. 놀랍게도 차에서 내린 사람은 태진이었다.

"야, 최미선! 전화를 왜 안 받아? 네가 어디 있는지 정확히 말해 줘야 내가 데리러 간다고 몇 번을 말……."

고은을 보지 못했는지 미선에게로 다가서던 태진이 발걸음을 멈칫했다. 미선도 난처한 표정이 역력했다. 고은은 뒤늦게 미선이 왜 자신과 함께 기차역으로 가지 않으려 했는지 깨달았다. 어떻게든 자신과 태진이 마주치는 상황을 만들고 싶지 않았던 것 같았다.

"오빠, 오랜만이에요."

고은이 먼저 태진에게 다가서 인사를 건넸다. 그 자리에 얼어 있던 태진도 고은을 향해 뒤늦게 웃음을 보였다. 무슨 말부터 해야 할지 몰라 어색해진 두 사람 사이로 다가온 미선이 자신의 잘못을 이실직고했다.

"아니, 오빠가 서울 올 일이 있어서 왔다는 거야. 나 태워서 같이 내려갈 수 있다는데 그거 거절하는 것도 이상하고. 그렇다고 고은이 너랑 약속한 거 취소할 수도 없잖아. 아, 몰라, 몰라. 두 사람 이제 그냥 편하게 지내면 안 돼? 막말로 둘이 사귄 것도 아니잖아?"

난처한 분위기에 더욱 기름을 붓는 미선을 노려보던 태진이 고은의 얼굴을 찬찬히 살폈다. 제대로 마지막 인사를 나눌 기회마저 놓친 건 그의 탓일지도 모른다. 그저 그녀가 행복했으면 좋겠다고 바랐다. 재결합 기사에 실린 그녀의 사진을 인터넷 화면으로 바라보며 태진은 또 한 번 후회가 들었다.

"고은아."

"할머니 챙겨 주신다면서요?"

"아, 그건, 그게……."

"고맙단 인사 하고 싶었어요."

고은이 태진을 향해 감정 없이 따뜻한 미소를 보였다.

● ○ ●

벨을 눌렀지만 돌아오는 응답이 없었다. 고은은 잠시 빌라 건물을 올려다봤다. 불이 꺼진 모습을 보는 게 낯설어 멍해지고 말았다. 김 여사가 이 시간에 퇴근했을 리 없었다. 누구라도 집을 지키고 있어야 하는 게 맞았다.

고은은 어쩔 수 없이 이 집으로 다시 오게 된 날, 도하가 문자로 남겨 준 빌라 입구 비밀번호를 눌렀다. 그와 그녀의 생일을 조합한 숫자였다. 처음 이 문자를 받았을 때 잠시 헛웃음이 나왔다. 그는 어디까지 선을 넘으며 이 사랑놀이를 할 것인가, 한참이나 이 번호를 노려봤었다. 불행 중 다행인지 이제껏 이 번호를 직접 누르고 집 안으로 들어갈 일은 없었다.

마지막 숫자까지 입력하자 문이 열렸다. 이중 현관을 지난 고은은 신발을 벗고 거실 중문을 열었다. 안은 베란다 쪽 불빛만 새어 나올 뿐 어두운 상태였다. 해가 이렇게 일찍 지는 줄도 몰랐다.

태진과 만난 고은은 다시 커피숍 안으로 들어가 잠시 얘기를 나눴다. 그의 제안이었다. 어차피 미선도 함께 있으니 괜찮지 않느냐고. 할머니의 상태를 말해 주겠다는 소리에 그녀는 망설이지 않았다. 기차표를 예매했다는 미선의 말도 거짓이라고 했다.

한 시간 정도 더 이야기를 나눈 세 사람은 자꾸만 시계를 내려다보며 시간을 신경 쓰는 고은으로 인해 짧은 만남을 마무리했다. 행복하게 잘 지내라는 태진의 마지막 말이 고은의 가슴 한쪽을 묵직하게 눌렀지만 그녀는 알겠다며 활짝 웃어 주었다.

그러고는 곧장 택시를 타고 집으로 돌아온 길이었다. 도하의 퇴근 시간과 아슬아슬하게 맞물리긴 했지만 크게 문제 될 것은 없다고 여겼다. 그렇게 고은이 거실의 불을 켜고 핸드폰을 확인하려는 순간이었다.

"이제 와요?"

침실 문이 열리며 도하가 걸어 나왔다. 고은은 못 볼 사람이라도 본 것처럼 눈을 키웠다. 그도 그럴 것이 도하는 방금 전 샤워를 마친 듯 언제나처럼 하체만 타월로 가린 채였고, 젖은 머리카락에서도 물이 뚝뚝 떨어졌다. 목덜미를 타고 흐른 물은 그의 단단한 상체의 절반을 적셨다. 고은의 눈길은 자신도 모르게 그의 몸을 훑고 있었다.

도하의 몸은 언제나 알맞게 단련되어 화보를 보는 듯한 느낌을 주었다. 태어날 때부터 완벽한 비율을 갖춘 사람이 있다는 말이 누구에게 해당되는지 고은은 눈앞에서 확인할 수 있었다. 그녀의 시선을 즐기듯 도하의 입꼬리가 살짝 올라섰다.

"뭘 그렇게 유심히 봐요?"

"아, 아뇨."

고은은 시선을 내리며 가방을 챙겼다. 잠깐은 그와 떨어져 있을 필요가 있었다. 도하와 엇갈리듯 침실로 들어서려던 그녀의 팔을 그가 간단히 붙잡아 돌려세웠다. 고은이 놀라 고개를 들자 도하는 웃고 있지 않았다. 분명 입꼬리를 올리고 있다고 느꼈는데 눈빛에 알 수 없는 서늘함이 배어 있었다.

"놔…… 놔줘요."

그에게 잡힌 팔이 점점 아파 오자 고은이 얼굴을 찡그리며 말했다. 그럼에도 도하는 팔을 놓지 않은 채 그녀를 가만히 응시하듯 내려다보기만 했다. 화가 난 걸까. 그렇다면 왜. 그녀가 늦었기 때문인가. 늦을 수도 있는 것이지. 그런 오기 같은 마음이 들 때 그가 입을 열었다.

"오랜만에 친구라도 만났어요?"

그는 그녀에게 묻는 표현을 썼지만 이미 모든 걸 알고 말하는 게 느껴졌다. 고은은 이상하게도 심장 끝이 떨렸다. 그의 눈동자가 섬뜩하게 다가와 자신도 모르게 뒷걸음질 쳤다. 그때 도하가 그녀를 더욱 가까이 끌어당겨 자신의 눈을 바라보게 만들었다.

"당신…… 진짜 알 수 없는 여자야."

그가 한숨 같은 말을 내놓고는 버리듯이 고은의 팔을 거칠게 놓았다. 그 바람에 고은의 몸이 흔들렸지만 그는 신경 쓰지 않고 돌아서

서재 쪽으로 향했다. 후들거리는 다리를 가누며 겨우 똑바로 선 고은은 불쑥 억울한 눈물이 치솟았다.

"뭘 바라는 거야."

그녀는 자신에게 말하듯 깊은 한숨을 내놓고는 침실로 향했다.

욕조에 물을 받아 놓고 오랫동안 몸을 담갔다. 거품이 일어나는 모습을 멍하니 바라보며 고은은 쓸쓸한 웃음을 내놓았다. 행복하게 잘 지내라는 태진의 말이 왜 다시 생각나는 걸까. 오랜만에 친구를 만나 즐거웠던 순간들이 모두 꿈같기도 했다. 고은은 물속으로 좀 더 깊이 몸을 밀어 넣었다.

잠수를 하듯이 숨을 참았다. 늘 그녀가 하던 버릇이었다. 처음엔 아버지를 이해하기 위해서였다. 위험한 확인이었다. 물속에 잠겨 있으면 고은은 왜 그녀의 아버지가 바다를 향해 뛰어들었는지 알 수 있을 것만 같았다. 알아선 안 될 감정이었는데, 점점 알아 가는 기분이었다.

잠수하는 시간이 길어질수록 고은의 몸은 점점 풀려 갔다. 손과 발, 모든 곳에서 힘이 빠져나가 버리며 머릿속의 퓨즈까지 꺼지는 감각을 온전히 받아들이려는 순간, 갑자기 그녀의 몸이 누군가에 의해서 들어 올려졌다.

"……."

들어온 줄도 몰랐던 도하였다. 그는 편안한 일상복으로 갈아입은 상태였지만 고은을 욕조 안에서 끌어내느라 옷이 모조리 젖고 말았다. 뒤늦게 정신이 돌아온 고은은 콜록콜록 기침을 하면서도 도하를 올려다봤다. 그의 눈동자는 날이 선 채 충혈되어 있었다. 두려움인가, 아니면 배신감인가. 누군가를 죽일 것 같으면서도 동시에 살려 내겠다는 의지 같은 게 담겨 있는, 알 수 없는 검은 눈동자를 바라보다가 오히려 고은이 물었다.

"……왜…… 그래요?"

고은이 얼굴에 흐르는 물기를 닦아 내며 그에게 시선을 맞췄다. 도하는 여전히 부들거리는 손을 거둬들이지 못한 채 고은을 내려다봤다. 그러다 와락 고은을 끌어안았다. 그의 심장 소리는 여전히 컸다. 고은은 더 깊은 물에 빠져 들어가는 기분이었다. 그를 밀어 내려 했지만 쉽지 않았다.

"도하 씨."

그를 부른 순간이었다. 도하의 몸이 멀어지고 그가 두 손으로 고은의 뺨을 붙잡았다. 그리고 곧장 입술을 맞췄다. 막무가내의 입맞춤이었다. 질식할 것처럼 숨이 막히고 혀가 거미줄처럼 얽혀 들어갔다. 고은은 겁이 나 도하의 등을 두드려 댔지만 그는 물러나지 않았다. 결국 그의 입술을 깨물어 버리고서야 일방적인 키스에서 벗어났다.

"하아⋯⋯. 싫어요, 억지로 하는 거."

"⋯⋯."

고은은 도하를 노려봤다. 뺨이라도 한 대 갈길 생각이었는데, 그의 입가에 피가 맺혀 있는 게 보였다. 그게 자신이 남긴 상처임을 알아채고 잠시 사고가 멈췄다.

도하는 자신에게 실망한 듯 허탈하게 웃어 버리고는 자리에서 일어나 욕실을 빠져나가 버렸다. 욕조에 남은 고은은 아주 큰 돌풍에 휩쓸린 것만 같았다. 심장이 아프도록 두근댔다. 그녀는 한참을 그 자리에 앉아 있기만 했다.

정신을 차리고 옷을 갈아입은 후 거울 앞에 선 고은은 자신의 모습에 놀라고 말았다. 온몸이 익어 버린 것처럼 발갛게 달아올라 있었다.

잠시 반신욕을 하겠다고 물에 몸을 담갔으니 당연했다. 두근대는 심장이 그 때문일 것이라 여긴 고은은 천천히 욕실을 빠져나왔다.

머리카락을 말리기 위해 화장대 쪽으로 향하는데 그곳에 선 도하를 발견했다. 놀란 것도 잠시였다. 그는 그녀가 받아 온 종이 가방 안으로 손을 넣으려 하고 있었다. 순간 고은은 도둑이라도 만난 것처럼 그를 밀쳐 내며 그 앞을 막아섰다. 도하를 바라보고 선 채 뒤쪽에 놓인 종이 가방을 목숨처럼 움켜쥐었다.

이상하게도 이것을 보여 주고 싶지 않았다. 그녀에게 너무도 소중한 선물이라, 이것만큼은 끝까지 지키고 싶었다. 도하의 손에 들어가면 그대로 깨져 버릴 것만 같았다.

"뭔데 그렇게 기를 쓰고 지키려고 해요?"

그는 처음 보는 고은의 행동에 잠시 입가에 씁쓸한 웃음을 지어 보였다. 그의 기분이 평소와 다르다는 걸 그녀는 눈빛만으로도 알 수 있었다. 이런 때 기 싸움을 해 봐야 좋을 게 없었지만 지금은 그녀도 물러설 곳이 없었다.

"별…… 별거, 아니에요."

고은은 그의 시선을 피해 다른 곳을 바라봤다. 눈앞이 그의 몸으로 막혀 있어 그녀가 볼 수 있는 건 도하의 젖은 옷뿐이었다. 그는 옷을 갈아입지도 않은 채 넋이 나간 사람처럼 그녀의 물건을 살펴보고 있었다. 왜 이러는 것인지 생각해야 했다. 생각해 내야만 할 것 같았다.

"옷, 옷부터 갈아입어요. 감기 걸려요."

고은이 상황을 모면하기 위해 입을 열었다. 그러자 도하에게서 작은 웃음이 터졌다.

"지금 나 걱정해 주는 거예요?"

그가 놀라 묻는 말이 고은의 얼굴 앞에서 들렸다. 도하가 그녀와 눈높이를 맞추듯 상체를 숙였다. 손을 앞으로 뻗어 벽에 대고, 그녀를 가둬 둔 채 그는 고은의 눈앞에서 얼굴을 치우지 않았다. 빤히 보는 시선에 온몸이 긴장되고 열이 올랐다. 이미 열이 오른 몸인데도 그것과는 다른 감각이었다. 결국 고은의 시선이 천천히 그에게로 닿았다.

"……."

"……."

고은은 그의 질문에 대답하지 못했고, 도하는 기어이 듣겠다는 것처럼 기다렸다. 그의 얼굴을 훑어보던 그녀의 눈이 눈동자에 머물렀다가 그것보다 조금 아래에 있는 입술에서 멈췄다. 그녀가 깨문 상처가 그대로 남아 피가 맺혀 있었다. 누군가 쿡쿡, 고은의 심장을 쑤시는 것만 같았다. 사랑이 이다지도 이율배반적인 것인가. 감정이 양립하면서 마치 서로를 이해할 수 없다는 듯이 정신 속에서 싸워 대는 것만 같았다.

"이것만, 이번만 모른 척해 줘요."

고은이 종이 가방을 더 꽉 쥔 채 뒤늦게 입을 열었다.

"……."

도하는 입만 웃을 뿐 대답이 없었다.

"원하는 거, 뭐든 할게요."

그녀의 말에 그가 소리 내 웃었다. 고은도 자신이 왜 이런 말까지 한 것인지 알 수가 없었다. 지금 그가 원하는 게 무엇인지 알고 있다는 것처럼, 그것이면 그는 만족할 사람이란 걸 알고 있다는 것처럼 잘못된 결론을 내리고 말았다.

"뭐든? ……좋아요."

"……."

"내가 불안해서 안 되겠어요."

도하가 고은의 젖은 머리카락을 쓸어 냈다. 그리고 찬찬히 손을 움직여 그녀의 뺨을 어루만지다가 목 뒤쪽을 훑어 냈다. 고은이 놀라 몸을 뒤로 옮겼지만 그녀가 갈 곳은 없었다. 이미 막힌 길 앞에서 그만 바라보고 있어야 하는 상태였다.

"아기를 가져요, 우리."

그의 손끝이 다시 돌아와 고은의 입술을 쓸었다. 하얗게 질려 가는 고은의 얼굴에 만족한 듯 도하가 그녀의 입술을 머금었다. 혀가 안 속 깊숙이 박히듯 들어오는 순간, 도하가 그녀의 허리를 꽉 안아 자신 쪽으로 밀착시켰다. 그리고 곧장 고은의 두 발끝이 한순간에 들어 올려졌다.

몸이 침대에 떨어지고 가운이 헤집어지듯 풀어졌다. 그의 뜨거운 혀가 그녀의 목덜미를 집요하게 핥았다. 머리가 어지럽고 아랫배가 뜨끈해지는 순간, 브래지어가 아무렇게나 밀려 내려갔다. 고은은 신음 소리를 참으려 입술을 깨물었다.

"흐읏…… 으아, 읏."

이젠 그녀의 몸을 너무도 잘 알아서, 단숨에 절정에 이르게만 할 것 같은 그의 능숙한 애무는 고은을 더욱 비참하게 만들었다. 아기를 갖자는 남자의 말에 거부조차 할 수 없는 마음은 결국 그에 대한 미련스러운 사랑이었다.

당신이 하는 모든 것은 결국 나를 붙잡아 두려는 수단에 불과할 뿐인데, 그것마저 받아들이며 당신을 밀어내지 못하는 애증을 사랑의 다른 의미로 해석해야만 하는 모든 순간들이 고은을 처참하게 무너지도록 만들었다.

"흐으윽……."

그의 손은 이미 고은의 몸을 점령해 제 맘대로 지분거렸다. 고은은 본능적인 두려움에 몸을 웅크리려 했지만, 도하의 단단한 몸에 결박돼 꼼짝할 수가 없었다. 차라리 보지 않으려 한 팔을 올려 눈가를 가리자 도하가 그 팔을 잡아 위로 들어 올리게 했다.

"……."

"……."

이러지도 저러지도 못하게 만드는 그가 죽도록 원망스러웠다. 악에 받친 고은의 시선이 도하에게로 향했다. 그는 반쯤 미친 사람처럼 평소와 눈동자의 색이 달랐다. 술이라도 마신 것처럼 눈가가 붉게 충혈되어 있었다. 고은은 이 지긋지긋한 감정싸움에서 이만 벗어나고 싶었다. 모든 걸 그가 알아서 하라는 듯한 체념의 눈빛을 보냈다.

"애무할 필요 없어요."

고은이 꽉 잠긴 목을 열어 차갑게 말했다.

"⋯⋯."

도하는 말없이 그녀를 바라봤다.

"빨리 넣어요."

고은이 한마디를 더 하자 그는 그녀의 목을 휘감듯 붙잡아 누른 채 서늘한 눈빛으로 직시했다. 곧 죽여 버린다고 말해도 이상하지 않을 화마가 그의 눈동자 안에 가득했다. 그렇게 한참을 그녀만 내려다보고 있던 도하가 낮게 욕을 내뱉고는 침대 아래로 내려갔다.

"목석하고 해 댈 생각은 없어요."

그는 욕정이 식은 것처럼 차가운 말을 던졌다. 고은에게서 벗긴 가운을 침대 위로 던져 주곤 침실을 빠져나가 버렸다. 고은은 그대로 침대에 누워 멍하니 천장만 보고 있다가 갑자기 터져 나오는 울음을 참지 못하고 뱉어 냈다.

"흐으으흑."

가슴 안에서 큰 감정 덩어리가 솟구치는 것만 같았다. 고은은 벌떡 자리에서 일어나 드레스 룸으로 들어갔다. 잡히는 대로 옷을 주워 입고는 작은 가방 안에 물건을 쓸어 담듯 쑤셔 넣었다. 마지막으로 할머니가 준 도자기까지 챙겨 침실을 빠져나왔다.

주방을 지나치는데 위스키를 병째로 꺼내 놓은 채 식탁 의자에 앉아 있는 도하가 보였다. 그 모습을 본체만체하며 그녀는 현관으로 향했다.

"뭐 하는 짓이야?"

신발을 구겨 신기도 전에 도하에게 팔을 붙잡혔다. 고은은 놓아 달라며 손을 빼내려 했지만 그렇게 될 리 없었다. 몸이 현관 벽과 그 사이에 갇히면서 벗어날 틈조차 보이지 않았다. 그의 거대한 몸이 그녀를 막아서고 있어 아무것도 할 수 없었다. 그녀 마음대로 할 수 있는 게 아무것도 없다는 사실이 미치도록 서글펐다. 이런 감정을 느끼게 하는 이 남자가 죽도록 저주스러웠다.

"……놔줘요, 제발!"

악을 쓰던 고은이 그를 밀어 내려다가 발이 미끄러져 현관에 주저앉게 되자 신발장 앞에서 두 사람의 실랑이가 이어졌다. 그러다 도하의 손등이 모서리에 찍혀 피가 흘렀지만 그는 아랑곳 않고 자신에게

서 벗어나려는 그녀를 악착같이 끌어와 품에 가뒀다. 미안하다고, 잘못했다고, 그가 몇 번이고 쏟아 낸 말에 흐느끼던 고은이 크게 울음을 터뜨렸다.

"도대체…… 나보고 어쩌라는 거예요?"

고은이 도하에게 안긴 채 말했다. 도하는 그녀의 목덜미에 얼굴을 묻은 채 그녀를 가만히 안고 있기만 했다. 두 사람의 소란으로 켜졌던 현관의 불빛이 어느새 어둠 속으로 사라졌다. 거칠게 뛰던 둘의 숨소리도 잦아들고 고은의 울음도 천천히 그쳐 갔다.

"……풀어 줘요."

고은이 한참 만에 차분해진 목소리로 말했다. 도하는 여전히 그럴 생각이 없는 듯 꼼짝도 하지 않았다. 고은의 두 눈엔 무릎을 꿇은 도하의 두 다리가 마음에 맺히는 것처럼 걸려들어 왔다. 이 와중에도 그 모습에 동정심을 느끼다니. 고은은 이제 그녀 자신에게 헛웃음이 새어 나왔다.

"안 갈 테니까."

고은이 그를 달래듯 말했다. 그제야 도하가 천천히 몸을 뒤로 물렸다. 헝클어진 그의 머리카락이 눈동자를 가리고 있어 시선을 마주할 수가 없었다. 그녀가 자리에서 일어서자 전등에 불이 들어왔다.

그리고 그녀는 그 자리에 서서 흠칫 몸을 떨어야만 했다. 바닥 여기저기에 핏자국이 가득했다. 그제야 도하의 손에서 피가 흐른단 걸 알아챘다. 고은이 놀라 다시 바닥에 주저앉으며 그의 손을 붙잡았다.

"피…… 괘, 괜찮……."

고은은 우선 자신의 손으로 그의 손등을 지혈했다. 하지만 그게 의미가 없단 걸 곧장 깨달았다. 수건이라도 찾기 위해서 그녀가 일어서자 도하가 다시 그녀의 팔을 붙잡았다. 그녀를 꽉 붙잡은 손의 완력은 처음과 다를 바가 없었다. 시선을 그에게로 내린 고은은 그제야 그의 눈동자가 방금 전 욕실에서 보았던 것과 똑같다는 걸 알아챘다.

"……괜찮아."

도하가 창백해진 얼굴을 한 채 입꼬리를 올렸다. 하지만 그의 눈이가 떨린다는 걸 그녀만은 알아챌 수 있었다. 이 남자의 두려움은 도대체 어디에서 오는 것인지. 고은은 도하에게 나약한 부분이 있을 거라곤 단 한 번도 상상해 본 적 없었다.

그런 그를 보니 고은은 이상하게도 그날이 떠올랐다. 보름달 이야기를 하며 고은에게 슬픈 눈으로 웃어 주던 남자. 그때의 그가 왜 지

금 이 순간 겹쳐 보이는 걸까. 고은은 자신도 알 수 없는 감정에 휩싸

이다가 정신을 차리듯 도하에게 잡힌 손을 빼내고는 집 안으로 들어

가 약상자부터 찾았다.

"일단 피만 멈추면 병원에 가요."

구급상자를 들고 현관으로 달려온 고은은 우선 거즈로 그의 손을

지혈했다. 피는 그녀가 상처를 확인하기 전부터 이미 멎은 것 같았지

만 깊게 찢어졌는지 피부가 조금 들려 있는 게 눈으로도 확연히 보였

다. 왜 아프다는 말을 하지 않은 것인지. 고은은 도하를 이해할 수 없

었고, 그녀가 이런 상황을 만들었다는 것도 쉽게 받아들이기 어려웠

다.

"도하 씨."

"괜찮아요. 고은 씨 탓 아니에요."

이 순간에도 죄책감을 느끼는 그녀의 마음을 읽어 내듯 그가 덤덤

히 입을 열었다. 고은은 도하의 얼굴을 볼 수가 없었다. 모든 게 그의

잘못인 것만 같았는데, 그게 맞는 것인데, 이 미안함은 도대체 어디에

서 오는 것인지. 알 수 없는 감정투성이였다.

"피는 멈춘 것 같으니까 병원……."

"도망갈 생각이었어요?"

고은이 고개를 들어 바라보자 도하는 다른 이야기를 물었다. 그에게서 벗어나려는 그녀를 탓하려는 게 아니라 왜 자신을 떠나려고 하는지, 애절한 후회가 뒤섞인 물음 같았다. 고은은 그의 눈빛에 속지 말아야 한다고 여기면서도 어느새 그의 모든 걸 진심처럼 받아들일 수밖에 없었다.

"그냥……. 그냥, 나도 고집 한번 부려 본 거예요."

고은은 그렇게 말하는 게 맞다고 생각했다. 도하에게선 짧은 웃음이 새어 나왔다. 그것은 안도하는 마음 같기도 했다. 그녀가 가지 않아서 다행이라고 말하는 것처럼, 그가 다치지 않은 손을 뻗어 고은의 뺨을 어루만졌다.

"다시는…… 그러지 마요."

그의 말은 부탁이면서 경고 같기도 했다. 고은은 원래대로 인형이 된 것처럼 가만히 고개를 끄덕였다.

거실에서 대충 약을 바르고 붕대를 감았다. 고은은 도하를 치료해 주고 그를 안방으로 이끌었다. 입고 있는 옷 군데군데에 피가 묻어 있었다. 한 손을 쓸 수 없는 그가 혼자 윗도리를 벗기는 힘들 테니 그녀가 도와주는 게 맞았다.

고은은 그저 담담하게 도하가 갈아입을 옷을 찾고 그것을 그의 앞에 가져갔다. 도하는 침대에 앉아 있었다. 고은이 옷을 가져오자 그는 가만히 웃었다. 방금 전 무슨 일을 벌였는지 깡그리 잊은 사람처럼 평온한 눈빛이었다. 고은은 그런 그의 장난스러운 눈동자를 모른 척하며 그의 윗도리 자락을 붙잡았다.

"손 들어 봐요."

그녀의 주문에 도하가 벌을 서듯 팔을 올렸다. 고은은 손에 닿지 않도록 천천히 티셔츠를 벗겼다. 그의 상체가 눈앞에 가까이 드러나자 자연스럽게 숨이 쉬어지지 않았다.

이런 부분들은 왜 이리도 쉽게 익숙해지지 않는 걸까. 고은은 애써 표정 관리를 하며 그가 갈아입을 옷을 손에 붙잡았다. 머리랑 팔 중 어디부터 넣어야 할지 몰라 잠깐 행동이 멈춰지기도 했다. 아이를 키워 본 것도 아니니 누군가에게 옷을 갈아입혀 준 적 또한 없었다.

"언제까지 손 들고 있어야 해요?"

도하가 고은에게 물었다. 그녀는 놀라 고개를 들었다. 그는 벌을

125

서는 것처럼 여전히 팔을 들고 있었다. 그 모습이 어쩐지 통쾌하고, 우습기도 해서 고은의 입가에 작은 미소가 걸렸다. 그걸 도하가 빤히 내려다보고 있다는 걸 알아챈 순간, 이미 방 안의 분위기는 달라져 있었다.

"뭘, 얼마나 들었다고요."

고은이 퉁명스럽게 대답하자 이번엔 도하가 웃어 버렸다.

"그럼 계속 들고 있을게요."

순순히 말을 내놓던 도하가 달라진 눈빛으로 요구했다.

"바지부터 벗겨 줄래요?"

그 말이 뭐라고. 고은의 얼굴이 순식간에 달아오르고 말았다. 하여간 이길 수가 없는 남자였다. 사람을 가지고 노는 악취미가 있었다. 고은은 민망하면서도 오기가 생겨 그를 노려봤다. 도하의 입꼬리가 씰룩대는 게 한눈에 보였다.

"알았어요. 바지부터 벗길 테니까 손 내리기만 해 봐요."

고은이 굳게 마음을 먹고 그의 바지 버클을 풀었다. 여전히 손을 든 채 여유롭게 그녀의 행동을 지켜보는 도하의 시선이 느껴졌다. 이길 테다. 지지 않을 것이다. 이까짓 게 뭐라고. 그런 마음으로 고은이 바지를 붙잡는데 무언가가 손끝에 닿았다.

손을 스친 뜨거운 것이 무엇인지 모르는 바보는 아니었다. 그러니 아무렇지 않은 척을 해야 하는데 그게 쉽지 않았다. 고은은 저절로 마른침이 삼켜졌다.

"엉덩이, 좀…… 들어 볼래요?"

민감한 쪽에 최대한 손이 닿지 않도록 하기 위해선 도하의 도움이 필요했다. 고은이 요구하자 그는 아주 말 잘 듣는 착한 남자가 된 것처럼 엉덩이를 살짝 들어 주었다. 그때 잽싸게 손을 움직여 바지를 반쯤 내리려 했는데 마음이 급해선지 속옷까지 같이 아래로 벗겨지고 말았다.

아래로 시선이 향해 있던 고은은 황급히 고개를 돌렸다. 그리고 도하의 맑은 웃음소리가 들렸다. 일부러 그런 건 아니라고 변명을 하자 그가 그녀를 한 팔로 붙잡아 자신의 허벅지 위에 앉혔다.

"용서해 줄 테니까."

그가 눈을 맞추며 조용히 속삭였다.

"나한테 키스해 줄래요?"

다정한 요구였다. 고은은 그와 시선을 마주했다. 너무 가까웠다.

심장은 여전히 아팠다. 그래서 어쩔 수 없었다고. 고은은 천천히 눈을 감았다. 그러고는 그에게로 입술을 가져갔다.

"흐읍."

혀가 얽혀 들었지만 이전과는 달랐다. 일방적이지 않았다. 고은은 어느새 두 팔을 그의 목에 두른 채 농밀한 키스를 받아 냈다. 한 손을 쓸 수 없어도 도하는 유려하게 그녀를 이끌었다. 무너뜨리듯 침대에 눕힌 뒤 입술을 핥아 대듯 빨았다.

진득한데 다정했다. 그래서 슬펐고, 가슴이 벅찼다. 심장이 뜨끈해 졌다. 고은이 슬며시 눈을 뜨자 두 눈을 감은 채 키스에 집중하고 있는 도하의 얼굴이 보였다. 이것이 거짓이라면, 그것마저도 받아들여 야 하는 것이겠지. 고은은 마음을 내려놓듯 다시 눈을 감고 그와의 입 맞춤에 집중했다.

"하읏."

붕대를 감은 한 손을 베개에 걸치듯 올려놓은 도하가 입술을 빠르 게 내려 고은의 목덜미를 거칠게 빨았다. 일부러 깊은 자국이라도 남 기려는 심산인지 그의 입술이 머무는 시간이 길었다. 고은은 이상하 게도 목덜미에 그의 손끝이나 입술이 머물 때면 발가락이 오그라들면서 온몸에 소름이 돋는 것 같은 전율이 일었다. 그걸 아는 도하는 매번 목 부근을 오랫동안 애무했다.

"그…… 그, 그만…… 흐아앗."

안 그래도 다친 손 때문에 팔로 상체를 지탱하지 못한 그가 겹치듯 몸을 누르고 있어 고은은 숨이 막혔다. 그리고 점점 반응하는 그의 몸 때문에 허벅지 쪽이 불편했다.

일부러 그러는 행동 같았지만 고은은 아무렇지 않게 받아 내기가 힘들었다. 아랫배 어딘가에서 꽃이 피는 것처럼 야릇함이 퍼지는 기분이었다. 어떻게든. 빨리. 그런 말들이 입 속에서 터져 나올 것만 같아 두려울 지경이었다.

"도…… 웃, 하 씨…… 제…… 웃, 발."

그제야 목에서 내려간 입술이 이번엔 가슴을 집중 공략했다. 좀 전 풀지 못했던 욕구를 지금 모조리 쏟아 내는 것처럼. 참을 수 없는 감각에 입술 끝을 깨물며 그를 내려다본 순간, 고은은 마치 보지 말아야 할 것을 마주한 것처럼 등골이 서늘해졌다. 그의 입술은 타액으로 번들거렸고, 눈빛엔 성적인 음란함이 녹아들어 있었다.

"좋아요?"

가만히 묻는 도하의 목소리가 오만하면서도 더없이 야했다. 그와 시선이 얽히자 고은은 더 견디기 어려웠다. 무슨 짓이든 하지 않고는 참을 수 없는 지경에 이르렀다. 그녀의 몸을 자극시키는 그의 움직임에 맞춰 그녀도 몸을 움직였다. 그것은 본능과도 같았다. 그녀의 행동에 놀란 도하가 입꼬리를 올리자 고은은 그만 울음이 터질 것 같기도 했다.

"제발……. 빨리…… 으윽."

"뭐라고요?"

도하가 그녀의 귓가에 얼굴을 가져다 놓고 속삭이듯 얄밉게 물었다. 고은은 정신이 반쯤 어딘가로 빠져나간 것만 같은 기분이었다. 구름 위를 걷는 것처럼 몸이 붕붕 떠올랐다. 자꾸만 날아오르는 것 같은 감각에 그의 팔을 악착같이 붙잡고 있을 수밖에 없었다.

"빨리요……."

어느새 눈이 충혈된 고은이 턱을 든 채 그를 바라봤다. 도하는 그 순간 자신 안의 어떤 퓨즈가 나간 것만 같았다. 붕대를 감은 손에서 피가 다시 배어 나오고 있었지만 그는 아랑곳하지 않았다. 팔로 몸을 지탱한 채 단번에 그녀의 안으로 들어갔다. 그리고 그 순간, 도하는

이제 자신에게 이성이 남아 있지 않다는 것을 고스란히 받아들여야
했다.

"하웃. 아, 아파, 천, 천, 으윽, 천, 히…… 아윽."

짐승 같은 행위였다. 아이를 낳자는 말은 변명일 뿐일지도 모른다.
이런 미친 욕망을 그녀에게 쏟아 내기 위한 비겁한 핑계일 뿐이라고.
아이 같은 건 상관없었다. 고은이 그의 옆에만 있다면. 집착이라 해
도, 병일지라도 그는 이제 물러나지 않을 것이다.

"으웃. 하앙……."

깊게 안을 쑤실 때마다 고은의 눈가가 예쁘게 젖어 들어갔다. 이
눈으로 다른 누군가를 바라보게 할 순 없었다. 그만이 가져야 하고,
그의 것이어야만 했다. 도하는 이제 그 방법을 너무도 명백하게 손안
에 쥔 기분이었다.

"도, 도하 씨……. 하앗. 으응……."

그의 손에서 피가 흘러내리자 고은은 죽음이라도 맞닥뜨린 것처럼
어쩔 줄 몰라 했다. 피 따위가 뭐라고. 그는 아무렇지도 않았다. 핏물
로 가득 찬 욕조 안에서 죽은 어머니를 붙든 채 몇 시간을 앉아 있었
던 적도 있는데, 손의 상처 따위가 뭐라고.

누군가 그의 앞에서 죽어 간다고 해도 그는 눈빛 하나 흔들리지 않을 자신이 있었다. 죽음은 사악했다. 인간의 모든 감정을 우습게 만들었다.

"내가 좋아요?"

도하는 또 한 번 반복된 물음을 던졌다. 고은은 거의 기절하듯 그의 몸을 받아 내며 몸서리치고 있었다. 그가 무슨 말을 건넸는지도 모른 채 그녀는 그의 목을 끌어안으며 고개를 끄덕였다. 살려 달라는 애원 같은 그녀의 신음과 흐느낌이 그의 몸을 더욱 날뛰도록 만들었다.

고은은 두 눈을 감은 채 그에게 깔려 있었다. 기절하듯 잠든 것 같기도 했다. 도하는 그 모습을 내려다보는 순간에도 자신의 몸이 반응하는 걸 느꼈다. 욕구불만이었던가. 지금껏 이렇게 막무가내로 쏟아 낸 적은 없었다.

마치 짐승들의 교미 같기도 했다. 고삐를 푼 것만 같은 도하는 고은을 안고 그녀의 몸 안에 자신의 존재감을 흩뿌렸다.

"하아……."

잠든 고은의 머리칼을 다정하게 쓸어 내던 도하가 그녀에게 입을 맞췄다. 금방 끝낼 생각으로 입술을 비볐지만 쉽게 떨어지지가 않았다. 좀 더 크게 부푼 입술을 삼켜 물었다. 고은이 싫다는 듯 미간을 찡그리며 고개를 돌리려 했지만 도하는 봐주지 않았다. 그 모습까지도 사랑스러웠다. 지독한 소유욕이 아닐 수 없었다.

그는 자세를 바꿔 더 깊게 그녀의 입 안을 점령해 갔다. 혀가 들어와 안을 휘저어 대자 고은이 잠에서 깬 듯 눈을 떴다. 자신에게 키스하고 있는 그의 모습에 놀라 몸을 밀어 내려 했지만 그게 쉬울 리 없었다. 그녀도 모든 체력을 소진해 손 하나 까딱할 힘조차 남아 있지 않았다.

"도하 씨……."

고은이 마지막 남은 힘을 쥐어짜 그의 키스를 거부하자 도하가 가만히 그녀를 내려다봤다. 고은은 도하의 눈동자가 이리도 새까만 줄 이제야 안 것처럼 그의 모습이 낯설고 생경했다. 그는 두 눈에 오직 그녀만 담고 있는 것처럼 고은을 응시했다.

무슨 말이라도 해 줬으면. 고은이 그런 생각을 할 즈음 다시 도하의 입술이 내려왔다. 그의 혀가 참을 수 없다는 듯 깊게 입 안으로 들어찼다. 뜨겁고, 벅차고, 그리고 여전히 아팠다. 고은은 더 이상 도하를 밀어 내지 못한 채 침대 시트만 움켜잡았다. 끝나지 않는 밤의 연속이었다.

● ○ ●

도하가 눈을 뜨자 옆자리는 비어 있었다. 벌떡 몸을 일으켜 시계를 확인하자 평소와 같은 기상 시간이었다. 다행스러운 한숨이 흘러나오는 것도 잠시였다. 고은을 찾아야 한다는 생각부터 들었다. 그가 옷을 주워 입기 위해 주변을 둘러보자 침대 근처 테이블에 갈아입을 옷이 가지런히 개켜져 있었다. 어젯밤 고은이 그에게 갈아입혀 주려 했던 옷이었다.

이렇게 그녀가 정리할 시간 동안 그는 아무것도 모른 채 잠들어 있었단 말인가. 아무리 쉽게 깊은 잠에 빠지는 편이라지만 상황이 우스웠다.

도하가 자리에서 일어나 옷을 갈아입을 때였다. 똑똑. 문이 두드려졌다. 도하가 대답하자 김 여사가 나타났다. 그녀는 트레이에 드립 커피 한 잔을 받쳐 들고 있었다. 고은은 어디 가고 김 여사가 침실 문을 두드린 것인지. 그의 눈빛이 자신도 모르게 날카롭게 변해 버렸다.

"사모님은 잠깐 볼일이 있다고 나가셨어요."

김 여사의 말에 도하는 어째선지 숨이 쉬어지지 않는 느낌이었다. 표정 관리가 쉽지 않았다. 억지스레 입꼬리를 올려 보지만 김 여사는 그의 기분이 좋지 않다는 걸 단박에 눈치챘다. 그녀는 조용히 안으로 들어와 트레이를 테이블 위에 내려놓고 짧은 인사를 건넨 후 방을 빠져나갔다.

도하는 다급한 걸음으로 핸드폰을 찾았다. 침대 옆 탁자에 놓인 핸드폰을 확인하자 이미 몇 장의 사진과 함께 문자가 들어와 있었다. 그는 망설임 없이 화면을 클릭했다. 고은이 어느 건물로 들어가는 사진이었다. 입구의 간판을 확인한 그의 입가가 경직되듯 싸늘하게 식어 갔다.

16.
가슴에 담긴 말

차트를 살핀 산부인과 의사는 고개를 들어 고은을 바라봤다. 표정 없는 눈빛이 사막처럼 갈라져 보이기도 했다. 시선은 자신의 뒤쪽 어딘가를 향해 있는 것 같았지만 눈동자 안의 초점이 명확하지 않았다. 멍하게 앉아 있는 고은을 산부인과 의사는 주시할 수밖에 없었다.

"사후피임약을 원하신다고요?"

간단한 물음에 고은은 어떤 생각 끝에서 빠져나온 듯 앞의 의사를 바라봤다. 그녀 자신이 진료실에 들어오기 전, 간호사에게 이곳을 찾은 이유를 직접 말했다. 의사는 그것을 다시 한번 되물었을 뿐이었다. 그런데 고은은 그런 말을 한 적이 없는 것처럼 생경한 얼굴로 의사를 바라보고 있었다.

"아닌가요?"

다시 묻는 말에 그제야 고은이 짧게 대답했다.

"아뇨. ……맞아요."

무슨 마음인지, 그녀 자신도 설명할 수 없었다. 다른 감정은 제쳐 두고 그저 겁이 났다. 뭐든 하겠다고 했지만 혹시나 이런 식으로 아기가 생긴다면 그녀는 평생을 죄짓는 기분으로 살아야 할지도 몰랐다.

미행이 붙은 건 당연히 알았다. 지금쯤 도하가 그녀의 사진을 내려다보고 있을 것이다. 그렇다면 고은은 거짓말을 둘러대야만 했다. 자신이 임신할 수 있는 상태인지 알고 싶었다고. 피임약을 처방받으러 온 진료 기록은 비밀로 유지될 것임을 의심하지 않았다. 그래도 모르니 고은은 다른 눈속임을 더했다.

"그리고, 질 주변이 간지럽기도 해요."

"음……."

의사는 차트를 내려다보다가 초음파실로 그녀를 안내했다. 고은은 다리를 벌린 채 가만히 누워 천장만을 바라봤다. 의사는 특별히 크게 문제 될 게 없어 보인다고 안심해도 좋다는 말을 했다. 고은은 감사하다고 대답했다. 그래도 모르니 약은 처방해 달라는 말을 덧붙였다. 의사는 알겠다며 진료 기록을 남겼고, 고은은 천천히 진료실을 빠져나왔다.

병원을 나오자마자 약국에 들러 처방받은 연고와 사후피임약을 받았다. 고은은 두 가지를 얼른 주머니에 넣고 공간을 빠져나와 걸었다. 물은 미리 준비해 가방 안에 넣어 둔 상태였다. 이제 가까이 보이는 카페로 들어가 화장실을 가는 척하며 약을 먹기만 하면 되었다. 미행 붙은 사람들이 여자 화장실까지 들어오진 못할 테니.

고은은 급하게 카페 안으로 들어가 간단히 주문을 하고 목적지로 향했다. 좁은 1인 화장실이라 신경 쓸 사람도 없었다. 고은은 세면대 앞에 서서 자신의 얼굴을 바라봤다.

급한 마음에 모자만 눌러쓴 채 나왔더니 얼굴에 다크서클이 검게 내려와 있는 것이 눈에 띌 정도였다. 어젯밤 기억이 저절로 떠올랐다. 도하는 끝이 없는 사람처럼 고은의 몸을 탐했다. 정말 한 번 만에 임신이라도 시킬 작정인지 이전까지와는 또 다른 정사였다.

지쳐 기절하듯 잠이 든 이후로 모든 기억은 휘발되었다. 다시 정신을 차리자 아침이었다. 도하는 그녀의 옆에 죽은 사람처럼 잠들어 있었다. 고은은 화들짝 놀라 그의 코끝에 손을 가져다 대 보기도 했다.

얕은 숨이 새어 나오자 그제야 안도할 수 있었다.

뒤늦게 그걸 확인한 자신이 우습기도 했다. 차라리 죽어 버렸으면 하고 바라던 남자 아니었던가. 벗어나고 싶어서, 도망치지 못해서 울음을 터뜨린 지 하루도 지나지 않았다. 그러고선 짐승이라도 된 것처럼 몸을 섞었다. 무엇이 맞는지, 진심인지 스스로도 알 수 없는 혼돈의 시간들이 겹겹이 쌓여만 가는 기분이었다.

"후……."

고은은 깊은 한숨을 내쉬며 더 늦기 전에 약을 꺼냈다. 손안에 쥔 순간, 그녀의 주머니 안에서 진동이 울렸다. 심장이 반응하듯 쿵쾅대며 뛰기 시작했다. 마치 그녀의 행동을 저지시키려는 도하의 집요한 소유욕의 연장선 같았다. 여기서 흔들리면 안 된다. 고은은 마음을 다잡으며 약을 입 근처로 가져갔다. 그때 문밖에서 급하게 노크를 하는 소리가 들렸다.

● ○ ●

도하가 구상한 사업 기획안은 볼 것도 없다는 듯 책상 위로 던져졌다. 부회장실로 호출된 그는 고개를 숙인 채 무표정한 얼굴로 서 있었다. 아버지가 화난 이유는 자신이 시도해 보려는 엔터 사업 기획 서류 때문이었다. 우이형 부회장은 못마땅한 표정을 감추지 못하고 아들을 올려다봤다.

"고작 생각한 게 이거야?"

"……."

도하는 대답하지 않았다. 도대체 그에게 무엇을 바라는가. 원하는 대로 회사에 들어와 눈뜬장님처럼 오른팔 역할을 하고 있었다. 아버지의 목이라도 베어 낼 만큼 대단한 걸 기획해 냈어야 만족한단 말인가. 그렇다면 아버지는 더 날뛸 게 분명했다.

"연기만 하던 놈한테 뭘 바라십니까? 저한텐 이게 최선입니다."

도하는 누구보다 잘 알고 있었다. 아버지가 그에게 어떤 기대감도 가지고 있지 않다는 걸. 그저 꼭두각시가 필요했을 뿐이다. 연극 놀이라면 그는 자신 있었다. 그러면서 제 욕심도 조금 채우겠다는데 뭐가 그리도 마음에 들지 않는 것인지. 그것마저도 허락할 수 없다는 이형의 태도가 우습고도 역겨워 신물이 올라왔다.

"네 어머니, 언제든 네 약점 잡으려고 혈안이 돼 있어. 무슨 얘긴지 몰라? 이사진들한테 좋은 먹잇감밖에 안 된다고. 이런 뻔한 기획안에 콧방귀나 뀔 테지. 네 머릿속에서 나온 게 결국 이것뿐이란 걸 확인시켜 주는 셈 아니냐?"

"맞지 않습니까? 우도하 이사의 능력이 이것밖에 안 된다는 걸 그분들도 아셔야 하지 않겠어요?"

도하의 뻔뻔한 대답에 이형은 날카로운 시선으로 아들을 바라보았다. 큰 걸 바라진 않았지만 이 정도로 허황되고 형편없을 줄은 몰랐다. 거기다 제가 몸담았던 기획사의 대표까지 끌어들이겠다고 했다. 일부러 먹잇감을 쥐여 주는 꼴이 아니고 뭔가. 이형의 미간이 깊게 파였다.

"다시 생각해."

"싫습니다."

"우도하!"

도하의 표정엔 흔들림이 없었다. 기준은 자신이 세우는 것이었다. 사업이란 게 뭔가. 돈만 벌면 끝이 아닌가. 거기에서 무슨 명분을 찾는가. 도하는 아버지의 사업 방침을 따를 생각이 없었다.

그렇게 박수받을 프레임을 씌워 봤자 남는 건 적자뿐이었다. 보기좋은 떡은 그저 보는 것으로 끝일 뿐이었다. 먹기 위해선 입을 열어야

했고, 소화를 시키고는 더러운 배출까지 해내야 하는 게 돈의 생리였다. 도하가 연예계에서 일하며 가장 크게 배운 게 그것이었다.

그걸 나쁘다고 여기지 않는다. 목을 빳빳이 세우고 앉아 있는 아버지보다 그가 더 많은 수익을 창출해 내면 그를 욕하던 놈들도 저절로 따라오기 마련이었다. 인기가 있으면 광고는 저절로 붙었고, 사람들의 입에 오르내린 순간 게임은 끝나 버렸다.

책상 앞에 앉아 머리로만 구상해 낸 사업들이 줄줄이 실패를 하면서 우석문 회장이 일으켜 세운 대성물산은 몇 년째 적자를 면치 못하고 있었다. 그 책임의 화살은 결국 아들 우이형 부회장에게로 쏟아지고 있는 상황이었다. 아버지는 막다른 길에서 장남인 도하를 끌어들였다. 거기서 얻어 낼 것이 분명한데도 확신하지 못했다. 그러니 실패하는 인생이겠지.

"이렇게 설교나 하실 생각이었으면 처음부터 절 끌어들이지 마셨어야죠."

도하는 간단하게 제 소신을 밝힌 후 부회장실을 빠져나왔다. 아침부터 거슬리는 일이 한두 가지가 아니었다. 간신히 참고 있는데 인내심에 불을 붙이는 것만 같아 머리끝까지 열이 차올랐다. 도하는 걸어

가며 틈 없이 완벽하게 졸라맨 넥타이를 거칠게 풀어냈다. 비서가 일정 간격을 유지한 채 그의 뒤를 쫓았다.

"어떻게 됐습니까?"

집무실로 들어서자마자 그는 겉옷부터 벗어 던졌다. 핸드폰을 들고 통화를 하며 책상 쪽으로 향했다. 비서에게 나가 있으라는 손짓을 하곤 자리에 주저앉아 컴퓨터 마우스를 움직였다. 화면엔 그가 어딘가로부터 전달받은 메일이 그대로 남아 있었다. 산부인과 진료 기록이 담긴 서류 파일이었다.

불법적으로 못 할 일은 없었다. 그저 하지 않았을 뿐이다. 온라인으로 모든 걸 기록하는 요즘 시대에는 해킹 한 번이면 그 어떤 정보도 쉽게 얻어 낼 수 있었다. 고은이 다녀간 산부인과 진료 기록도 마찬가지였다.

도하는 화면을 뚫어질 듯 바라보며 핸드폰 너머로 들리는 목소리에 귀를 기울였다.

— ……죄송합니다. 카페에 들어갔을 땐 이미 늦은 것 같았습니다.

상대방의 대답에 도하는 아무 말도 하지 않은 채 신경질적으로 핸드폰을 끊고는 책상 위로 던져 버렸다. 오늘따라 관자놀이가 쿡쿡 쑤시며 두통을 일으켰다. 머리 안의 복잡한 회로들이 엉켜 들어가는 기분이었다. 모두 다 풀어냈다고 여겼는데 그것은 그 혼자만의 착각이었나. 도하의 입가에 비릿한 웃음이 스쳤다. 이렇게 사람을 엿 먹인단 말인가.

"……."

그는 잠잠한 핸드폰을 내려다봤다. 고은에게 전화를 걸었지만 받지 않았다. 짧은 문자 한 통만 들어온 상태였다. 병원에 들러 약을 탔다는 내용이었다. 얼른 집으로 돌아가 쉬고 싶다는 말도 덧붙여져 있었다. 뭐가 정답이고, 뭐가 진실인가. 그 놀이를 이제 고은이 더 즐기고 있는 것만 같기도 했다.

두 눈을 감은 도하가 깊은숨을 내쉬며 어젯밤을 떠올렸다. 그를 바라보는 고은의 눈동자에 심장 안을 칼로 쑤시는 것처럼 저리고 아팠다. 그녀를 안고 있어도 갈증이 해소되지 않는 기분이었다. 더. 더, 확실한 무언가가 필요했다. 그는 자신이 점점 더 미쳐 가고 있단 걸 깨닫지 못한 채 핸드폰을 집어 들었다.

● ○ ●

고은은 도하가 출근한 이후, 집으로 돌아와 다시 침대에 누웠다.

얼마간 선잠을 자다가 일어났을 때 핸드폰이 울렸다. 당연히 도하일

것이라 생각했는데 할머니 은금의 번호가 떴다. 고은이 서울로 다시

올라온 후, 매일 연락을 했지만 할머니는 전화를 잘 받지 않았다. 문

자를 남기면 뒤늦게야 답장을 했다. 고은은 그 이유를 잘 알았다. 할

머니 곁을 떠난 그녀가 이곳에 적응하길 바라는 거겠지. 마음을 강릉

에 둔다면 그녀가 행복해질 수 없을 것이라 생각하는 걸까.

고은도 더 이상은 은금의 안부에 집착하지 않았다. 정말 궁금하면

미선에게 연락해 물어보면 될 일이었다. 그리고 이젠 태진이 할머니

를 잘 돌봐 주고 있다니 크게 걱정하지 않아도 된다 생각했다. 그런데

은금이 먼저 그녀에게 전화를 걸어 왔다.

"할머니!"

고은은 얼른 통화 버튼을 누르고 반가움부터 전했다.

— 그래. 할미다. 우리 새끼, 잘 있지?

은금의 목소리를 듣자마자 고은은 목 안이 콱 막히는 것만 같았다.

저절로 코끝이 찡해지며 가슴 안이 싸하게 아려 왔다. 그저 목소리일 뿐인데. 이렇게도 알 수 없는 서러움이 솟구칠 줄은 몰랐다.

아무래도 오늘 산부인과를 다녀온 게 그녀의 감정에 더 큰 파고를 일으킨 것 같기도 했다. 카페 화장실에서 약을 먹으려는 순간, 누군가 급하게 노크를 했다. 고은은 일단 약을 주머니에 넣고 문을 열었다. 얼굴색이 좋지 않은 여자가 미안하다며 고개를 숙여 왔다.

자리를 비켜 주고 카페를 빠져나와 도하에게 답장을 보냈다. 밑이 따가워 병원에 갔다가 돌아가는 길이라고, 집에 가서 쉴 생각이라고. 문자를 읽었다는 표시가 떴지만 그에게선 아무런 말이 없었다. 고은은 그가 바쁠 것이라 여기며 집으로 돌아와 지친 몸을 침대 위에 뉘었다. 그리고 어느새 오후가 되어 버렸다.

"나야…… 잘 있지."

고은은 목이 메어 입 밖으로 간신히 말을 뱉었다. 괜스레 할머니에게 걱정을 끼칠 순 없었다. 더 활기찬 목소리를 내야 한다고 생각하며 마음을 다잡는데 은금에게서 전혀 예상하지 못한 말이 흘러나왔다.

— 2층 친구, 아, 아니다. 우 서방이 오늘 밤에 내려오겠다고 전화가 왔던데.

고은은 처음엔 할머니의 말을 제대로 이해하기 어려웠다. 은금의 입에서 나온 '우 서방'이란 단어도 낯설기만 했다. 어머니 정화가 늘 도하를 '우 서방'이라고 호칭하긴 했지만 고은은 그가 자신의 진짜 남편이라고 생각하지 않았기에 가슴에 깊은 의미를 새기진 않았다.

하지만 할머니 은금이 그 말을 쓰자 고은은 이상하게도 심장 언저리가 뻐근했다. 목 끝까지 차오르는 감정 앞에서 속수무책으로 무너지는 기분이 들었다. 은금은 고은에게 하나 남은 진심이고, 지키고 싶은 유일한 사람이었다. 그런 할머니에게 거짓말을 하고 도하와 재결합한 이후부터 고은은 스스로에게 환멸이 있었다. 그걸 도하는 알까.

"그…… 사람이 전화를 했다고?"

고은은 믿을 수 없어 재차 물었다. 그는 서울로 돌아오고 나선 할머니의 안부조차 묻지 않았다. 당연히 이곳 생활에 집중해야 한다는 것처럼, 도하는 고은을 강릉과 분리시켰다. 그럴 수밖에 없다는 걸 알았다. 그래서 고은은 참아 냈고, 어쩌다 한 번씩 전해 듣는 안부로도 만족했다.

— 그래. 너랑 오늘 밤에 와서 며칠 있을 거라는데, 제대로 먹을 게 있어야지. 뭘 좋아하는지 다 잊어버렸어. 그래서 전화했다. 태진이가

오늘 강릉 시내에 볼일이 있어서 나간다는데 장이라도 봐 오려고.

그만, 그만. 고은은 소리치고 싶었다. 그가 또 무슨 일을 꾸미는 걸까. 그녀에게 아침 일찍 전화를 건 게 이 이유 때문이었다고? 갑자기 무슨 바람이 불어 강릉에 가자는 것인지. 그럴 거라면 그녀에게 먼저 의견을 물었어야 했다. 고은은 핸드폰을 내려놓고 도하와 문자를 주고받은 채팅 창을 열었다. 여전히 그에게선 답장이 없었다. 고은은 머리가 징, 하고 울려 왔다.

"할머니, 내가 지금 일이 있어서. 나중에 전화할게."

— 그래, 그래. 천천히 해.

은금은 혹시라도 고은의 생활에 방해가 될까 걱정됐는지 얼른 전화를 끊어 주었다. 고은은 깊은 한숨을 내쉰 후 도하에게 전화를 걸었다. 몇 번의 신호음이 가고 그가 전화를 받았다. 고은은 고개를 들어 자신의 가방을 바라봤다. 그 안에 든 무언가를 생각하는 것처럼.

● ○ ●

"표정이 왜 그래요?"

김 여사를 통해 짐은 단숨에 꾸려졌다. 도하는 비서도 놔둔 채 자신이 직접 운전대를 잡았다. 고은은 그가 하는 대로 인형처럼 따랐다. 무슨 생각이냐고 묻고 나면 더 큰 감정이 그녀를 덮칠 것만 같았다. 차에 오르자마자 그저 창밖만 내다봤다. 네온사인이 켜진 도시의 밤은 따뜻해 보이면서도 어딘가 차가웠다.

"뭐가요?"

고은은 도하의 질문에 대답하며 그를 돌아봤다. 할머님을 보고 싶지 않냐는 말에 고은은 당연히 보고 싶다고 답했다. 그러자 그는 며칠 내려가 있자고 제안했다. 고은이 뒤늦게 그에게 전화를 걸었을 때 나눈 대화 내용이었다. 순서가 바뀌었다는 걸 알면서도 그는 모르는 척을 하는 걸까.

"할머님한테 먼저 전화 걸어서 화난 거예요?"

도하는 간단하게 그녀의 심경을 꿰뚫고 되물었다. 그는 이런 남자였다. 그녀가 하루 종일 생각하며 전전긍긍한 말들을 한순간에 내놓고는 아무렇지 않게 웃어 버리는. 고은은 그런 도하의 가벼운 생각과 차가운 심장이 더 이상 그녀에게 영향을 주지 않으리라 여겼지만 또 그녀 자신에게 배신당한 기분이었다.

"말이 없었던 일이라 놀랐어요."

고은은 차분하게 대답했다. 도하가 잠시 소리 없이 웃었다. 그가 신호에 차를 세우고 그녀에게 시선을 주었다. 무슨 생각을 하고 있는 걸까. 두 사람은 서로를 바라보면서도 그 어떤 말도 쉽게 꺼내 놓지 않았다.

"고은 씨한테 점수 좀 따려고 서프라이즈 한 거예요."

다시 차를 출발시키며 도하가 입을 열었다.

"다른 뜻은 없어요. 나도 일 때문에 머리가 아파서 어디 가서 좀 쉬었다가 오고 싶은데 마땅한 곳이 생각나질 않아서……. 그리고 이제 혼자만 생각하면 안 되는 거잖아요."

"……."

도하의 변명은 막힘이 없었다.

"또 고은 씨가 좋은 게 나도 좋으니까."

살짝 입꼬리를 올려 말을 마무리하는 그의 모습이 고은의 심장을 찍어 누르는 것만 같았다. 죄책감을 느끼라고 하는 말인가. 그렇다면 그녀의 잘못인가. 왜. 처음부터 이런 관계를 맺도록 한 그의 잘못이다. 하지만 그는 고은을 절벽으로 내몰면서도 그 자신이 상처받은 듯이 행동하고 있었다. 어느 누구보다 그녀를 사랑하는 것처럼, 다정한 남편이 되어 고은을 더 비참하게 만들었다.

"할머니가 신경 쓰시는 게 싫어요."

고은이 뒤늦게 대꾸했다.

"하루만 쉬다가 와요."

그렇게 타협하듯 짧은 말을 꺼내 놓고 고은은 눈을 감았다. 그와 더 이상 말을 섞고 싶지 않았다. 그럴수록 고은은 더 깊은 수렁에 빠지는 것만 같았다. 도하가 그녀에게로 손을 뻗어 자연스럽게 손가락을 얽었다. 그의 손은 여전히 따뜻했다. 그게 미칠 듯이 서러웠다.

"어서 와. 잘 왔다!"

은금은 도하와 고은을 마당까지 뛰어나와 반겼다. 그동안 보고 싶었던 마음을 억누르다가 터뜨리게 되었는지 잠시 눈물을 훔치기도 했다. 고은은 얼른 할머니에게 달려가 안겼다. 따뜻한 품이 그리웠고, 지금 이 순간이 감사했다.

"아이고, 누가 보면 몇 년은 안 본 줄 알겠네."

할머니가 고은의 등을 예전처럼 연거푸 쓸어 냈다. 이게 그리워 울었던 날들도 있었다. 이젠 그 역할을 도하가 대신 해 주고 있다는 것처럼 그는 두 손 가득 선물 보따리를 들고서 은금과 고은의 뒤에 든든하게 서 있었다.

"우 서방도 잘 왔어."

은금이 고은을 안으며 도하에게 눈을 맞췄다.

"네, 잘 지내셨죠?"

도하는 예의 바른 모습으로 은금을 향해 웃어 주었다. 이상할 것은 하나도 없었다. 어쩌면 예전보다 더 화목하고 행복해 보이기까지 했다. 안겨 있던 할머니의 품에서 빠져나온 고은은 도하를 돌아봤다.

그는 익숙한 걸음으로 1층 현관 쪽으로 향하고 있었다. 가지고 온 물건을 한쪽에 내려놓은 뒤 겉옷을 벗어 단정하게 정리하고는 은금이 거실 소파에 앉기를 기다렸다. 고은과 함께 집으로 들어온 은금의 얼굴엔 낯설어하면서도 들뜬 기분이 고스란히 드러나 있었다. 고은은 이것만으로도 괜찮지 않을까 하는 이중적인 마음이 들기도 했다. 연극이면 어떨까. 그녀 역시 원하는 걸 그에게서 얻으면 되는 것이다.

"절받으십시오."

도하가 고은과 나란히 서서 은금에게 절을 올렸다. 은금은 괜찮다며 편하게 하라고 했지만 손녀와 손녀사위의 인사를 흔쾌히 받았다. 두 사람이 소파 아래에 자리를 잡고 앉자마자 잊지 않고 따뜻하게 손을 붙잡아 주었다.

"여기까지 올 생각을 하고."

은금이 도하 쪽을 보며 말했다.

"······고맙네."

"아닙니다."

도하는 은금의 손을 맞잡고 자신이 더 감사하다고 말하며 고은에게 시선을 주었다. 이렇게 두 사람이 나란히 있으니 진짜 부부처럼 보인다며 은금은 얼른 식사 자리로 그들을 이끌었다. 할머니가 준비한 음식은 모두 도하가 입에 맞아 했던 것들이었다.

고은은 도하가 다정하게 올려 준 생선살을 당연하게 받아먹으며 은금에게 안부를 물었다. 은금은 모두 다 좋다고 말했다.

그렇게 저녁 식사를 마치고 두 사람은 고은이 살던 3층으로 올라왔다. 가져간 짐들 빼고는 공간은 예전과 다를 바 없이 그대로였다.

고은이 가방을 내려놓고 뒤로 돌자 도하가 가까이 다가왔다. 놀란 고은이 멈칫 물러서자 그는 슬그머니 입꼬리를 올렸다. 그러고는 그녀의 뺨을 천천히 어루만졌다. 그의 얼굴이 천천히 아래로 내려와 그녀의 입술을 물었다. 고은이 거부할 수 없다는 걸 알아차린 영악한 행동이었다. 급하게 식탁을 부여잡고 도하의 키스를 받아 내며 고은은 그가 하는 대로 내버려 두었다. 포기한 그녀를 내려다보며 그가 눈을 맞췄다.

"당신이 원하는 걸 해 줬으니."

"……."

"이제 내가 원하는 걸 할 차렌가요?"

도하의 입꼬리가 활처럼 휘며 섬뜩하게 올라섰다.

식탁 위에 엉덩이가 걸쳐지고, 옷이 찢기듯 급하게 벗겨졌다. 겁에 질린 고은이 붉어진 눈으로 올려다보았지만 도하의 눈동자엔 아무런 감정도 없었다. 어두운 눈빛은 오로지 육체만을 원하는 것처럼 고은의 눈을 제대로 바라보려 하지 않았다.

"하웃……."

몸의 무게에 눌려 식탁에 등이 닿은 고은은 섬뜩함을 느끼면서도 그가 입술로 빨아들이는 곳곳에서 열꽃이 피어오르는 것처럼 정신을 차릴 수가 없었다. 그가 한 손으로 아무렇게나 가슴을 주무르며 다른 손으로 허벅지를 벌렸다. 고은이 질겁하며 그를 밀어 내려 하자 도하는 무슨 문제라도 있냐는 듯 굳어진 표정으로 그녀를 바라보았다.

"하, 도……, 읏, 하, 씨……."

그가 고은을 내려다보며 얄밉게 그녀의 예민한 부분을 문질러 댔
다. 다리가 퍼덕거렸지만 그는 상관조차 하지 않은 채 제 할 일만 해
내는 사람처럼 고은을 관찰했다. 그만해 달라며 고은이 그의 상체를
두드리면 도하는 가라앉은 목소리로 요구했다.

"키스해 봐요."

"……."

고은은 키스라는 단어가 이리도 일방적이며 수치스러운 줄 몰랐
다. 네가 달려들어 쾌락에 휩싸이는 모습을 보이라는, 다정하면서도
폭력적인 눈빛은 고은을 더욱더 체념하게 만들었다. 단숨에 독기가
오른 눈으로 그를 노려봤다. 도하가 그럼 어쩔 수 없다는 듯 짧게 웃
고는 자신의 바지 버클을 풀었다.

이게 무엇을 의미하는지 알았기에 고은은 두려움에 두 다리가 벌
벌 떨렸다. 이미 잔뜩 흥분한 도하가 그녀의 안으로 들어오려 했다.
두 손으로 밀고, 도망치려 해도 소용이 없었다. 그는 벽처럼 단단했
고, 고은은 마음은 홍수처럼 무너져 내렸다.

"그, 그, 그만…… 제발……. 흐흑……."

고은의 울음은 이전과 또 달랐다. 이렇게 아이 같은 울음을 터뜨린 적은 없었다. 도하도 더 이상 밀어붙이지 못한 채 그녀를 내려다보고만 있었다.

그의 손이 그녀의 뺨을 붙잡아 올렸다. 고은이 입술을 깨물며 눈물을 참아 내려 했지만 쉽지 않았다. 펑펑 쏟아지는 눈물이 눈가를 타고 흐르는데 도하의 얼굴이 내려왔다. 그가 혀로 그 눈물을 모조리 핥아 먹기 시작했다.

"하지…… 으응. 흑. 제…… 흑. 흐윽."

눈가를 핥던 그의 입술이 내려와 뺨을 훑고 다시 코 아래로 내려왔다. 입술이 겹쳐지고 또다시 키스가 이어졌다. 그러나 이전처럼 강압적인 느낌은 없었다. 고은을 달래듯 그의 혀가 찬찬히 입 안을 훑기 시작했다. 고은은 신음을 참아 내지 못하고 그의 상체를 붙잡았다. 죽도록 싫기만 한 입맞춤으로 그녀의 아랫배가 반응하는 게 싫었다. 이미 그에게 익숙해져 버린 자신을 몸을 버릴 수가 없어 더 고통스러웠다.

"하아……."

"하……."

모든 숨을 삼킬 것처럼 끝없던 키스가 멈춰지고 둘 사이에 가쁜 신음이 쏟아졌다. 고은은 여전히 울음이 남아 있는 채 고개를 숙였고, 도하 역시 그녀의 목덜미에 자신의 얼굴을 묻고선 잠시 숨을 골랐다. 그러다 천천히 고개를 들었다.

"……."

"……."

그녀의 뺨을 붙잡아 그에게 시선을 맞추게 했다. 둘의 눈동자가 마주하자 고은은 잠시 심장이 멈추는 것만 같았다. 도하의 눈가가 붉어져 있었다. 눈물 연기라면 우도하가 일품이라고 수많은 대중에게 칭찬을 받는 사람인데 이제껏 고은의 앞에선 단 한 번도 우는 모습을 보이지 않았다. 고은은 그저 혼란스러워 도하를 바라보고만 있을 수밖에 없었다.

"내가……."

그가 작은 한숨처럼 입을 열었다.

"……그렇게, 싫어?"

물음은 아이 같았다. 엄마를 잃은 어린 소년이 다시 마음을 주고 만난 사람에게 제 감정을 숨기지 못해 쏟아 내는 투정처럼 애처롭게 안타까웠다. 고은은 왜 이런 마음이 드는지 알 수 없었다. 그가 싫었다. 죽도록 미우면서도 벗어나지 못했다. 그렇다면 사랑해야 하는데 그것도 쉽지 않았다. 식어 버린 마음에 남은 미련 때문일까. 그의 집착에 대한 항복인가. 뭐가 뭔지 알 수 없는 감정투성이였다.

"안아 줘, 제발."

그가 고은의 눈동자를 깊게 내려다보며 말했다. 그녀를 함부로 휘두르는 강압적인 남자는 더 이상 없었다. 지치고 쓸쓸하며 애정을 갈구하는 작은 짐승만 남아 있었다. 고은은 천천히 손을 뻗었다. 자신도 모르게 도하의 눈가를 쓸어 냈다. 그가 그녀의 행동에 만족하듯 눈을 휘며 고은의 손에 따뜻한 입맞춤을 했다.

도하가 그녀를 붙잡아 안았다. 식탁 위에 걸쳐진 몸이 그에 의해 올라갔다. 고은은 당연한 것처럼 그의 목에 팔을 둘렀다. 그러곤 눈을 감았다. 도하의 심장이 뛰는 소리를 듣기 위해서. 그것이라도 붙잡아야만 하는 그녀를 위해서. 고은은 그에게 몸을 맡기듯 기대었다.

침대 위에 고은을 내려놓고 도하는 자신의 셔츠부터 느릿느릿 벗기 시작했다. 단추를 하나하나 풀어 내려가는 그의 손을 놓치지 않고 쳐다보는 이유를 고은도 알 수 없었다. 그녀는 누운 채 도하를 올려다 봤다. 방 안에 불도 켜지 않은 채였다.

달빛만 새어 들어와 무릎을 세우고 앉은 도하의 얼굴 위를 조명처럼 비추었다. 단정하게 빗어 넘긴 머리카락이 고은과의 실랑이로 조금 흐트러졌지만 그의 잘생긴 이마를 가리진 않았다. 매끈하게 뻗은 코끝에 머물던 시선을 내려 그의 입술을 바라보았다. 할머니를 뵙는다고 곱게 화장을 한 탓에 그의 입가에 고은의 립스틱이 아무렇게나 묻어 있었다.

그가 찍은 광고의 한 장면이 생각났다. 여배우가 키스를 남기고 떠난 듯 그의 입술에 립스틱 자국이 번져 있었고, 와이셔츠도 단추가 몇 개 풀린 채 헝클어져 있었다. 야릇한 섹시함이 화면 가득 풍겼다. 화보는 공개되자마자 온라인을 핫하게 달궜다. 이런 장면을 찍은 배우들이 한둘은 아니건만 그의 모습은 다르다고 했다.

짙은 회색빛이 가득한 눈동자가 반듯하면서도 감춰진 욕망을 불러일으켰다. 배우를 시작할 때부터 베드신은 찍지 않겠다고 선언한 그였으니 사람들의 목마름은 더없이 깊어질 수밖에 없었다. 비밀스러운 그의 분위기로 인해 인기는 더 올랐고, 그의 얼굴을 불법으로 가져다 쓴 야한 동영상이 은밀하게 채팅방을 오가기도 했다.

"이고은."

도하가 갑자기 그녀의 이름을 불렀다. 고은은 도하의 입술에서 시선을 떼고 그의 눈을 바라봤다. 그는 그녀를 관찰하는 눈빛이었다. 도대체 이 상황에서 무슨 생각을 하고 있느냐는 화가 난 입꼬리가 고은의 가슴을 찌르르, 떨리게 만들었다.

"입술이…… 번져서……."

고은은 변명처럼 말했다. 그녀의 대답에 도하가 눈꼬리까지 휘며 웃었다. 그는 천천히 몸을 아래로 내려 고은의 위에 겹치듯 자리를 잡고 그녀를 내려다봤다. 그의 얼굴이 가까이 다가오자 심장은 또 자연스럽게 떨렸다.

"어디쯤? 손으로 알려 줘 봐."

도하가 장난스럽게 말했다. 고은은 시선을 내리려 했지만 그의 단단한 팔이 그녀의 얼굴을 가두듯이 바짝 붙잡았다. 도망칠 길이 없다는 걸 알면 고은은 더 대담해지는 편이었다. 도하도 이제 그걸 아는 눈치였다. 고은이 그를 올려다보며 천천히 손을 올렸다.

"여기……."

고은은 손으로 그의 입술을 매만졌다. 그는 입술까지 뜨거웠다. 손가락 끝으로 가장자리부터 안까지 쓸어 내자 이상하게도 심장 안이 저릿하게 떨려 왔다. 입술을 만지는 건 손인데 목이 타며 가슴이 뜨끈해졌다. 고은은 얼른 손을 내리려 했다. 하지만 손가락을 붙잡는 도하의 행동이 더 빨랐다.

"왜……."

도하는 고은이 물음이 끝나기도 전에 그녀의 손가락을 입 안에 넣고 빨았다. 갑자기 젖은 기운 안으로 손이 빨려 들어가자 고은은 끙, 하고 신음했다. 온몸의 감각이 손으로 모인 것처럼 그의 혀가 움직일 때마다 아랫배가 간질거렸다.

"하읏. 하지…… 마읏."

고은이 손을 빼내려 할수록 도하의 시선은 더욱 집요해졌고, 입 안의 압력 또한 커졌다. 고은이 포기하듯 그를 밀어 내던 팔에서 힘을 풀자 도하가 그녀의 손가락을 빨던 혀를 아래로 움직였다.

"흐읏."

중지 사이를 그의 축축한 혀가 뱀처럼 휘감았다. 도하의 입에서 저절로 흘러나온 타액이 손바닥을 적시자 고은은 알 수 없는 야릇함이 머리끝으로 퍼지는 것만 같았다. 손을 빠는 행위가 이토록 야할지 몰랐다. 가슴을 무는 것에도 아직 적응하지 못했는데 이번엔 손이었다. 고은은 이번에도 도하의 행동을 뿌리치지 못하고 그대로 받아 내야만 했다.

"흐응……."

"좋아요?"

"그, 그런 거, 아니……훗."

"손도 성감대였나."

그가 얄밉게 말을 뱉었다. 고은은 하지 말라며 그의 얼굴을 밀어 내려 했지만 그 손마저 도하의 입 안으로 들어가게 돼 버렸다. 항복. 그것밖에 없었다. 고은은 눈으로 애원하듯 도하를 바라봤다. 이런 짓은 이상하다고. 도하는 그럴 수 없다는 것처럼 핥아 대던 손을 갑자기 자신의 몸으로 가져갔다.

"도, 도하 씨."

"나는…… 여길 만져 주면 좋아요."

그가 뻔뻔하게 말하곤 웃었다. 고은이 질식하듯 표정 관리를 하지 못하면 도하는 그것마저 귀엽다는 표정이었다.

162

그의 몸이 점점 반응하는 걸 손안에서 직접 느끼자 고은은 귓가가 붉어졌고, 도하는 몸을 내려 그 귀를 대놓고 빨아 댔다. 흐읏. 하앙. 신음이 얽히고 공기가 더워지는 순간, 도하의 행동이 급해졌다.

"안, 안······ 돼, 읏."

고은이 잡힌 손을 빼내려 했지만 도하의 눈은 이미 다른 색으로 변해 있었다.

● ○ ●

눈을 떴을 땐 익숙한 천장이 보였다. 이곳을 그리워했는데. 꿈인가. 그런 생각을 하는 사이, 고은은 아래쪽에서 느껴지는 이물감에 자신도 모르게 배가 바짝 조여들었다. 그녀의 행위를 인식한 듯 등 뒤에 달라붙어 있는 몸이 고은을 바짝 더 당겨 안았다.

도하는 몸을 빼내지 않은 채로 잠들었다. 몇 번의 사정이 있은 후 고은은 언제나처럼 지쳐 기절하듯 잠들어 버렸다. 그도 현재 자신의 성욕이 스스로조차 감당하기 힘든 상태라는 걸 깨달았지만 어쩔 수가 없었다. 이렇게 고은을 안고만이라도 있어야 불안감이 덜어졌다.

"도하 씨……, 잠깐……."

고은이 놔 달라며 허리를 움직여 보지만 그것은 그를 더욱 자극하는 행위였다. 고은의 안에 있는 그가 반응하는 게 느껴졌다. 고은의 몸이 겁을 먹듯 그대로 경직되며 굳어졌다. 도하는 고은의 모든 행동이 귀엽고 사랑스러웠다. 그가 싫어 악을 쓰면서도 벗어나지 못하는 여자에 대한 변태적인 욕구라고밖에 설명할 수가 없었다.

"좀 더 자요……."

오늘은 쉬기로 한 날이니. 도하가 그렇게 말하는 것처럼 고은의 목덜미에 얼굴을 묻었다. 하지만 그 이후 그의 손이 장난치듯 아랫배 근방을 훑어 내렸다. 고은의 발끝이 저절로 곱아들었다. 몇 번을 해도 그의 손길엔 익숙해지지가 않았다.

"하……. 나, 또 하고 싶은데."

그가 한숨처럼 고은의 귓가에 속삭였다. 고은은 눈을 질끈 감고 모르는 척하는 것 말곤 할 수 있는 게 없었다. 더 이상은 그녀도 무리였다. 온몸이 흐느적대는 것처럼 힘이 들어가지 않았다. 그를 받아 내면서 몇 번이나 숨이 막히는 것 같은 아찔함을 느꼈다. 정신이 혼미해져 그에게 더 달라붙으면 도하는 멈출 수가 없는 것 같았다. 악순환의 도

돌이표 같은 정사였다.

"고은 씨 힘들어서 안 되겠죠?"

도하의 손은 이미 고은의 전신을 지분거리고 있었다. 그의 손마디에 비벼진 예민한 살갗에 소름이 돋으며 고은의 머리에 찡, 하고 전기가 통하게 만들었다. 그녀가 반응하듯 작은 신음을 뱉자 도하는 가능하다는 뜻으로 이해한 듯 고은의 허리를 붙잡은 채 몸을 움직이기 시작했다.

"하읏⋯⋯. 잠, 자으⋯⋯깐⋯⋯."

고은은 몸이 흔들리자 저절로 시트를 움켜잡았다. 도하가 안으로 깊게 들어차다가 조금씩 속도를 올리며 들락거렸다. 이미 이루어진 몇 번의 행위로 인해 두 사람의 몸에서 질척거리는 야한 소리가 이어졌다.

"하아⋯⋯."

도하는 모든 게 쾌락의 요소가 되는 것처럼 고은을 몸을 바짝 붙잡아 안은 채 결박했다. 단단한 그의 몸이 그녀에게 달라붙어 떨어지지 않았다. 식었던 땀이 다시 서로의 몸으로 흘러내려 아무렇게나 섞이는 기분이라 고은은 머리가 어지러웠다.

"그, 그마⋯⋯ 웃."

이제 몸엔 감각조차 없었다. 자신의 몸이 자신의 것이 아닌 것만 같았다. 이것이 고통일까. 그렇게 생각하자면 고은은 몸이 여러 번 나락으로 떨어졌다가 살아 올려지는, 경험하기 힘든 감각을 느꼈다. 싫다고 할 수도 없었다. 그가 그녀의 몸을 자극시킬 때마다 더한 자극을 원하는 것처럼 몸이 반응했다. 피해야 한다는 생각이 들었지만 몸은 그의 리듬에 맞춰 불꽃을 피워 냈다.

그때 그녀의 안에서 그가 빠져나가자 고은은 놀라 뒤를 돌아봤다. 마치 아쉽기라도 한 것처럼 그를 올려다보게 되었다. 도하의 눈은 이미 정상이 아니었다. 고은의 몸이 다시 그의 아래에 깔리고 그가 그녀를 마주 보며 무릎으로 기듯이 몸을 겹쳐 왔다.

"하웃……."

그가 그녀의 안으로 깊숙이 쳐들어왔다. 고은은 숨이 쉬어지지 않아 도하의 팔을 붙잡았다. 눈물이 고인 눈으로 그를 올려다보면 조금은 봐주는 사람이니까. 그걸 그녀도 이젠 나쁜 습관처럼 이용하고 있었다.

"왜 또 울어요? 하아……."

도하는 투정 부리는 아이를 달래듯 고은의 얼굴을 쓰다듬어 내렸다. 다정한 손길과 다르게 그는 더욱 사납게 허리를 움직이며 그녀를 몰아붙였다. 익숙해질 만도 한데. 이젠 익숙해져 하는 게 아닌가. 그런 의심이 들 정도로 그와의 섹스는 단 한 번도 똑같은 적이 없었다.

고은은 아무 생각도 할 수가 없었다. 몸을 섞는다는 게 이런 장점이 있었던가. 지금만큼은 그를 의심하고 싶지 않으니까. 오히려 불덩이처럼 뜨거운 그가 그녀 안의 모든 것을 집어삼켜 버렸으면 했다. 태워서 아무것도 남지 않게. 이렇게 죽어 버렸으면.

"흐흑……."

고은의 눈물이 심상치 않자 도하는 움직임을 멈췄다. 그가 차갑게 식은 눈으로 그녀를 내려다봤다. 정사를 나눌 때마다 울어 버리는 여자. 좋을 리 없었다. 달래 주는 데도 한계는 있을 것이고, 이 모든 게 우습게 느껴지겠지.

"……."

"……."

고은은 도하가 몸을 움직이지 않자 그나마 고른 숨을 내쉴 수 있었다. 도하의 눈빛은 뜻을 알 수 없도록 더욱 검게 변했다. 어쩔 땐 회색빛 안개처럼 흐릿하면서도 신비함이 묻어나던 그의 눈동자가 의심할 수 없는 검은색으로 보이는 순간이면 고은은 절벽 끝에 서 있는 기분이었다. 그가 그녀의 목을 졸라 죽여 버린다고 해도 모든 걸 받아들일 수 있을 것만 같은 얼굴이었다.

"⋯⋯내가 잘못했어요."

생각지도 못한 말이었다. 고은이 놀라 멈칫하는 순간, 도하는 망설임 없이 그녀에게서 몸을 빼내었다. 더 이상 괴롭히지 않겠다는 것처럼 그는 침대 아래로 발을 내렸다. 고은은 다행이라 생각하면서도 그가 뒤돌아서서 이 방을 나가는 걸 볼 수 없을 것만 같아 한 팔을 들어 눈을 가렸다. 그가 나가 버리든 말든 신경 쓰지 않을 작정이었다.

"잠⋯⋯ 왜, 앗."

그 순간이었다. 고은이 몸이 번쩍 들렸다. 두 사람 다 아무것도 입지 않은 나체였다. 밖은 이미 해가 중천에 떠 있었다. 고은은 그의 행동을 이해할 수 없어 눈 안에 물음표를 띄웠다. 도하는 깔끔하게 웃으며 말했다.

"같이 씻어요."

서울 집과 달리 3층 집의 욕조는 비좁았다. 두 사람이 같이 씻는다는 건 애초부터 불가능했다. 도하는 고은을 작은 욕조 안에 앉힌 뒤

물을 틀었다. 고은은 의식하지 않으려 했지만 아직도 잔뜩 흥분해 있는 그의 몸이 신경 쓰일 수밖에 없었다.

"온도 어때요?"

도하가 물의 온도를 확인하며 고은에게 물었다. 그는 다정하고 상냥한 남자로 돌아와 있었다. 고은은 괜찮다며 고개를 끄덕였다. 도하도 더 이상은 말이 없었다. 바디 워시를 몇 번 눌러 짠 후 욕조 안에 가볍게 풀어 냈다. 거대한 거품은 일지 않았지만 몸을 가릴 정도는 되었다.

따뜻한 물이 몸을 감싸자 고은은 근육이 나른하게 풀리는 것만 같았다. 그녀도 모르는 사이 눈이 감기기도 했다. 도하에게서 작은 웃음소리가 들렸다. 그리고 그가 몸을 씻어 내는 소리가 들렸다. 고은은 눈을 뜰 수 없었다. 아무리 같이 살아도 한 공간에서 샤워를 한 적은 없었다. 고은은 물소리가 멈추고 샤워기를 내려놓는 소리만으로 도하의 행동을 추측해야 했다.

"편하게 씻고 나와요."

도하의 목소리가 들리고 곧이어 욕실 문이 열리고 닫히는 소리가 귀에 꽂혔다. 고은은 그제야 작은 한숨을 내쉬었다. 이제 잠깐이라도 그와 떨어져 있을 수 있다는 사실에 안심이 되면서도 자신이 그런 감정을 느낀다는 게 서글퍼지기도 했다. 눈물이 많아진 고은은 어설프게 부풀어 오른 바디 워시 거품을 손으로 휘휘 저었다.

오랫동안 씻은 뒤 밖으로 나왔을 때 도하는 어디에도 보이지 않았다. 같이 있을 땐 힘들고 불편하면서도 보이지 않으니 찾게 되는 아이러니를 무엇이라 설명할 수 있을까. 고은은 아예 결론을 내리지 않는 게 맞다고 생각하며 핸드폰을 찾았다.

도하에게서 남겨진 문자는 없었다. 할머니에게 내려간 걸까. 그럴지도 몰랐다. 지금은 행복한 손녀사위의 역할에 빠진 상황이었으니까. 고은은 겉옷을 챙겨 입고 1층으로 내려갔다. 그녀가 현관으로 들어서자 은금은 놀라 돌아봤다.

"왜, 배고파?"

은금은 부엌에서 이른 점심을 만들고 있었다. 고은은 괜히 미안한 마음이 들었다. 티셔츠 소매를 걷어 올리며 할머니의 등 뒤로 다가서 다정하게 어깨를 주물렀다.

"천천히 해. 배 별로 안 고파요."

"에?"

은금이 진짜냐며 고은을 올려다봤다.

"그리고 점심은 내가 할게요."

주방에서 나가라는 듯 고은이 밀어 내자 은금이 괜찮다며 말렸다. 하지만 둘만 있을 땐 고은의 힘이 더 셀 수밖에 없었다. 그녀는 할머니를 이끌고 소파 쪽으로 향했다. 그곳에는 여전히 뜨개질 바구니가 있었다. 고은은 그것을 보자 마음이 편안해졌다.

"지금은 뭐 떠요?"

일부러 할머니의 관심을 다른 곳으로 돌렸다. 은금은 지금 뜨고 있는 옷의 종류를 설명해 주었다. 고은은 할머니가 말하는 걸 지켜볼 수 있다는 것만으로 행복했다. 또다시 가슴 안에서 울컥, 하고 무언가 쏟아져 나올 것만 같았다. 어쩔 수 없이 그녀는 할머니의 무릎에 머리를 대고 누워 버렸다.

"……왜 안 하던 어리광이야."

은금은 싫은 소리를 하면서도 고은의 머리카락을 조심조심 쓸어 내 주었다. 늘 그녀의 마음을 평안하게 만들어 주는 그 손길에 고은은 위로를 받았다. 할머니의 손은 자연스럽게 그녀의 등을 쓸어내렸다. 왜 이렇게 말랐냐며. 잘 챙겨 먹으라는 잔소리마저 좋았다. 고은은 고개를 돌려 할머니의 배를 보고 누웠다. 눈물은 이미 눈가를 타고 흘러 내리고 있었다.

"……할머니."

"응?"

"할머니……."

"……왜?"

고은이 투정을 부린다는 걸 알면서도 은금은 다 받아 주었다. 그저 괜찮다고 말해 주는 사람이 있다는 게 얼마나 소중한지 고은은 요즘 더 절실하게 깨닫는 중이었다. 하지 말아야 할 말. 하고 싶은 말. 가슴에 담긴 말. 진심. 거짓. 진실. 계산할 필요가 없는 믿음. 서러움. 서글픔. 외로움. 도망.

"나 서울 가지 말까?"

입 끝에서 맴돌던 말을 결국 토해 내고 말았다. 고은의 등을 쓰다듬던 은금의 손이 멈춤과 동시에 현관문이 닫히는 소리가 작게 들렸다. 고은은 그걸 알아챘으면서도 더 깊게 눈을 감았다.

17.
욕망이 사랑의 증명이라는 것처럼

통유리창 밖으로 안개가 자욱했다. 미세먼지와 섞여 구분 짓기도 어려운 도시의 날씨는 매일 악순환의 연속처럼 지겹도록 되풀이되었다. 이것은 모두 옆 나라의 탓이다. 누군가를 증오해야만 잠시나마 풀리는 감정들. 도하는 창문 밖을 내려다보며 처음으로 도시가 싫다는 생각을 해 보았다.

"이거, 견적이 꽤 되는데?"

자료들을 훑어 내리고 있던 한수가 고개를 갸웃하며 말을 꺼냈다. 당연히 도하가 들었을 것이라 생각하고 녀석을 바라보는데 시선이 창문 밖으로 가 있었다. 멍한 눈 안에는 아무런 감정도 담겨 있지 않았다. 무슨 일이라도 있는 건가. 아니, 이런 적이 있던 놈인가.

자신의 배우 자질에 대한 악플이 연일 쏟아질 때에도 느긋하게 일어나 운동을 하고 브런치를 먹던 놈이었다. 한수는 도하가 왜 이러는지 궁금할 수밖에 없었다.

"우도하."

"듣고 있어요."

눈과 귀는 기능이 다르다는 것처럼 도하는 한수의 말에 곧바로 대꾸했다. 이럴 때 보면 그가 알고 있는 우도하가 맞다. 높은 자리에 앉아 있다 보니 고민이 많아졌나. 윤 대표는 그런 추측을 해 볼 뿐이었다.

녀석과 사업을 해 보기로 마음먹고 사무실을 정리할 때 불안감 같은 건 없었다. 어차피 어디에서 망하나 마찬가지였다. 도하의 옆이면 그나마 떨어질 게 생길지도 모른다는 노골적인 계산이 앞선 선택이었다. 하지만 그것도 이 회사에 들어오고 나선 확실하지 않다는 염려가 들었다.

"적어도 6개월에서 1년 정도는 나가 있어야 해."

회사는 도하가 곧 이사직에서 물러날 것이라는 소문으로 분위기가 어수선했다. 어차피 낙하산으로 들어온 상황이었고, 그의 아버지 우이형 부회장의 자리도 위태로워졌으니 그게 당연한 수순이라는 거였다. 조금 이르게 변호사에 의해 우석문 회장의 유언장이 공개되었고, 모두의 예상을 뒤엎고 그는 자신의 며느리 최미란 관장에게 절반 이상의 지분을 넘기겠다고 했다.

우이형 부회장은 그날로 최 관장과 한 공간에 있기를 거부했고 도하조차 만나지 않았다. 병실에 누워 있는 아버지의 옆에 앉아 몇 날 며칠을 원망의 눈으로 바라보며 버텨 내고 있었다. 이렇게 뒤통수 맞을 것을 이미 예상한 사람처럼 도하는 아무런 감정의 동요가 없었다. 어차피 이곳에 들어온 것도 아버지의 강요에 의해서이니, 그에게 미련이 있는 게 더 이상했다. 이 자리가 아니더라도 먹고살 길은 널렸다. 은퇴를 번복하고 다시 연예계로 돌아간다고 하더라도 어느 누가 그를 욕할까. 오히려 우도하가 되돌아왔다며 반길 사람들이 더 많았다.

"더 걸려도 상관없어요."

도하가 시선을 테이블로 돌리며 간단하게 대답했다. 한수는 지금 자신이 들은 말이 정확한 것인가 잠시 의심되기도 했다. 외국에 나가 있겠다는 소린가. 그렇게 되면 서열 싸움에서 뒤처지는 것은 당연했고, 그의 일상도 달라질 것이다. 우선적으로 지금 같이 사는 고은이 그의 외국행을 받아들여 줄 것인가, 부터가 문제일 수 있었다.

"고은 씨는?"

한수는 그것부터 물었다.

"……."

도하가 답하지 않고 그를 바라봤다.

"괜찮겠어?"

"데려갈 거예요."

"어?"

도하는 간단히 답하고는 자리에서 일어났다. 황당한 표정이 된 건 한수뿐이었다. 고은을 외국으로 데려간다고? 그럴 수야 있겠지만 그렇게까지 할 필요가 있을까 싶기도 했다. 우선적으로 조율할 수만 있다면 외국행은 잦은 출장으로도 바꿀 수 있었다. 정 되지 않으면 한수만 떠나고 도하는 한국에서 진행 상황을 전달받는 것도 가능했다.

"제수씨가 가려고 하겠어? 거긴 말도 안 통하고 거의 집에만 있어야 할 텐데. 아는 친구들도 못 만나고 너만 보고 살면 우울증 와. 내 친구들 와이프 다 그렇더라."

한수의 충고가 기분 나쁘기보단 더 마음에 드는 것처럼 도하가 웃었다. 서늘하게 올라가는 녀석의 입꼬리가 마치 그것을 바라는 것만 같아 한수는 잠시 소름이 돋고 말았다. 우도하와 일할 때면 한 번씩 겪는 상황이었다. 놈은 일반적인 부분에서 남들과 다른 행동을 취할 때가 많았다. 공감 능력이 다르다고 해야 하나. 그런 부분에서 튄다는 걸 한수는 몇 번씩 느꼈었다.

과거에는 그런 점이 녀석을 배우로 만들었다고 생각했다. 남들과 똑같다면 그것이 배우일까. 수많은 연기자 지망생 중 단 한 명만이 살아남는 세계였다. 말투, 행동, 생각까지 평범함에서 벗어날수록 감독들은 더 좋은 점수를 주기도 했다.

"고은 씨는 괜찮다고 할 거예요."

도하는 이미 확신한 듯 말했다. 한수는 거기다가 말을 보탤 수 없었다. 도하는 여기서 이 회의를 끝내자는 것처럼 책상 위 서류를 하나씩 열어 보기 시작했다. 한수는 그 뜻을 받아들이듯 자연스럽게 자료들을 정리해 자신의 가방에 넣었다. 이곳에 자리를 하나 마련해 준다고 했지만 자신이 거절했다. 괜히 눈치를 보며 일하고 싶진 않았다. 사무실이야 작은 공간 하나만 있으면 되었다.

한수가 집무실을 빠져나가고 도하는 한동안 업무에 빠졌다. 외국

생활을 준비하려면 마음이 바빴다. 왜 그 생각을 못 했을까. 방법이야 여러 가지가 있었는데. 요즘 들어 감정에만 집중하다 보니 머리를 쓰지 못했다.

도하는 깔끔하게 업무를 마치고 다시 창밖을 내다봤다. 핸드폰을 들어 확인하자 고은의 일과가 전달될 시간이었다. 오늘은 별다른 보고 사항이 없었다. 핸드폰을 끄고 도하는 앞도 보이지 않게 자욱하게 낀 안개를 내려다보았다.

'나 서울 가지 말까?'

고은이 은금에게 그렇게 말했다. 울음이 섞인 목소리. 투정이 묻은 절박한 애원 같기도 했다. 도하는 살며시 현관문을 닫고 나왔다. 그의 손에는 고은과 은금에게 먹일 브런치가 들려 있었다. 고은을 욕실에 들여보내 놓고 차를 운전해 강릉 시내로 갔다. 가장 비싸고 맛있는 곳을 인터넷으로 검색해 한 시간 정도 기다려 사 온 길이었다.

문을 닫고 나와 빌라 벽에 기대선 채 허무한 웃음을 흘렸다. 손에 든 음식 봉투가 우스웠다. 그녀의 말이 그의 가슴에 이렇게 꽂힐 줄은 몰랐다. 단지 그와 함께 서울로 가고 싶지 않다는 말일 뿐인데. 감정이 멋대로 요동쳤다. 그게 도하를 더욱 당황하게 만들었다.

빌라를 빠져나와 무작정 걸었다. 바닷가를 거닐다가 몇 시간 만에 다시 돌아갔다. 그의 손에는 아무것도 들려 있지 않았다. 어딜 다녀왔느냐고 걱정스럽게 묻는 은금에게 아무렇지 않게 웃어 보였다. 고은은 아무 일도 없었던 것처럼 주방에서 늦은 점심을 준비해 도하 앞에 내놓았다.

차를 한 잔 하고 나자 은금은 두 사람을 쫓아 보내듯 그들에게 들려 줄 갖가지 짐들을 쌌다. 텃밭에서 키운 정성 가득한 농작물을 아낌없이 고은의 손에 들려 주었다. 그녀는 군말 없이 그것을 받아 들고 은금에게서 돌아섰다. 도하가 은금에게 깍듯이 인사를 건넬 때 고은은 이미 그의 차에 들어가 있었다. 도하는 은금을 뒤로하고 차에 올랐다. 고은은 서울로 올라가는 내내 아무 말이 없었다. 도하는 심장이 저 끝으로 꺼지는 기분을 밟아 대는 액셀 수만큼 느끼며 집으로 돌아왔다.

그리고 두 사람은 평소와 다름없는 일상을 살았다. 도하는 일이 바빠졌고, 고은은 불면증을 이겨 내기 위해 운동을 시작했다. 도하는 잘한 선택이라고 칭찬해 주었다. 고은이 한 번씩 욕실에서 일정 시간 이상을 머물러 있을 때면 그는 손끝이 잘리는 것처럼 저리고 고통스러웠다. 버티고 버티다 더 이상은 참을 수 없어 문을 열어젖히려 하면 고은은 아무 일도 없었던 것처럼 그의 앞에 발갛게 익은 얼굴로 나타났다.

잠자리는 하루도 빠지지 않고 이어졌다. 고은이 그다음 날 꼬박꼬박 산부인과로 향한다는 것도 보고되었지만 도하는 내색하지 않았다. 어디까지 갈 수 있을까. 우리는 어디로 향하는가. 이 지긋지긋한 줄다리기를 언제쯤 끝낼 수 있을까. 그런 물음들이 들 때면 도하는 고은을 더욱 집요하게 안았다. 욕망이 사랑의 증명이라는 것처럼.

도하는 핸드폰을 열어 고은의 번호를 눌렀다. 몇 번의 신호음이 가고 목소리가 들렸다.

— 네, 저예요.

"뭐 하고 있었어요?"

이미 김 여사를 통해 그녀가 무얼 하는지 알고 있었지만 도하는 모르는 척 물었다. 고은의 음성으로 듣고 싶었을 뿐이었다. 그녀가 자신의 일상을 말해 주는 사람이 그였으면 했다. 다른 누구도 아닌. 오직 그만이 그녀를 차지하고 싶은 열망이 그를 더욱 무섭도록 집착하게 만들었다.

— 그림 좀 그렸어요.

도하는 예전처럼 다시 고은의 작업실을 마련해 주었다. 고은은 별말

없이 그곳을 확인하고 일주일에 몇 번은 안으로 들어가 끄적이듯 작업을 했다. 보름달 아래에 서 있는 그를 그렸을 때처럼 열정은 남아 있지 않았다. 모두 영혼 없는 그림들이었다. 그림을 모르는 도하가 보아도 고은이 지금 어떤 마음으로 이 짓을 하고 있는지 알아챌 수 있었다.

"저녁은 밖에서 먹고 싶은데."

도하가 전화한 이유를 뒤늦게 말했다. 고은에게선 잠시 말이 없었다. 고민해 봐야 소용없는 시간이지만 그녀는 항상 이렇게 도하를 기다리게 만들었다. 그런 점이 어쩌면 그를 더욱 애타게 하는 것일지도 몰랐다. 그녀가 의도하진 않겠지만, 그런 고은의 태도가 도하의 가슴에 불을 지폈다.

— 네, 준비하고 나갈게요.

조금 늦게 고은의 대답이 들렸다. 도하는 만족하듯 웃었다.

"그래요. 중요하게 할 말이 있어요."

— ……

또 답답한 침묵이 이어졌다. 도하는 다시 창밖의 안개를 바라봤다. 오늘이 지나면. 그녀와 함께 떠나면. 그곳에서 오직 그만 바라보게 한다면. 그렇다면. 모든 게 원하는 방향으로 이어질 것이라 확신했다.

이번엔 고은의 대답을 듣지 않은 채 그가 먼저 전화를 끊었다.

"안 가고 싶어요."

고은의 대답은 짧고 간결하게 흘러나왔다. 나이프로 고기를 썰던 도하의 손이 멈췄다. 이럴 땐 망설이지 않는다는 점이 웃겼다. 늘 쉽게 가는 법이 없지. 그래, 그래서 도하가 고은을 놓지 못하고 있는 걸지도 몰랐다.

이런 건 사랑이 아니었다. 그저 집요한 집착일 뿐이고, 이런 감정은 어느 순간 아지랑이처럼 사라져 버리고 말 것이다. 상대를 이기려 버티는 자존심 싸움에서 지지 않고 싶은 것일 뿐, 도하는 자신이 고은을 사랑한다고 여기지 않았다. 그래야만 했다. 그래야 견딜 수 있었다.

"이유를 말해 봐요."

도하는 느긋하게 포크와 나이프를 내려놓고 와인 잔을 들었다. 고은은 그가 썰어 준 고기엔 손도 대지 않은 채 그저 물만 마셔 대고 있었다. 산책을 하기 위해 목줄을 한 채 끌려 나온 개도 이런 모습은 아닐 것이다. 도하는 가슴 안에서 더 큰 불덩이가 솟아오르는 것만 같았다.

"할머니 옆에 있고 싶어요. 6개월 정도면…… 그래도 괜찮잖아요. 어차피 당신, 아니, 도하 씨 거기서 바쁠 테고. 내가 해 줄 게 없을 텐데……."

"해 줄 게 왜 없지?"

도하가 고은의 말을 잘라 내며 비릿하게 웃었다.

"……."

"……."

그가 직접적으로 말하지는 않았지만 고은은 그 뜻을 바로 알아챘다. 그녀의 얼굴이 반신욕을 하고 나왔을 때처럼 붉어졌다가 점점 하얗게 질려 갔다. 이렇게 노골적으로 취급한 적은 없었다. 도하가 그 정도의 선과 예의는 갖춘 남자라고 그녀도 모르게 단정 짓고 있었나 보다.

"다른 사람한테 풀어요."

고은이 물러서지 않고 되받아쳤다.

"하……."

도하의 입에서 어이없는 웃음이 터졌다.

"난 상관없어요."

고은은 선심 쓰듯 말하곤 시선을 내렸다.

"미안한데."

잠깐 침묵이 흐른 후, 그가 말을 이었다. 상체를 좀 더 앞으로 숙여 고은에게만 들리게 속삭였다.

"지금 내 몸이 너만 찾는다고."

"……."

"무슨 말인지 못 알아들어요?"

고은의 얼굴은 아예 색을 잃었다. 경악, 불쾌, 수치심이 모두 묻어 나는 표정을 보며 도하는 또 한 번 변태 같은 만족감을 느꼈다. 이런 게 사랑일 리 없지. 그는 다시 한번 자신의 마음속에서 제멋대로 결론 을 내렸다. 더 잔인해지는 법만 배운 그가 원망스러울지라도 그녀는 그것까지 받아들여야지. 체념하듯 다시 싱긋, 고은에게 웃어 보였다.

"……."

"……."

고은은 피가 나도록 입술만 깨물 뿐, 끝내 더 이상의 대꾸는 하지 않았다. 그와 같은 사람이 되고 싶지 않다는 마음인가. 도하는 그녀의 마지막 남은 자존심까지 모두 쥐고 흔들어야만 분이 풀릴 지경이었다.

왜 스스로를 파멸시키면서까지 그녀를 궁지로 몰아넣고 싶은 걸까.

"밥 먹어요."

도하가 명령하듯 말했다. 하지만 고은은 두 손을 테이블 아래로 내린 채 창밖만 바라봤다. 그녀의 얼굴을 붙잡아 억지로 돌려세운 후 그만 바라보게 하고 싶었다. 그의 아래에 깔린 채 끙끙, 앓은 신음 소리를 내는 그녀를 마주하고 싶어 미칠 노릇이었다. 생각만으로 전신이 반응했다. 도하는 시간이 멈춘 것처럼 고은의 옆모습을 한참이나 바라봤다.

집으로 돌아오자마자 고은은 욕실로 들어가 문을 잠가 버렸다. 욕조에 물이 받아지는 소리가 들리자 드레스 룸에 서 있던 도하는 신경질적으로 넥타이를 풀어냈다. 누군가 자신에게 화가 났다는 사실이 이토록 참기 힘든 적은 없었다. 다른 이의 감정은 그가 신경 쓸 것이 아니라고 여기며 살아왔다. 어차피 혼자 사는 인생이었다. 타인을 위해서 산다는 건 말이 되지 않았다.

'널…… 위해서야…….'

어머니가 죽기 전날, 그에게 남긴 말이었다. 그게 유언일 줄은 몰랐다. 어린 도하가 그 말뜻을 이해하기란 힘들었다. 이제 와서는 생각한다. 누군가를 위해서 죽다니. 그만큼 어리석은 짓이 또 있을까. 도하는 셔츠를 벗고 바지까지 단숨에 갈아입었다. 오늘은 또 얼마나 오랫동안 고은이 욕실 안에서 그와 줄다리기를 할지 궁금해지기도 했다.

탁. 읽던 책을 덮은 도하는 드레스 룸 안쪽의 욕실을 바라봤다. 화가 났으니 어느 정도의 시간이 필요하다는 건 그도 이해했다. 하지만 시계의 분침 위치가 바뀔 때마다 그의 목은 누군가에 의해서 점점 더 세게 조여지는 것만 같았다. 가슴까지 통증이 일자 도하는 어쩔 수 없이 자리를 박차고 일어났다.

똑똑.

욕실 문을 두드렸다. 혹시 몰라 문손잡이를 돌려 보았지만 돌아갈 리 없었다. 지금은 어쩔 수 없다는 생각뿐이었다. 그는 침실 쪽 구석 서랍장 안에서 열쇠 꾸러미를 찾아냈다. 욕실이라고 적힌 열쇠를 손에 쥐고 문 앞으로 다가갔다. 쇳덩이를 구멍 안에 넣고 돌리자 철컥, 문이 열렸다.

그리고 도하는 열쇠 뭉치를 손에서 떨어뜨리고 뛰듯이 욕실 안으로 들어섰다. 수도를 잠그지 않아 욕조의 물은 넘치고 있었고, 고은은 벽 쪽에 고개를 박은 채 쓰러져 있었다. 그의 심장이 어릴 때로 돌아간 것처럼 미친 듯이 펌프질을 했다. 도하는 고은의 얼굴을 때리며 그녀를 흔들어 깨웠다. 고은의 몸은 축 늘어진 채 욕조 물 안에 담겨 있었다.

"이고은! 정신 차려 봐! 이고은!"

아무리 흔들어도 고은은 그가 흔드는 대로 몸을 휘청거릴 뿐 눈을 뜨지 않았다. 도하는 그녀의 양쪽 손목부터 확인했다. 다행히도 칼로 그은 자국은 없었다. 그랬다면 벌써 욕실은 피바다가 되어 있었겠지. 그는 이성을 차리듯 밖으로 뛰어 나가 사람들을 불러들였다.

"이게 무슨…… 사모님!"

김 여사는 아연실색한 얼굴로 고은을 불러 댔다. 도하는 얼른 구급차를 부르라고 소리쳤다. 그제야 정신이 든 김 여사가 핸드폰을 찾았다. 그때 도하가 안 되겠다고 생각했는지 비서에게 차를 대기시키라고 지시했다. 그가 물에 잠긴 고은을 안아 들더니 단숨에 업었다.

"이사님, 괜찮……."

"얼른 문 열어요."

도하의 목소리는 이성을 찾은 듯 보였지만 눈동자는 여전히 떨리고 있었다. 평소의 그가 아니었다. 어쩌면 그게 당연한 일일 텐데, 김 여사는 그의 모습에 더 놀란 것처럼 허둥지둥 문을 열고 몸을 옆으로 비켰다.

도하가 계단을 지그재그로 내려가며 날카로운 목소리로 비서를 불렀다. 그가 고은을 차에 태운 후 빨리 출발하라고 소리쳤다. 모든 게 눈 깜짝할 사이에 벌어진 일이었다. 김 여사는 빌라 입구에 선 채 멀어져 가는 차의 뒷모습을 한참이나 바라보았다.

응급실 의사는 바이털을 체크하기 위해 급하게 고은의 몸 이곳저곳을 만져 댔다. 도하의 눈이 의사의 손에 꽂혔다. 이성적이고 사무적인 손길임에도 그는 머리가 팽팽하게 당겨지는 기분이었다. 차라리 보지 않는 편이 낫겠다 생각하고 돌아섰지만 그것도 잠시뿐이었다. 다시 뒤돌아서서 고은의 상태를 확인해야 했다. 그가 체크하기론 숨은 쉬고 있었으니, 별일은 없을 것이라 여겼지만 불안함은 좀처럼 가라앉지 않았다.

"어머, 우도하 아니야?"

"여자는 누군데? 와이프?"

"혹시 자살 시도 같은……."

어느새 그를 알아본 주변 사람들이 수군대는 소리가 점점 더 수위를 높여 갔다. 급하게 오느라 무턱대고 가까운 응급실에 들렀으니 이런 상황이 벌어지는 건 당연했다. 그사이 비서가 모든 걸 파악하고 그의 옆에 다가섰다.

"여긴 제가 있겠습니다. 차에 가 계시면……."

"……."

도하가 날 선 눈으로 비서를 바라봤다. 그의 눈동자에는 핏줄 몇 가닥이 도드라져 있었다. 그만큼 감정을 제어할 수 없는 상태에 놓여 있고, 이성적으로 생각할 수 없다는 의미였다.

"내가 이 사람 남편인데, 여기 있지 말아야 할 이유라도 있습니까?"

도하는 중년의 비서에게 깍듯하지만 얼음장 같은 목소리로 되받아쳤다. 비서는 자신이 말실수를 한 것 같다며, 이곳 상황은 홍보실에 잘 전달해 해결하겠다고 말하고 물러났다. 그가 다시 고은 쪽으로 시선을 돌렸다. 그녀는 여전히 눈을 감고 있었다. 의사의 손은 바빴고,

의사를 보조하는 간호사는 도하를 의식하듯 몇 번이고 고개를 돌려 그를 바라봤다.

'수면제 과다 복용으로 잠시 의식을 잃은 것 같습니다. 걱정할 정도의 양은 아닙니다. 그리고 정밀 검사에선 특별한 이상은 없었습니다. 그럼.'

의사의 진단은 간단했고, 도하는 VIP 병동에 고은을 입원시켰다. 수면제를 복용하고 잠들었으니 깨어날 때까지 기다리면 그만이었다. 그는 병원에서 가장 고가인 영양제부터 그녀의 팔에 꽂았다. 잠자리가 끝날 때마다 매번 기절하던 모습이 주마등처럼 스쳐 갔기 때문이다.

"……고은 씨."

도하는 면회 사절이란 지시를 내리고 고은의 옆에 자리를 잡고 앉았다. 그녀의 이름을 조심히 불러 봤지만 고은은 새근새근 잠만 잤다. 욕실까지 수면제를 가지고 들어가 먹을 줄은 몰랐다. 끊어 보겠다고 다짐을 하던 여자는 어디로 간 걸까. 그 말을 하던 고은에게 도하는 고마운 감정이 생기기도 했었다. 그의 옆에서 버티겠다고 했으니. 그 것까지 사랑이라고 함부로 단정 지었다.

"이고은……."

그가 고은의 손을 붙잡은 채 작은 한숨을 내쉬고는 자신의 손등에 입술을 묻었다. 울컥, 하고 감정의 덩어리가 가슴 안에서 요동치는 것만 같았다. 가지려고 하면 더 멀어지는 그녀를 어찌해야 할지 몰라 멍청하게 욕실 앞에서 서성이던 자신이 떠올랐다. 입가에 슬픈 웃음이 스쳤다.

어머니가 그랬던 것처럼 욕조에 몸을 담근 채 의식을 잃고 쓰러져 있는 고은을 보자 또 다른 죄책감이 그의 전신을 옥죄었다. 그 원죄에서 벗어나고자 얼마나 발악을 했는데, 그 자신이 또다시 그런 상황을 만들어 버린 게 되었다.

도하가 고개를 들어 고은을 내려다봤다. 잠들어 있을 때만 편안해 보이는 그녀의 얼굴이 그의 심장을 욱신거리게 만들었다. 묵직한 돌덩이를 집어삼킨 것처럼 목이 조였다. 모른 척하려 했던 밑바닥의 현실을 이젠 어쩔 수 없이 들여다봐야만 하는 시간인 것 같았다. 도하가 천천히 손을 올려 고은의 얼굴 쪽으로 가져갔다. 하지만 예전처럼 그녀의 뺨을 쉽게 어루만질 수 없었다. 도하에게선 또 한 번의 슬픈 웃음이 새어 나왔다.

눈을 뜨자 흰 조명 빛이 흐릿하게 보였다가 사라졌다. 그리고 다시 눈이 감겼다. 얼마나 더 잤을까. 또 한 번 눈꺼풀을 올리려고 노력해 봤지만 쉽지 않았다. 이렇게 잠에서 깨기 어려웠던 적은 없었는데. 고은은 그저 신기하다는 생각뿐이었다.

"정신이…… 드세요?"

귓가에 누군가의 목소리가 자그마하게 스쳤다. 고은은 가위에 눌렸다 깨어나는 것처럼 그 말에 번쩍 눈을 떴다. 눈앞에 보이는 사람은 낯선 외출복을 입은 김 여사였다. 그녀가 다행이라는 표정을 지으며 고은의 손을 붙잡았다.

"여기 병원이에요. 괜찮대요. 다 괜찮으니까 걱정 마세요."

김 여사가 묻기도 전에 고은을 안심시켰다. 여기가 병원이라고? 고은이 그런 눈빛으로 고개를 돌려 이곳저곳을 바라봤다. 최상급 호텔처럼 꾸며 놓은 방이 병실이란 소리였다. 고은은 마치 큰 병에라도 걸린 것처럼 이 자리에 누워 있는 자신이 생경했다. 그녀는 부담감을 느끼자마자 몸을 일으키려 했다. 그때 김 여사가 얼른 고은의 행동을 막았다.

"안 돼요. 몸이 괜찮은 것 같아도 아직은 쉬셔야 한대요. 그냥, 계세요."

고은은 김 여사의 약한 완력에도 몸이 다시 침대에 눕혀졌다.

뭐가 어떻게 된 건지. 그녀는 왜 여기에 있는 것인지. 이런저런 의문을 가지기도 전에 고은은 한 사람을 떠올릴 수밖에 없었다. 김 여사가 여기 있다는 건 도하가 없다는 소리이기도 했지만 혹시나 하는 마음에 그녀는 뒤쪽으로 시선을 옮겼다.

그녀가 아는 병실치고는 너무 넓어서 도하를 찾을 수가 없었다. 고은은 포기하듯 눈을 감았다. 찾는다고 뭐가 달라진단 말인가. 그가 여기 있다고 해서 달라질 것이 있는가. 고은은 다시 잠을 청해 보려 했지만 이미 이성이 돌아와 쉽지가 않았다.

"……도하 씨는요?"

고은이 눈을 감은 채로 김 여사에게 물었다.

의자 아래로 손을 내린 채 문자를 보내고 있던 김 여사가 놀라서 고은을 바라봤다. 다행히 그녀는 눈을 뜨지 않고 있었다.

"아……. 이사님은…… 출장지로 떠나셨어요. 그게, 일정이 바쁘신가 보더라고요. 여기 계속 계시다가 조금 전에 갑자기 떠나셨어요. 제가 있겠다고 해서 맘 놓고 가신 거니까, 다른 건 걱정하지 않으셔도 돼요."

김 여사의 말을 듣고 고은은 천천히 눈을 떴다. 처음엔 그녀의 말이 제대로 이해가 되지 않았다. 도하가 출장을 갔다고? 그녀와 같이 가지 않으면 절대 떠나지 않을 것처럼 굴던 남자였다. 그저 잠시 다녀오는 것일까. 고은은 상황이 어떻게 돌아가는 것인지 제대로 파악하기 어려웠다.

"언제 온다고 했어요?"

고은이 다른 사람이 된 것처럼 구체적으로 물었다. 김 여사는 잠시 답을 하지 못하고 멈칫했다. 그녀의 눈치를 살피며 시선을 아래로 내렸다.

"그게…… 언제 올지는 모르신다고. 암튼, 일단 사모님이 빨리 일어나시는 게 중요하죠. 이제 저도 알아보시니까 다 나으신 거잖아요? 얼른 집으로 가요."

도하도 없는 그 집으로 혼자서 돌아가야 한다는 건가. 고은은 그것을 바랐으면서도 또 멍청하게 받아들이지 못하고 있었다. 정말 머리와 가슴, 둘 다 문제인 것이 확실했다. 병원에서 다른 문제가 없다고 진단을 한 게 맞는지조차 의심스러울 정도였다.

"더 자야겠어요."

고은이 눈을 감으며 말했다. 김 여사가 얼른 그녀에게 이불을 다정하게 덮어 주었다. 그러고는 천천히 발을 옮겨 병실을 빠져나가는 소리가 들렸다. 고은은 다시 감은 눈을 떴다. 너무 많이 잔 탓일까. 의식이 더욱 또렷해지는 것만 같았다.

고개를 돌려 창가 쪽을 바라보자 비가 내리는 중이었다. 병실 한쪽에 걸린 벽시계의 시곗바늘은 낮도 밤도 아닌 어색한 시간에 걸려 있었다. 고은이 다시 내리는 비를 바라보는데 이상할 만큼 가슴이 욱신거렸다. 비 오는 날에는 언제나 그랬으니까. 고은은 쉽게 생각하려 했다. 그래야만 할 것 같았다.

● ○ ●

집으로 돌아와 짐 정리를 마친 고은은 침대에 앉아 멍하니 핸드폰을 내려다봤다. 도하에게선 아직까지도 연락이 없었다. 김 여사의 행동을 봤을 땐 그녀와는 연락을 하는 거 같은데, 자신한테는 어떠한 말도 건네지 않았다.

화가 난 건가. 고은은 자신이 욕실 안에서 쓰러졌다는 사실을 뒤늦게 알았다. 수면제를 먹고 반신욕을 한 게 화근이었다. 목욕을 마친 뒤 빨리 잠들고 싶었을 뿐이었다. 다른 의도는 없었다. 도하를 따라 외국으로 가야 한다는 현실 앞에서 도망치기 위해 현재로서 그녀가 할 수 있는 가장 최선의 방법이었다.

그 마음이 몸까지 지배해 버린 걸까. 며칠 내내 잠들어 있다가 깨어난 그녀는 모든 게 자신이 바라는 대로 되었다는 것을 깨달았지만 전혀 기쁘지 않았다. 미움이, 증오가, 결국엔 미련으로, 애증으로 남아 또다시 그 남자가 아니면 안 되는 상태로 만들어 버린 걸까.

이 불안감이 어디서 오는지 고은은 알 수 없었다. 그래서 도하의 전화를 기다리고만 있을 수는 없었다. 고은은 무언가에 홀린 듯 그의 번호를 눌렀다. 몇 번의 신호음이 갔지만 그는 전화를 받지 않았다. 고은은 가슴 안에 쌓아 둔 둑이 툭, 툭, 한꺼번에 무너져 내려가는 것을 느껴야만 했다.

[통화하고 싶어요. 연락 줘요.]

고은은 처음으로 그에게 제대로 된 문자를 남겨 보았다. 언제나 그가 먼저 그녀를 찾았고, 묻기도 전에 자신의 일상을 보고했다. 그녀가 먹고 싶은 게 뭔지, 하고 싶은 게 있는지, 항상 그가 물었고 고은은 한참 뒤에나 답했다. 그중 절반은 아무거나 상관없다는 식의 대답이었지만 그는 언제나 한결같이 물었다.

"여기서 뭐 하세요?"

김 여사가 언제 방 안에 들어왔는지도 알아채지 못했다. 고은은 다른 이의 목소리에 고개를 들었다. 식사 시간이 되어 음식을 준비했다고 했다. 생각이 없다고 말하자 김 여사는 그래도 먹어야 한다고 강경하게 말했다. 의사가 꾸준히 식사를 해야 한다고 당부했다는 게 이유였다.

모래알 같은 밥알을 꾸역꾸역 넘겨야 살아갈 수 있다고 말하는 듯해 고은은 인생의 잔인함을 느껴야만 했다. 그녀는 평소와 같이 인형처럼 일어나 식탁으로 향했다. 못 먹을 것도 없었다. 먹으면 그만이었다. 몸과 마음은 다른 기관이었으니. 잘 먹고 잘 자다 보면 이 병도 언젠가는 나을 수 있겠지. 온 힘을 다해 자신 안의 긍정을 끌어모았다.

그때 김 여사의 주머니에서 핸드폰이 울렸다. 고은은 그곳에 꽂히듯 시선을 던졌다. 김 여사가 핸드폰 화면을 확인하고 뒤쪽 베란다로 가려는 순간, 그녀가 먼저 입을 열었다.

"도하 씨예요?"

김 여사가 걸음을 멈췄다. 그녀는 해명하지 못한 채 가만히 서 있기만 했다.

"저 좀 바꿔 주세요."

고은은 자리에서 일어나 김 여사에게 적극적으로 손을 내밀었다. 김 여사는 어쩔 수 없다고 느꼈는지 고은에게 자신의 핸드폰을 건네주었다. 고은은 안방으로 들어가 통화 버튼부터 눌렀다.

"……."

— 식사는 했습니까?

그가 물었다. 오랜만에 도하의 목소리를 들었다. 이것이 뭐라고 고은은 또 한 번 가슴 끝이 저리며 울컥, 하고 목 안에서 무언가가 치밀어 오르는 걸 느꼈다.

"네."

— …….

고은의 목소리를 곧장 알아들은 걸까. 도하는 말이 없었다. 왜 내 전화와 문자엔 답도 하지 않으면서 식사는 걱정하는 것인지 묻고 싶었다. 왜 이렇게 그녀를 잔인하게 가두려 하는지. 우리는 왜. 여기에서 맴돌기만 하는 관계여야 하는지.

"도하 씨."

― ……..

고은이 먼저 그의 이름을 불렀지만 그는 여전히 아무 말도 없었다. 답답했다. 다정한 그가 그리웠다. 왜 이러는지. 고은은 알고 싶어졌다. 삐뚤어진 내 사랑이 변덕을 부리게 했다며 그에게 달려가고 싶은 멍청한 마음까지 들고 말았다.

"지금이라도 거기 갈……."

― 그럴 필요 없어요.

도하가 차갑게 대답했다. 이제껏 단 한 번도 느껴 본 적 없는 서늘한 온도였다. 건조하고 사무적인 분위기까지 느껴졌다. 고은은 습관처럼 입술을 깨물었다.

"왜요?"

― 이젠 당신이 필요 없으니까.

그의 말이, 긴 칼로 쑤시는 것처럼 가슴을 찔러 들어왔다. 숨이 제대로 쉬어지지 않았다. 눈가로 뜨거운 열이 차올랐다. 이럴 수 있다. 이런 걸 바라지 않았나. 수십 번 시뮬레이션을 돌려 봤던 일인데. 그녀는 마치 태어나 처음 경험한 것처럼 어찌할 바를 몰랐다.

"……."

— 생각해 보니 그렇더라고요. 굳이 당신일 필요가 없는데. 이번 일 겪으면서 조금 지치기도 했고…… 지겨워졌어요. 할머님한테 가고 싶어 했잖아요. 원하는 대로 해요.

차갑고 냉정한 그의 말이 마치 뺨을 때리는 것처럼 고은의 심장을 얼얼하게 만들었다. 고은은 핸드폰을 쥐지 않은 손으로 눈가를 훔쳐 냈다. 눈물을 흘리는 것 또한 바보 같은 짓이라는 걸 이제는 알았으니까. 원하는 대로 해 주겠다는데 그녀가 받아들이지 않을 이유가 없었다.

"고마워요."

고은은 간단하게 대답했다. 그녀의 답을 들은 도하는 잠시 말이 없다가 낮게 웃었다. 더 이상 두 사람 사이엔 대화가 오가지 못하고 무거운 침묵만 맴돌았다. 그렇다고 전화를 끊을 수도 없었다. 고은은 미련을 버리지 못하듯 핸드폰을 쥐고 있는 자신이 싫었지만 그녀가 먼저 도망치기도 싫었다.

— 그리고…… 뭐, 서류로 보낼까 생각했는데 전화 통화를 하게 됐으니 말할게요. 이혼 절차는 간단하게 했으면 해요. 고은 씨가 내 옆에 있어 준 만큼 위자료는 섭섭하지 않게 챙겨 줄 테니까 걱정 말고. 그럼, 회의가 있어서 끊을게요.

무슨 말이 흘러나왔는지도 모른 채 고은은 통화가 종료된 핸드폰을 내려다봤다. 그리고 자신도 모르게 웃음이 터졌다. 하하하. 미친 여자처럼 큰 소리로 웃으니 김 여사가 고은에게로 달려왔다. 기괴한 웃음이 처절한 눈물이 되어 얼굴을 흠뻑 적실 때쯤 그녀는 참지 못하고 주저앉았다. 주먹을 꽉 쥐는 것만이 그녀가 할 수 있는 전부인 것처럼 고은은 온몸을 작은 짐승처럼 떨었다.

● ○ ●

술에 몸을 담근다면 이렇게 될까. 한수는 비서와 함께 가까스로 도하의 몸을 이끌고 침실까지 다가섰다. 키가 큰 놈이라서 그런가. 무겁게 처진 몸을 장정 두 명이 감당해도 옮기는 게 쉽지 않았다.

털썩. 도하의 몸이 던져지듯 침대 위에 떨어지자 한수와 비서는 그제야 숨을 몰아쉬었다. 비서는 가만히 선 채 걱정스러운 눈으로 자신의 상사를 내려다봤다. 한수는 괜찮다는 눈빛으로 그에게 돌아가 쉬라는 말을 건넸다.

"괜찮으시겠습니까?"

"안 괜찮을 게 뭐 있어요?"

한수는 아무 일 아니라는 것처럼 도하의 겉옷부터 벗겼다. 도와주겠다는 비서에게 손을 흔들었다. 이 녀석이 예민해 잘못 건드리면 개처럼 성질을 낼 수 있으니 자신이 모두 전담하겠다고 말했다.

비서는 한수를 단단히 신뢰하는 눈치였다. 도하가 회사로 끌어들인 사람이었고, 도하가 이전부터 그와 오랫동안 일을 했다는 걸 알고 있으니 당연한 믿음이었다. 한수도 그걸 알기에 비서부터 돌려보냈다.

이렇게 무너진 녀석을 오랫동안 노출시켜서 좋을 건 없었다. 아무리 전담 비서라고 해도 그 또한 내통하는 윗선이 있을지도 모른다. 도하의 아버지나 아니면 새어머니일 수도 있었기에 조심해서 나쁠 건 없었다.

"하아……."

다시 침대 쪽으로 돌아온 한수는 도하를 내려다봤다. 아무 일 아닌 척하긴 했지만 사실 그도 많이 놀랐다. 이렇게 무너진 도하의 모습은 처음 보았다. 그럴 수 있는 놈이 아니라고 몇 번이나 되뇌었었는데. 참, 이래서 사람 일은 모른다고 하는 것인가. 한수의 미간이 저절로 걱정스럽게 찌푸려졌다.

'이혼 서류 보냈어요.'

녀석은 어제 만난 바이어와의 계약 사항을 전달하는 것처럼 감정 따윈 담지 않은 채 한수에게 말했다. 뭐? 이혼? 갑자기 무슨 소리냐 며 캐물어도 녀석은 아무런 대꾸도 않고 사무적인 눈으로 서류들만 내려다볼 뿐이었다. 한국에서 출국할 때부터 이미 마음을 먹고 있었 는지 이혼 서류는 미리 준비되어 있었다. 복잡할 것 없이 간단하고 깔 끔한 합의 이혼이라니. 그것도 한 여자와 두 번이나 결혼과 이혼을 한 다는 게 그로선 도저히 이해할 수 없는 결정이었다.

고리타분하게 군다고 해도 한수는 윽박을 지를 수밖에 없었다. 결 혼이 장난이냐고. 도하는 마치 오래된 무성 영화를 보는 것처럼 잠시 입꼬리를 올렸다가 내렸다. 하지만 그의 눈이 평소와 다르다는 걸 한수는 뒤늦게 깨달았다. 얼음처럼 차갑게 얼어 있는 줄 알았는데 그 안에는 그 자신도 어쩌지 못하는 미련의 불씨가 남아 있었다.

그럴 거면서 왜 이러는 건데. 그렇게는 묻지 못했다. 한수도 도하가 이리도 다른 사람처럼 무너지며 술을 마실 줄은 몰랐다. 그 여자가 도하에게 이만큼 큰 의미가 될 거라곤 생각하지 않았다. 대충 조건을 맞춰 한 결혼이었으니까. 게다가 도하의 집안이나 위치에선 그게 더 평범한 것이었다.

그래서 고은을 놓지 않고 재결합을 했다고 여겼다. 사랑이라고 해도 자신을 죽여서까지 하는 놈이 아니라고 단정 지었던 게 모두 산산조각 나는 기분이었다.

"하……. 도대체 얼마나 마신 거야……."

한수는 도하의 옷을 억지스레 벗겨 내며 혼잣말을 했다. 처음 비서의 전화를 받았을 땐 장난을 치는 줄만 알았다. 도하가 만취해서 몸을 가누지 못한다니. 녀석의 그런 모습을 단 한 번도 본 적 없던 한수는 어느 정도 취한 상태를 비서가 오버해서 말한다고 여겼다.

선택된 자들만 드나드는 고급 룸에서 도하는 홀로 수많은 양주들을 비워 냈다. 왜 이렇게 마실 때까지 말리지 않았느냐고 한수가 나무라듯 묻자 비서는 절대 아무도 들이지 말라는 지시가 있었기 때문이라고 했다.

"후우……."

가까스로 외투를 벗겨 낸 한수는 잠시 숨을 고르며 도하를 내려다봤다. 녀석은 한 팔을 이마 위에 올려 눈을 가렸다. 녀석에게선 절대 느껴지지 않던 외로움이 왜 이제야 둑이 터진 것처럼 흘러내리는 건지. 한수도 알 수가 없었다.

그는 생각을 멈추고 도하에게 물이라도 먹이기 위해 자리에서 일어섰다. 냉장고를 찾기 위해 시선을 돌리는데 도하가 지내는 호텔방이 한눈에 들어왔다. 긴 출장의 명목으로 대여한 장소였다. 차라리 빌라 하나를 빌려 같이 지내자고 했지만 도하는 딱 잘라 거절했다. 평소 녀석의 성격을 알기에 한수도 더는 강요하지 않았다.

밤이 되면 고은과 연락도 해야 할 것이고. 같이 지내는 건 아무래도 신경 쓰이는 일이 많을 거라 여겼는데 돌연 이혼이라니. 도하의 외투를 테이블 의자에 걸쳐 놓은 한수는 걸음을 멈췄다.

아무렇게나 펼쳐진 사진들 속엔 오직 한 여자만 있었다. 보지 말아야 할 것을 본 것처럼 한수는 숨이 멈춰지고 등골이 서늘해졌다. 이렇게 집착을 하고 있으면서 놓아주는 이유는 뭔지. 그가 누워 있는 도하 쪽으로 시선을 옮겼다. 그때 도하의 외투 주머니에서 진동음이 울렸다. 한수는 얼른 핸드폰을 꺼내 진동이 울리는 걸 멈추게 만들었다.

액정을 확인하자 저장되지 않은 번호인지 숫자가 떠 있었다. 그가 핸드폰을 아예 끄기 위해 종료 버튼을 길게 누르는데 바탕화면이 눈에 들어왔다. 한 여자가 화사하게 웃고 있었다. 도촬한 사진들 속에서 보석처럼 건져 낸 고은의 웃는 얼굴. 한수는 자신이 뭐라고 가슴이 찌르르, 아파 왔다. 이 녀석에게 고은이 이 정도의 의미일 줄은 몰랐다. 핸드폰을 내려놓고 도하 쪽을 돌아보자 안타까움은 더욱 커졌다. 그가 중간에서 이 상황을 바꿔 보도록 노력하고 싶을 정도였다.

"……형이…… 상관할 일 아니에요."

잠든 줄 알았던 녀석의 입에서 무서운 경고가 흘러나왔다. 자신의 생각을 단박에 들킨 것 같아 한수는 잠시 얼음이 되었다. 신기라도 있는 게 분명했다. 그러지 않고서야 눈을 감고도 사람의 행동과 마음을 읽다니. 예전엔 그래서 탑배우가 됐다고 생각했었는데 이젠 도하만의 특이한 촉 같았다.

"술 퍼마신 놈이 무슨 할 말이 있어?"

한수는 이때다 싶어 도하에게 잔소리를 시작했다. 녀석에게서 작은 웃음이 흘러나왔다. 그런데 그것이 어쩐지 슬프게만 들리는 건 그의 착각인 걸까. 왜 이러고 있는 건지. 다 가진 놈이라 부러워만 하도록 만들어 놓지, 왜 이제 와서 처절한 사랑놀음을 하는 것인지.

"도하야."

"⋯⋯."

한수가 이름을 불렀지만 도하는 답이 없었다. 그를 등지고 몸을 웅크린 도하의 등이 너무 넓어 오히려 시리고 아파 보였다. 한수는 더 이상 그 어떤 말이나 위로도 할 수가 없었다. 그는 천천히 걸어 호텔 방을 벗어났다.

문이 닫히는 소리가 들리고 도하는 뒤늦게 눈을 떴다. 몸을 일으켜 자리에서 일어났다. 멀쩡한 걸음걸이로 핸드폰이 놓인 테이블로 다가갔다. 화면을 터치해 부재중 전화 기록을 확인했다. 그러고는 자신을 비웃듯 웃었다. 던지듯 핸드폰을 내려놓고 습관적으로 관자놀이를 문질렀다. 두통이 몰려오는 와중에도 그의 눈동자는 바탕화면의 웃는 여자에게서 떨어지지 않았다.

"진짜 나 그 인간 찾아갈 거니까 오빠 말리지 마."

흥분한 미선의 목소리를 흘려들으며 태진은 고은의 팔로 들어가는 수액의 양을 체크했다. 갑자기 이혼하게 되었다며 짐 가방 하나만 가지고 강릉으로 돌아온 그녀를 은금은 아무런 말 없이 맞았다. 그저 고은을 안아 주고 괜찮다 해 주었다.

어떻게 알았는지 미선이 곧장 빌라로 달려왔고 고은은 친구를 보자 또다시 아이처럼 울음을 터뜨렸다. 차라리 울고 나면 속이 시원해질 것이라며 은금은 말리지 않았다. 하지만 그 시간이 길어지자 고은의 체력은 바닥나 버렸고, 정신을 차리지 못한 채 일어나기조차 힘들어하는 그녀에게 태진의 의사 친구가 달려와 수액을 맞추었다.

"나쁜 새끼. 빌어먹을 놈. 어후, 억울해!"

미선은 울분이 풀리지 않는지 계속해서 우도하의 욕을 뇌까렸다. 태진은 말없이 자신의 사촌 동생을 바라봤다. 이제 와 그런 소리를 해 봤자 무슨 소용이 있는가. 그때 자신이 고은을 보내지 않았다면 달라졌을까. 태진은 뒤늦은 후회가 한없이 몰려왔다.

"고은이 깨겠다. 우리는 일어나자."

태진이 옆의 미선을 일으켜 세웠다. 고은의 방 밖으로 나오자 은금이 걱정스러운 걸음으로 거실을 왔다 갔다 하고 있었다. 태진은 수액만 맞으면 다 괜찮아질 것이라고 일단 은금을 안심시켰다. 은금은 고맙다며 태진의 손을 맞잡았다. 그러고는 고은의 방 쪽을 건너다봤다. 손녀를 바라보는 그녀의 얼굴도 말이 아니었다. 이러다 두 사람 다 큰일을 치를 것 같아 태진은 일단 은금을 데리고 1층 마당으로 내려왔다.

"식사 안 하셨죠? 저랑 같이 가세요."

태진은 은금을 자신의 차 쪽으로 이끌었다.

"괜찮아. 고은이 두고 어딜 가."

은금은 절대 그럴 수 없다며 강경한 태도를 보였다. 그때 뒤쪽에 서 있던 미선이 은금에게 팔짱을 끼고는 그녀를 꼭 붙잡았다. 태진과 눈빛 교환을 마치고 자신에게 모두 맡기라는 것처럼 은금에게 칭얼대기 시작했다.

"밥 먹고 온다고 고은이 어디 안 가요. 저랑 가세요. 요 앞에서 저랑 같이 칼국수 한 그릇만 금방 먹고 와요. 할머니 기운 없으시면 고은이가 일어나서 저한테 뭐라고 한단 말이에요. 고은이 눈빛 무서운 거 아시죠? 그리고 태진 오빠가 있을 건데 무슨 걱정이에요. 오빠 반 의사예요. 그치?"

태진은 자신을 대신해 미선이 나서 주자 고마웠다. 은금이 괜찮겠냐며 태진을 바라보았고 그는 그녀가 안심할 수 있도록 진지하게 고개를 숙였다. 자신이 아니라도 친구가 근방에 사니 금방 와 줄 거라고, 걱정 말고 다녀오시라 했다.

은금은 뒤늦게 걸음을 옮겼다. 이렇게라도 걱정에서 벗어날 수 있는 시간이 은금에게는 필요해 보였다. 그녀도 현재 몸 상태가 정상이 아닌데 고은에 대한 걱정까지 더해지면 분명 영향이 있을 것이다.

그렇게 미선과 은금이 마당 쪽을 벗어나는 걸 보고 태진은 다시 고은이 있는 3층으로 올라왔다. 현관으로 들어서자 안방에서 인기척이 느껴졌다. 놀란 그가 문을 열고 안으로 들어가자 정신을 차린 고은이 침대 위에 앉아 있었다. 다행히 수액 바늘을 안전하게 꽂고 있었다.

"고은아."

태진은 그녀의 이름을 불렀다. 고은이 소리가 난 쪽으로 고개를 돌렸다. 그녀는 무시무시한 악몽이라도 꾼 것처럼 겁을 집어먹은 눈동자로 그를 바라봤다. 놀란 태진은 곧장 그녀에게로 달려가 무릎을 꿇듯 아래에 앉았다.

"괜찮아?"

그가 물었지만 고은은 마치 다른 공간에 있는 것처럼 그를 보지도, 대답하지도 않았다. 태진은 걱정스러운 마음에 고은의 손을 붙잡았다. 그러자 고은이 잡힌 제 손을 가만히 내려다봤다. 고은의 눈에서 눈물이 흘러내렸다. 태진은 참지 못하고 고은을 끌어안았다.

"괜찮아. 다 괜찮아."

그가 되뇌듯 말하며 그녀의 등을 쓸어 내 주었다. 고은은 그를 밀어 내지도, 그렇다고 끌어안지도 않았다. 목석처럼 앉아 있는 고은에게선 그저 작은 흐느낌만 흘러나올 뿐이었다.

18.
철저하게 복수를

"커피 내릴까?"

등 뒤에서 들리는 물음에 고은은 바닷가에 꽂혀 있던 시선을 거두었다. 미선이 핸드드립 주전자를 든 채 그녀를 바라보고 있었다. 얼마 전부터 취미로 듣기 시작한 바리스타 강의에 흥미를 느낀 미선은 한창 커피 내리는 재미에 빠져 있는 중이었다.

주말이면 당연하게 자신이 내린 커피를 고은에게 맛보게 해 주었고, 평일이라도 고은이 원한다면 모든 일을 내버려 두고서라도 그녀의 앞에 나타났다. 그 덕분에 고은의 상처는 빠른 속도로 회복되는 중이었다.

할머니 은금에 대한 걱정도 컸다. 그녀가 예전으로 돌아와야 할머니의 병도 좋아질 것이란 결심이 선 이후부터 고은은 하루하루 나아지기 위해 노력했다. 아픈 건 한 번으로 족했다. 그녀가 원한 대로 되었으니 아파할 이유도 없었다. 다시 이고은으로 돌아가야 했다.

은금의 권유가 있기도 전에 예전처럼 공부방을 다시 운영해 볼 생각도 하게 되었다. 그녀에게 회원을 이어받아 수업을 해 온 선생님은 한 달도 버티지 못한 채 학원을 싼값에 내놓았다고 했다. 하지만 이미 회원들이 떠난 공부방을 운영하려고 하는 사람은 없었다.

그렇게 비워진 채 텅 빈 공간으로 남아 있던 공부방을 자신의 작은 공방 겸 작업실로 바꿔 놓은 사람은 태진이었다. 고은이 터를 잡고 좋아했던 공간을 없애고 싶지 않은 마음이 컸다고 했다. 그는 학원 물건들을 한쪽 창고에 모두 몰아넣고 작은 가판대를 설치해 도자기들을 전시해 놓기 시작했다. 처음엔 혼자만의 작업실로 사용할 생각이었지만 어느 순간부터 동네 사람들이 그의 공간을 아무렇지 않게 드나들어 이젠 마치 사랑방이 되었다.

은금도 이곳에서 도자기를 만들어 고은에게 보냈던 것이라고 한다. 그것을 뒤늦게 알게 된 고은은 할머니와 함께 태진의 작업실에 자연스럽게 드나들게 되었고 이젠 이곳에 익숙해지는 중이었다. 미선은 아예 자신이 주인인 것처럼 작업실 비밀번호를 공유하고 있었다.

"오늘은 좀 연하게 먹어 보자."

신이 난 표정으로 미선이 제안했다.

"그래. 난 아무거나 다 좋아."

고은이 창 쪽에서 시선을 거두며 대답했다. 바닷바람이 열린 창 안으로 들어왔다. 짠 내음이 그녀의 코끝을 스쳐 갔지만 싫지 않았다. 이젠 이곳의 모든 게 소중했다.

떠나고 난 뒤에 보니 모든 것이 그리웠다. 더 사랑하고 감사할 마음이 생겼다. 이곳에서의 추억이 그녀의 인생에서의 최고의 행복이었다는 깨달음이 들었고, 고은은 그녀의 상처와 실패가 한발 더 성숙한 사람이 되기 위한 밑거름이었다고 생각하며 긍정적인 마음을 가졌다.

"오늘 원두는 에티오피아 시다모 케라모 내추럴이라는 건데 약간 산미가 느껴지긴 해. 그래도 좀 고급스러운 맛이라고 해야 하나. 너한 테 어울릴 것 같아서 사 봤지. 암튼 먹어 보고 감상평을 남겨 주시길."

미선은 어느 때보다 진지하게 커피를 내렸다. 무언가에 깊이 빠진 사람 특유의 생동감이 느껴지는 얼굴이었다. 고은이 미선을 알게 된 이후로 지켜봤던 수많은 표정들과는 또 다른 결의 분위기였다. 그것이 고은은 어쩐지 부럽기도, 신기하기도 했다.

'사는 게 너무 지겹더라고. 그래서 뭐든 해 보려고 발악하는 거지.'

어느 날인가 커피를 왜 배우게 됐냐고 고은이 물었을 때 미선이 대답했었다. 그녀가 떠나고 나서 솔직히 조금 힘들었다고 털어놓기도 했다. 네가 행복해지려고 떠난 것인데 자신이 허전함을 느끼는 게 맞는가 싶기도 하고, 그런 마음들 때문에 한동안은 아무것도 하고 싶지 않았다고. 미선의 솔직한 감정 표현에 고은은 또 한 번 자신을 반성하기도 했다.

"넌…… 궁금하지 않아?"

갑작스러운 고은의 말에 미선이 잠시 시선을 들었다. 무엇을. 그녀는 되묻는 눈빛이었다.

"내가 왜 그 사람이랑 다시 헤어졌는지."

도하의 이혼 기사가 뜨고 한동안은 언론이 시끄러웠다. 그가 이미 은퇴한 배우일지라도 사람들의 관심 밖으로 밀려난 사람은 아니란 증명이기도 했다. 이혼의 이유부터, 두 사람의 관계에 대한 추측들이 온갖 매체에서 소설 쓰듯 다뤄지는 걸 전 국민이 지켜보게 된 꼴이었다.

미선도 도하의 팬클럽 회원이었으니 당연히 일반 대중보다 더 많은 관심을 가졌을 게 분명했다. 하지만 그녀는 고은 앞에서 '우도하'라는 단어를 단 한 번도 입 밖으로 꺼내지 않았다. 은금의 부탁이든, 태진의 충고든, 어떤 이유이건 간에 모르는 척해 주는 미선에게 고은은 오히려 미안해졌다.

"알면 뭐 해. 말하는 네 마음만 아프지."

미선은 신경 쓸 일이 아니라는 것처럼 간단히 대답했다.

"그리고 이미 지난 일이잖아. 넌 다시 돌아왔고, 이제 행복해질 일만 남았고."

꼭 그렇게 만들어 주겠다는 약속처럼 미선이 믿음직하게 웃어 보였다. 고은은 친구를 따라 웃을 수밖에 없었다. 미선은 또 그게 좋았는지 호들갑스럽게 핸드폰을 꺼내어 고은의 앞에 들이댔다. 지금 표정 참 좋다고. 잠깐만 담아 보자고. 친구의 짓궂은 장난에도 고은은 더 이상 정색하지 않고 받아 낼 여유도 생겼다.

"알았어. 예쁘게 찍어 줘."

고은은 사진이 잘 찍힐 수 있도록 창밖을 배경으로 자리를 잡았다. 미선이 웬일이냐며 커피를 내리다 말고 고은에게로 다가왔다.

포즈를 취하는 고은은 여전히 자신만의 분위기로 아름다웠다. 그 모습이 한 장의 사진으로만 남겨지는 것에 아쉬움이 생길 정도였다.

"내 친구 예쁘다."

미선이 고은을 향해 엄지를 치켜세워 주었다.

● ○ ●

"어리석은 놈. 내가 아니라고 했을 땐, 이유가 있을 것이란 생각은 안 해 본 거냐? 엔터 사업은 이미 과부하야. 거기에 뛰어든 네놈이 멍청한 거고. 여기서 시간 끌고 있어 봐야 소용없다. 결혼을 장난처럼 해치운 것까지 다 눈감아 줬다. 얼른 정리하고 들어와."

이형은 도하의 변명 따윈 더 들어 보지도 않았다. 자신의 할 말만 남기고 떠나겠다는 심산으로 중국까지 날아온 걸 보면 대단한 사람이긴 했다. 할아버지 우석문 회장의 장례를 치른 지 한 달도 채 되지 않았다. 도하는 당연한 것처럼 그 자리에 참석하지 않았고, 그의 그러한 행태에도 이형은 화조차 내지 않았다.

도하가 도피하기 위해 이곳으로 떠났다는 걸 알았던 걸까. 차라리

손자들이 없어 장례식은 손쉽게 치러졌다. 우석문 회장이 남긴 유산 상속에 대한 이슈는, 유언장의 원본이 따로 있으며 공개된 것은 이중으로 작성된 거짓 유언장이란 사실이 증명되며 허무하게 결말을 맞았다.

이형은 그 모든 걸 알아챘기에 유일하게 아버지 곁을 지켰던 걸까. 유언장 조작설을 해명하지 못한 우 회장의 며느리이자 이형의 아내인 최미란 관장은 시아버지의 장례식장에 나타나지 않았다. 그녀가 낳은 자식들도 할아버지를 찾지 않아 졸지에 패륜아가 되어 버렸다.

손자들이 모두 나타나지 않은 장례식을 지켜보며 죽은 우석문 회장은 무슨 생각을 했을까. 죽을 때까지 핏줄들을 시험하고 또 그들의 심장을 쥐고 휘두른 대가라고 여겼을까. 죽으면 모든 게 끝인걸. 살아생전 그를 존경하고 따른 수많은 조문객들은 잠시 앉아 고인을 위로할 시간조차 가지지 않고 앞다투어 장례식장을 빠져나갔다.

이제 그들이 따라야 할 사람은 따로 있었으니. 우이형 부회장은 아버지가 죽은 시간으로부터 정확히 만 하루 만에 회장으로 취임했다. 모두가 인정하고 당연하게 여겼다. 그의 이윤 없는 사업 확장을 힐책하던 사람들도 이제는 숨겨진 업적을 더 많이 찾아내지 못해 혈안이 되어 있었다.

도하는 자신이 그 속에서 함께 숨 쉬고 있지 않았다는 것만으로도 이번 외국행이 옳았다고 자찬하게 되었다. 아버지가 빠져나간 호텔방의 문을 한참 동안 서서 바라보던 그는 귀신처럼 침대로 걸어가 몸을 던지듯 뉘었다.

잠을 자지 못한 게 며칠째인지 셀 수 없을 지경이었다. 낮과 밤의 경계가 없어지고 정신이 맑다는 느낌을 받은 게 언제인지 기억도 나지 않는 채로 그는 유령처럼 흐르는 시간들을 살아 내고 있었다.

이렇게까지 무너질 줄은 그 자신도 몰랐다. 버리고 나면 끝날 마음이라고 당연하게 여겼는데.

눈을 감자 또다시 한 여자가 떠올랐다. 머리를 돌로 내리치는 듯한 극한의 두통이 찾아왔고, 그는 기듯이 침대 옆 서랍장 쪽으로 향했다. 눈은 감은 채로 약통을 찾았다. 한 알을 입에 넣고 물도 없이 삼켰다.

약에는 수면제 효과도 포함되어 있다고 의사가 말했다. 그때 도하는 미친 사람처럼 웃었다. 외국 의사는 그의 웃음을 받아들이지 못하고 불쾌한 표정을 지었지만 도하는 멈추지 못했다. 수면제를 먹으면서 그의 곁에서 버텼던 여자를 비웃었는데 그가 이제 그 꼴이었다.

철저하게 복수를 당한다는 것이 이런 걸까. 도하는 고은이 없는 삶을 살아가는 것만으로도 충분히 지옥을 맛보는 중이었다. 그 지옥이 계속해서 이어지고 언제 끝날지 모른다는 사실을 받아들이는 중이었다. 끝나지 않으면 어째야 하나. 이것 또한 그가 그녀에게 벌인 짓에 대한 대가이자 형벌인가.

약효가 퍼져 나가는지 두통이 조금씩 잦아들 즈음 그의 바지 주머니에서 핸드폰이 울렸다. 짧게 몇 번 울리고 멈춘 걸 보니 전화는 아닌 것 같았다. 이 시간에 올 문자라면 그것뿐이었다. 도하는 얼굴을 침대 이불에 묻은 채로 핸드폰을 꺼내 눈앞으로 가져왔다. 무겁게 내려앉은 눈꺼풀을 가까스로 들어 올려 액정을 바라봤다.

문자는 그의 예상대로 업체에서 보내온 것이다. 이 짓까지 전부 그만둬야 했지만 그럴 수가 없었다. 고은이 미행을 붙인 걸 알고 그에게 전화를 걸어 왔으면 하는 마음. 그 작은 기대를 차마 저버릴 수 없어 도하는 미련하고 멍청한 바보가 되어 가고 있었다.

"……."

문자 속의 사진을 눌러 확대한 순간 도하는 심장이 찢기는 것처럼 아팠다. 목을 조이는 것처럼 아리다가 끝내는 묵직한 납덩이를 머금고 있는 것만 같은 고통으로 변했다.

고은이 웃었다. 웃는 고은이 예뻤다. 너무 보고 싶어 미칠 것만 같았다. 도하는 자신이 아닌 다른 앞에서 웃는 고은을 보며 주체할 수 없는 절망을 느낄 수밖에 없었다. 그는 손에 들고 있던 핸드폰을 주저하듯 벽 쪽으로 던졌다. 단단한 벽에 부딪친 핸드폰이 바닥으로 떨어지는 소리가 요란하게 들렸다. 그것도 한순간이었다. 사위는 곧장 소음을 집어삼킨 것처럼 고요해졌다.

● ○ ●

―……이것이 복귀 의사를 표현하는 것이 아닌가 하는 추측이 제작사 측에서 흘러나오는 가운데, 현재 개인 사업차 외국에서 체류 중인 우도하 씨가 출국 날짜를 잡고 들어…….

팟. 급하게 티브이의 전원이 꺼지며 공간은 갑자기 조용해졌다. 일부러 보기 위해 틀어 놓은 것이 아니라 작업실에 들른 누군가가 습관처럼 틀어 놓았던 것이다.

공간 한쪽에서 아무 생각 없이 공부방 홍보 전단지를 접고 있던 고은이 인기척에 고개를 들었다. 눈앞엔 미선이 무슨 잘못이라도 한 사람처럼 하얗게 질린 얼굴로 서 있었다. 이게, 이렇게까지 조심할 일인가. 고은은 우습기도 하고, 마음이 불편해지기도 했다.

"미선아."

"알아. 무슨 말 할지. 아는데, 그래도 모르잖아. 사람인데. 보면 또……. 너 그때도 우도하 그 인간 나타나기 전까진 아무렇지 않았어. 근데 그 사람 여기 와서 버티고 있으니까……. 에휴. 아니다. 다 내 걱정병 때문에 그런 거야. 신경 쓰지 마."

고은은 아무렇지 않게 자리에서 일어나 미선이 있는 쪽으로 향했다. 천천히 컵에 정수기의 물을 받아 그녀에게 건넸다. 언제부턴가 태진의 작업실은 고은의 공간으로 변해 있었다. 태진은 그것이 올바른 일이라는 것처럼 고은에게 작업실 비밀번호를 알려 주었다.

'네가 하고 싶으면 여기서 다시 시작해.'

그는 강요하지 않고 고은에게 선택권을 넘겼다. 꼭 이 공간이 아니어도 공부방을 차릴 순 있었다. 하지만 고은은 태진의 제안을 딱 잘라 거절하지 않았다. 그가 전해 준 마음들이 고마웠고, 이왕이면 그 제안을 받아들이고 싶기도 했다.

과거 벽을 세우고 선을 그었던 건, 누구도 곁에 두지 못했던 그녀 자신의 옹졸함 때문이었다. 사람의 호의를 모두 자신을 향한 호감이라 생각했고, 그것을 받아들이는 것조차 '여지'를 주는 것이라며 자신도 모르게 죄책감에 시달렸다. 그러니 결국 태진은 절대 안 된다는 것도 그녀가 세운 어리석은 마음의 벽일 뿐이었다.

"네가 생각하는 그런 일 절대 없을 테니까 걱정 마."

고은은 미선의 앞에 앉으며 오히려 그녀를 달랬다.

"진짜? 자신해?"

미선은 본인이라면 그러지 못할 것처럼 말했다. 고은은 이제 모든 걸 말해 줘도 될 것 같았다. 말한다고 달라지는 건 없지만 가슴속에 꽁꽁 숨겨 둘 사연도 아니었다.

"그 사람이 헤어지자고 했으니까."

"……"

고은의 말에 미선은 잠시 입을 벌린 채 말이 없었다. 그럴지도 모른다는 생각을 하긴 했지만 고은이 그 말을 본인의 입으로 직접 할 줄은 몰랐다. 그만큼 상처가 크지 않다는 걸까. 어떻게 이겨 낼 수 있는 것인지. 미선은 새삼 고은이 대단해 보였다.

"처음부터 나한테 제대로 된 마음 없었던 사람이야. 여기서 보여 준 행동들도 다 연기였고. 난 그런 것까지도 괜찮다고 생각하고 그 사람 사랑했어. 그러고 나니까…… 이젠 모르겠어. 너무 아프고 죽을 만큼 힘들었던 시간들이 지나니까…… 아무것도 남아 있지가 않아."

고은이 미선을 향해 서글픈 웃음을 보였다. 슬픔보다도 더 아래의 감정이었다. 체념일까. 그렇다면 고은은 도하가 나타나도 정말 아무렇지 않을 수 있을까. 미선은 어찌 됐든 친구가 안타까워 그녀의 손을 꼭 붙잡아 주었다.

"내가 소개팅시켜 줄까?"

미선이 뜬금없이 말했다.

"뭐?"

고은은 어이가 없어 웃었다.

"사람은 사람으로 잊는다잖아. 커피 수업 받는 사람 중에 괜찮은 친구가 한 명 있는데, 직업도 나쁘지 않고 사람도 편하게 해 주고 여러 가지로 괜찮아. 너랑 분위기도 맞고."

"그렇게 괜찮으면 만나 볼게."

"어?"

고은의 긍정적인 대답에 오히려 당황한 건 미선이었다. 진짜 한번 만나 봤음 하는 마음에서 말하긴 했지만 고은이 정말로 만나겠다고 할 줄은 몰랐다. 사촌 오빠 태진도 기를 쓰고 밀어내던 친구였다. 그가 싫었던 게 아니라 누군가를 만나고 싶지 않은 거라고 여겼는데, 고은은 이제 그러지 않겠다는 것처럼 달라진 태도를 보였다.

"진짜?"

"근데, 그렇게 좋은 사람이면 너한테 딱, 이겠다."

고은이 마치 한 방을 날리는 것처럼 말하곤 자리에서 일어났다. 미선은 뒤늦게 그녀의 말을 이해하곤 고은을 노려봤다. 두 사람은 동시에 웃음이 터졌다. 그럼, 그렇지. 너 왜 이렇게 능글맞아진 거냐고 미선이 한마디 건네자 고은은 이제 바뀔 때도 되지 않았겠냐고 한술 더 뜨듯이 말을 받았다.

미선은 그것만으로도 만족했다. 고은이 점점 여유를 찾아 가고 삶을 긍정적으로 이어 가는 것에 감사했다. 이제 더 이상 주변의 도움이 없어도 고은은 홀로 잘 극복하고 일어설 것 같았다. 어쩌면 이미 일어서서 행복을 향해 걸어가고 있는 것 같아 마음이 놓였다.

"우리 오늘 저녁에 할머니랑 태진 오빠 다 불러서 음식 왕창 시켜놓고 돼지 파티 할까?"

미선의 제안에 고은은 뭐든 좋다며 고개를 끄덕였다. 그녀는 다시 자신의 자리로 돌아가 전단지를 접어 봉지에 넣었다. 봉지 하나마다 작은 초콜릿과 여러 가지 맛의 사탕도 담았다. 하나씩 완성해 박스에 담을 때마다 고은은 뿌듯한 마음이 들었다. 이제 전단지를 어떻게 돌릴까, 그 생각을 하며 보내는 하루가 소중할 뿐이었다. 미선이 저녁 약속을 기약하고 공간을 빠져나간 후, 잠시 티브이 쪽을 바라봤지만 시선은 오래 머물지 않았다. 고은은 다음 전단지를 손에 잡았다.

● ○ ●

"오늘은 좀 쉬고. 아니다. 병원부터 갈래?"

비행기를 타고 오는 내내 불안한 눈빛으로 도하를 지켜보던 한수는 기어이 참았던 말을 뱉고 말았다. 건드리면 터질 것 같은 시한폭탄과도 같은 도하의 얼굴을 몇 달째 지켜보느라 그도 곤욕이었다. 잠을 자지 못해서 그런 거라면 수면제가 효과가 있을 것이라고, 도하의 멱살을 붙잡듯이 이끌어 병원에 데리고 가기도 했었다.

하지만 아무 소용이 없었다. 도하는 여전히 잠들지 못했고, 한수는 도대체 뭐가 문제냐고 답답해했다. 사실 그 역시 해답을 알고 있었지만 그럴 수 없다는 것에 도하가 한심스러우면서도 안타깝게 여겨졌다.

'괜찮아요.'

'호들갑 좀 떨지 마요.'

'다 지나가요.'

'이보다 더한 일도 겪었어요.'

녀석의 대답은 한결같았다. 그래서 한수는 더 불안했다. 왜 안 하던 착한 짓이냐며. 옛날처럼 뭐든 저지르고 보라고 부추길 정도였다. 지금껏 네 마음 가는 대로 다 하고 살았으면서 왜 이제 와서 수도승처럼 이렇게 참고 인내하느냐고. 그런다고 누가 알아주느냐고.

고은이 보고 싶으면 지금이라도 제발 달려가란 말이 목구멍까지 차올랐지만 한수는 도하가 그어 놓은 마지막 선은 건드릴 수 없었다. 그것은 누가 대신해 줄 수 있는 것이 아니었다. 극복하는 것도, 부딪치는 것도, 모두 온전히 자신의 몫이었다. 그는 도하가 지금 그 터널을 지나는 중이라고 여길 수밖에 없었다.

"병원에 집어넣고 또 기억 상실증 환자로 만들려고요?"

도하가 다 죽어 가는 얼굴 위에 작은 웃음을 띠며 대꾸했다. 한수

는 지금 그런 농담이 나오느냐며 눈을 부라리고 미간을 찌푸렸다. 그
래. 모두 그의 잘못으로 인해 벌어진 일일지도 모른다. 그때 그 방법
을 쓰지 않았다면 결과가 달라졌을까.

"그래도 똑같아요."

도하는 한수의 머릿속을 읽은 것처럼 대답했다. 소름이 돋을 수밖
에 없었다. 녀석의 얼굴엔 농담기라곤 전혀 보이지 않았다. 녀석의 눈
동자가 잠시 동안 한없이 깊어지기도 했다.

"왜 체념부터 하냐? 달라질 수도 있는 거지. 되돌리면 되지!"

한수의 긍정에 도하가 잠시 흐린 웃음을 내놓았다.

되돌릴 수 있다라……. 그게 언제쯤일까. 고은을 만나고 남들처럼
행복한 결혼 생활을 했다면 달라졌을까. 도하는 아닐 것이라 확신했
다. 그는 사랑을 모른다. 고은이 어떤 순간에, 어떤 마음으로 행복해
지는 알 수 없다. 그것으로 그는 이미 탈락이었다. 행복한 적이 없었
기에 행복을 줄 수 없을지도 모른다. 행복이라……. 도하는 활짝 웃
고 있는 사진 속 고은을 다시 떠올릴 수밖에 없었다.

"좀 쉴게요."

도하는 침실로 걸어 들어갔다. 한수가 나머지 짐들을 정리하고 현

관을 벗어나는 소리가 들리자 머리가 더욱 어지러웠다. 그는 습관처럼 침대 베개에 깊숙이 코를 박았다. 익숙한 향이 느껴졌다. 거짓말일 것이다. 이럴 순 없었다. 시간이 얼마나 흘렀는데. 고은의 향이 아직도 이 침실에 배어 있을 수가 있는가. 도하는 온몸이 고통스럽게 찢기는 것만 같아 벌떡 몸을 일으켰다.

어두운 방 안에서 환영을 보듯 드레스 룸 쪽을 바라봤다. 고은이 그곳에서 나오던 순간. 침대 안으로 들어와 그의 곁에 조심히 다가서던 몸짓. 은은하게 풍기던 향기. 그녀를 끌어안고 느끼던 체취와 숨결. 싫다며 몸을 빼려는 동작까지 집어삼키듯 그녀를 꼭 안으면 도하는 만족했다. 그게 어쩌면…… 남들이 말하는 행복이었을까.

조용히 웃음을 흘려 낸 도하는 다시 침대 위에 몸을 누이려다 도저히 참을 수 없어 자리에서 일어섰다. 한수가 대충 걸쳐 놓은 겉옷을 챙겨 들고 거실로 나왔다. 늘 고정적으로 차 키를 놔두는 보관함을 열어 열쇠 하나를 집었다. 그러고는 당장 급한 일이라도 생긴 사람처럼 현관을 빠져나갔다.

지하 주차장으로 내려가 차에 올랐다. 시동을 켜고 액셀부터 밟았다. 한국은 밤이었고, 도로는 한산했다. 도하는 내비게이션도 켜지 않은 채 고속도로를 달렸다. 몽롱하게 가라앉아 있던 정신이 또렷해지며 한 여자가 미치도록 보고 싶어졌다. 지금이 아니면 죽을 것만 같아 그는 차의 속도를 올렸다.

얼마나 달렸을까. 바다가 보이고 열어 둔 창문 사이로 짠 내음이 들이닥쳤다. 마치 그리웠던 고향으로 돌아온 것처럼 도하는 심장이 두근거렸다. 고은을 보면 그 말을 하고 말 것이라 다짐했다. 그 말부터. 그 마음을 이제야 알아 버려서 미안하다고. 용서해 달라고.

도하의 차가 바닷가 끝에 멈춰 섰다. 그 옛날처럼 고은의 학원에서는 불빛이 새어 나오고 있었다. 도하는 이끌리듯 그곳으로 발걸음을 옮겼다. 걸어가던 도하는 자신을 제어하지 못하고 뛰기 시작했다.

학원 문을 열자 사람들의 시선이 일제히 도하가 서 있는 쪽으로 향했다. 와자지껄했던 분위기는 한순간 정지된 채 멈춰 버렸다. 도하는 그들의 직접적인 눈빛에도 아랑곳하지 않고 공간을 훑어 누군가를 찾았다. 하지만 보이지 않았다. 당연히 이곳에 있을 것이라 여긴 게 잘못인 걸까. 그는 발걸음을 돌리지도, 그렇다고 안으로 들어서지도 못한 채 문 앞에 서 있었다.

"누구쇼?"

술이 얼큰하게 오른 중년의 남자가 그에게 물었다. 도하는 대답하지 못한 채 여전히 사람들을 내려다봤다. 그때 누군가 고개를 갸웃거리다가 박수까지 치며 정답처럼 외쳤다.

"어, 그, 배우, ······유명한 연예인 아닌가?"

젊은 여자의 목소리는 도하에게도 들릴 만큼 컸다. 어쩌면 그를 못 알아보는 게 이상했다. 그는 모자나 마스크도 하지 않고 더블 코트만 걸친 채였다. 흘러내린 앞머리가 이마를 가리고 있었지만, 조금만 유심히 들여다보면 그가 누구인지 단박에 알아차릴 수 있는 모습이었다.

"누군데? 연예인이야?"

그에게 누구냐고 물었던 중년의 남자가 이번엔 젊은 여자에게 물었다.

"아······ 그······ 아니에요."

젊은 여자는 도하의 냉기 가득한 눈초리에 겁을 먹었는지 뒤늦게 기어들어 가는 목소리로 말하며 몸을 사렸다. 하지만 나머지 사람들이 그를 알아보는 건 시간문제였다. 하나둘 도하가 누구인지 눈치챈 주변인들이 조그맣게 수군대기 시작했다.

"아, 알겠네. 그 있잖아, 여기 공부방 선생님."

"어, 맞다. 그래, 빌라 할머니 손녀사위."

"그, 이혼했다던 배우. 그 남자 아닌가?"

사람들은 서슴없이 뒷말을 했다. 도하는 이런 수군거림에 너무나
도 익숙해 별다른 표정 변화를 보이지 않았다. 그저 이곳에 자신이 찾
고자 하는 고은이 없다는 사실에 충격을 받았을 뿐이었다. 고은이 서
울로 올라가며 공부방을 내놓았고, 다른 사람이 인수해 운영한다고
들었다. 그러다 예전처럼 잘 돌아가지 않자 세를 내놓았고 그걸 태진
이 샀다는 것까지는 파악하고 있었다.

고은과 헤어진 후, 어느 날부터인가 그에게 전송되는 도촬 사진은
그녀가 이곳에 앉아 있는 모습이 대부분이었다. 어느 정도는 예상했
었다. 여기로 돌아오면 그 남자를 다시 만나겠지. 그놈이 다시 돌아온
고은을 가만히 놔둘 리 없다고. 이 모든 걸 예상하면서도 고은을 보냈
다. 그래야 고은이 살 수 있다고 여겼으니까.

그러나 그는 살 수가 없었다. 아이러니한 결과였다. 어쩌면 당연한
것일지도 모르겠다. 사람들은 여전히 그 자리에 가만히 서 있는 도하
를 이해하지 못하고 그에게 말을 건넸다.

"공부방 선생님 여기 없어요."

무리 중 한 사람이 간단하게 대답하자 사람들은 하나둘 도하에게서 관심을 거두고 자신의 술잔이나, 좀 전까지 보고 있던 스포츠 중계 쪽으로 시선을 옮겼다. 도하는 발걸음을 옮길 수밖에 없었다. 고은도, 은금도, 그리고 그녀의 친구와 약사까지도 이곳에 없었다.

그가 물어도 답해 줄 사람이 없다고 생각한 도하가 뒤돌아설 때였다.

"그 집 할머니가 아프셔서 조금 전에 강릉 병원으로 갔어요."

도하를 가장 먼저 알아본 젊은 여자가 그를 딱하게 여겼는지 조그맣게 말을 전했다. 단서를 얻은 도하는 간단하게 목례를 건넨 후 급하게 그곳을 빠져나왔다. 좀 전보다 더욱 빨리 발을 놀리며 심장이 뛰어나올 만큼 뛰기 시작했다.

어쩌면 그에게는 기회일지도 모른다. 은금이 아픈 상태이면 도하가 해 줄 수 있는 역할이 분명 있을 것이다. 고은은 마음이 약한 편이니 그의 노력을 좋은 쪽으로 받아들일 게 뻔했다. 그가 미안하다고, 용서해 달라고, 사랑한다고 말하면 고은은 그를 야멸차게 밀어내지 못하고 흔들릴 테다. 도하는 이제 무슨 짓이든 해야만 했다. 가만히 있을 수 없었다. 그게 생지옥이라는 걸 그는 아주 끔찍하게 경험하고 있는 중이었다.

● ○ ●

"뭐래요?"

응급실 의자에 앉아 있던 고은은 저 멀리 다가오는 태진의 모습이 보이자 붙잡고 있던 할머니의 손을 놓고 자리에서 일어섰다. 태진은 잠들어 있는 은금을 잠시 내려다보곤 고은에게 눈짓으로 잠시 밖에 나가자고 했다. 고은은 곧장 알아듣고 응급실 바깥으로 걸어 나갔다.

태진은 이미 작은 종이컵 하나를 들고서 벤치에 앉아 있었다. 고은이 다가서 그의 옆에 앉자 방금 뽑은 율무차를 건넸다. 고은은 그것을 조용히 받아 들 수밖에 없었다.

"너까지 감기 걸려."

"아니에요."

고은은 손안에 따뜻한 온기가 느껴지자 놀랐던 마음이 조금은 사그라드는 듯했다.

"옷도 제대로 안 입고 왔으면서, 무슨."

태진이 당연한 것처럼 자신의 외투를 벗어 고은의 어깨에 걸쳐 주었다. 예전 같았으면 괜찮다며 밀어냈을 것이다. 하지만 고은은 이제 그런 호의까지 딱 잘라 거절하고 싶지 않았다. 도움을 받아야 하는 상황일 땐 감사히 받고, 또한 진심으로 갚을 생각이었다.

이성적인 관계를 떠나 태진은 좋은 사람이었다. 가장 친한 친구인 미선의 사촌 오빠이기도 했고, 고은이 할머니 곁을 떠나 있을 때 할머니가 외롭지 않게 벗이 되어 준 사람이었다. 태진이 건넨 외투를 걸치자 그의 은은한 체향이 풍겼다. 바람을 막아 주는 것만으로 몸은 한결 따뜻해졌다.

"할머님은…… 괜찮아지실 거야."

태진이 뒤늦게 꺼낸 말에 고은의 심장이 또 한 번 묵직한 추를 달고 내려섰다. 잊고 있지 말아야 한다고 다짐하면서도 그게 어려웠다. 은금에게는 시간이 얼마 남지 않았다고 했다. 잠든 상태로 조용히 돌아가셔도 이상하지 않을 상태라는 의사의 말에 고은은 도하와의 일 같은 건 모두 지운 듯이 정신을 차리고 몸을 일으켰다.

"당연하죠. 우리 할머니, 아주 강한 사람이에요."

고은은 태진보다도 더 강하게 은금의 회복을 믿었다. 태진은 고은의 당찬 말에 미소를 보일 수밖에 없었다. 아는 것도 죄인지라 그는 일반 사람들처럼 무턱대고 병이 나을 수 있다는 희망을 품진 않았다. 하지만 긍정의 힘을 가진 사람들을 응원했다.

지금 은금의 상태를 걱정한다고 해서 달라지는 건 없었다. 오히려 그 시간 동안 은금과 행복한 추억을 더 많이 만드는 것이 현명할지도 몰랐다. 어떤 일이든 후회가 남게 되어 있었다. 태진은 고은이 조금이라도 일찍 은금의 곁으로 돌아온 것에 감사했다.

"할머니 곁에 있어 줘서…… 진짜 고마워요."

마음이 통한 것처럼 고은이 태진에게 진심을 전했다. 이런 걸 바라고 한 일은 아니었다. 태진은 고은이 그의 행동을 다르게 오해하지 않은 것만으로도 다행스러웠다.

"갑자기?"

그가 농담처럼 되물었다.

"이때 아니면 또 말 못 할 것 같아서."

고은이 멋쩍게 웃으며 손에 든 율무차 쪽으로 시선을 내렸다.

"다 식겠다. 얼른 마셔."

태진도 그녀의 손을 내려다봤다. 추위 때문에 발갛게 얼어 있어 안타까웠지만 그가 해 줄 것은 더 이상 없었다. 솔직히 따뜻하게 손을 잡아 주고 싶었지만 그러다 또 고은을 놓치고 싶지 않았다. 매번 이렇게 망설이는 게 그의 문제인 걸까. 태진의 시선이 고은의 손에 한참 고정되어 있었다.

"이제 들어갈까요?"

율무차를 든 채로 고은이 자리에서 일어났다. 아무리 괜찮은 척을 해도 은금에 대한 걱정을 떨쳐 낼 수 없었다. 고은은 끝내 율무차를 한 모금도 마시지 못한 채 응급실 쪽으로 향했다.

그때였다. 요란한 사이렌 소리가 들렸고, 응급차가 병원 안으로 급하게 들어섰다. 고은과 태진은 뒤로 물러설 수밖에 없었다. 급하게 차 문이 열리고 119 구급대원이 내린 후 이동 침대가 밖으로 빠져나왔다. 응급 환자인지 대원들의 행동이 다급했다.

"잠시만요! 비켜 주세요!"

구조 요원들이 지나갈 자리를 확보하기 위해 큰 소리로 외쳤다. 방해가 되지 않기 위해 고은이 좀 더 뒤쪽으로 발을 옮기려는 순간이었다. 그녀는 작은 쓰레기통을 확인하지 못해 넘어질 뻔했고, 고은이 넘어지지 않도록 손을 붙잡은 건 태진이었다.

상황은 순식간에 벌어졌다. 고은은 놀라 태진을 올려다봤고, 그 역시 이렇게 고은의 손을 잡게 될 줄 몰랐다는 것처럼 당황한 눈빛을 보냈다.

"미, 미안해요."

고은이 그에게 잡힌 손을 빼내려는 순간, 태진은 그 손을 더욱 꽉 붙잡고 놓아 주지 않았다. 시선을 다른 곳으로 돌리던 고은이 그의 행동에 다시 고개를 들었다. 가까이에서 눈빛이 얽혔고, 고은은 태진의 눈동자에 또렷이 담긴 뜻을 이해할 수밖에 없었다.

"……오빠."

"내가 너무 늦은 거 알아."

태진의 심장이 뛰는 소리가 고은에게까지 들릴 정도로 둘은 가까이에 서 있었다.

"……."

"아는데."

"……."

"……."

"알면, 지금 타이밍이 좀 그렇지 않아요?"

고은이 조금 늦게 웃으며 되물었다. 태진에게 붙잡히지 않은 다른 손에 든 종이컵 안에서 율무차가 쏟아져 나온 상태였다. 태진은 그런 상황 따윈 인지하지 못한 채 그저 뚫어질 듯 고은을 내려다봤다. 그녀가 이렇게 웃어 줄지 몰랐다. 웃음 하나로 심장이 튀어나올 거라곤 생각지도 못했다. 그가 허둥대는 사이, 고은이 손을 빼냈다.

"야, 최태진! 여기 있었네. 한참 찾았잖아."

그때 태진의 의사 친구가 응급실 밖으로 걸어 나왔다. 다행히 고은이 손을 빼낸 이후였다. 태진은 민망함에 달아오른 얼굴을 숨기지 못한 채 친구가 서 있는 곳으로 달려갔다. 고은은 그에게 먼저 들어가 보라고 말하고는 뒤돌아서 자판기가 있는 쪽으로 향했다.

남은 율무차는 음료를 따로 버리는 곳에 부었다. 종이컵을 분리수거함에 넣고 돌아서려는 순간이었다. 익숙한 차가 시야에 담겼다가 사라졌다. 심장이 저릿했다. 그 차에 기대서 있던 한 남자까지도 눈에 담고 말았다. 가슴 쪽에 통증이 찾아왔다. 고은은 그 자리에 멈춰 설 수밖에 없었다. 하지만 돌아서지 않았다. 그러면 안 된다는 걸 이제 알았으니까.

고은은 조용한 숨을 내쉰 뒤 응급실 쪽으로 걸어 들어갔다.

● ○ ●

"너 어디 갔다 와!"

현관에 발을 들여놓는 순간, 안도감 섞인 호통이 날아왔다. 도하는 익숙하게 실내화를 신고 뚜벅뚜벅 안으로 걸어 들어갔다. 그에게 소리친 한수에게는 눈길조차 주지 않았다. 입었던 외투를 벗어서 원래 있던 그 자리에 던져 놓고 침대 위에 쓰러지듯 몸을 뉘었다.

두통이 또 말썽이었다. 입술을 짓씹으며 몸을 웅크렸다. 관자놀이를 문지르려는데 다급한 한수의 목소리가 귓가를 더욱 어지럽혔다. 윙윙. 목소리가 이명처럼 알아들을 수 없도록 뭉개지다가 다시 날카롭게 귀에 꽂히며 그의 뇌를 고문하듯 자극했다.

"옷은 왜 이래? 너 물에 들어갔어? 야, 우도하."

그만. 시끄러워. 제발.

도하는 두 손으로 귀를 막으려 했지만 몸이 뜻대로 움직이지 않았다. 눈은 천장을 바라보지만 아무 소리도 들리지 않았다. 그저 같은

음의 이명만 한동안 계속해서 이어질 뿐이었다.

그만. 제발. 내가 잘못했어. 그만해. 그만⋯⋯.

그때 뇌의 퓨즈가 한순간에 끊기듯 그는 정신을 잃었다. 그걸 알아차린 건 만 하루 만에 깨어나 자신의 왼팔에 꽂힌 링거를 발견한 이후였다.

"어, 이제 정신 차렸나 보네."

여전히 호들갑스러운 한수의 목소리가 들렸다. 도하는 이게 어떻게 된 일인지 모르겠다는 표정으로 그와 자신의 팔을 번갈아 바라봤다.

"가만히 맞고 있어. 너 쓰러졌어, 인마. 내가 얼마나 놀랐는 줄⋯⋯. 암튼 정신 들었으니까 됐어. 김 선생도 그렇게 심각한 건 아니랬어. 좀 쉬면 괜찮을 거랬으니까⋯⋯ 야!"

도하가 더 듣지 못하고 몸을 일으켰다. 그는 링거가 꽂히지 않은 손을 들어 주삿바늘을 잡아 뜯듯 빼내려 했다. 한수가 기겁을 하며 그 손을 붙들었다. 왜 이러느냐며 곧 눈물이라도 쏟을 것 같은 얼굴이었다. 도하는 초점 없는 눈으로 한수를 바라봤다.

"다 내 탓이야. 그냥 날 죽여. 도하야, 그러니까⋯⋯. 제발."

한수는 도하를 끌어안듯이 몸으로 감싸며 애원했다. 징그럽게 왜 이러느냐며 야멸차게 그를 밀어 내야 할 도하가 가만히 한수에게 안겨 있었다. 도하의 시선은 한수의 어깨 너머 어딘가로 멍하니 향해 있을 뿐이었다.

"알았으니까…… 비켜요."

뒤늦게 도하의 입에서 말이 흘러나오자 한수는 '사랑한다'는 고백이라도 들은 것처럼 얼굴 위에 작위적인 미소를 띤 채 도하에게서 멀어졌다. 한수가 물어나자 도하는 다시 털썩 침대에 몸을 뉘었다. 링거가 꽂히지 않은 팔을 들어 눈을 가리고 한참 동안 가만히 있었다. 수명이 단축되는 것처럼 조마조마한 심정으로 도하를 지켜보고 있던 한수는 그제야 조용히 침실을 벗어났다.

"……제가 들어가 보겠습니다."

"……아뇨. ……마세요. 지금은 어쩔 수 없어요. 괜히 건드리면 진짜 무슨 일……."

누군가와 대화를 나누는 한수의 목소리가 조금씩 멀어져 갔다. 상대는 배우 시절 도하의 정신 건강을 맡아 주던 주치의인 김 선생인 것 같았다. 중년의 남자 의사는 처음 도하를 봤을 때 배우 생활을 그만둬

242

야 한다고 말했다.

도하는 코웃음을 쳤다. 한수도 그 말을 듣고선 의사를 돌팔이 취급하듯 바라봤다. 한창 주가를 올리고 있는 배우에게 그 생활을 그만두라고 딱 잘라 말했다. 어느 누가 그 말을 들을까. 본인이 괜찮다는데. 한수 역시 도하가 멀쩡하게 잘 지낸다고 여겼다. 남들과 감정 흐름이 다른 것은 배우라는 직업으로 인해 갖게 된 직업병일 뿐이지 도하가 정신적으로 이상이 있다고는 생각하지 않았다.

도하가 자신의 말에 대답하지 않은 채 자리에서 일어서자 의사는 다음 말을 덧붙였다. 그만두지 못하면 치료라도 받으라고. 한 달에 몇 번은 꼭 자신을 만나 상담 치료를 하자고 말했다. 도하도 한수도 그를 장사꾼이라고만 여겼다. 탑배우를 치료한 주치의라는 타이틀이 필요한 거겠지. 그런 뜻을 내비치며 도하에게 접근한 이들이 한둘이 아니었다. 그중에서 제일 유별나지 않은 인물로 골랐는데 그가 폭탄일 줄이야.

"……오히려 지금이 치료될 적기일지도 모릅니다."

밖에서 들리는 의사의 목소리는 자신감에 차 있었다. 그는 도하가 배우 생활을 은퇴하다고 말했을 때 치료에 더욱 박차를 가하자고 제안했다. 도하는 여전히 신뢰하지 않는 눈빛으로 의사를 가만히 바라봤다.

그가 고치려는 게 도대체 뭘까. 자신의 뭐가 고장 나서 이리도 고은에

게 집착하게 된 걸까. 도하도 궁금했다. 본인을 파헤치고 싶긴 했다.

하지만 그 마음만큼 겁이 나고야 말았다. 알아 버리면 전부 끝이

날 것만 같았다. 직면하고 싶지 않았다. 그조차 자신을 받아들일 수

없는 순간이 온다면 결말은 뻔했으니까.

'할머니 곁에 있어 줘서…… 진짜 고마워요.'

불쑥 어제의 고은이 떠올랐다. 왜 그 순간이었을까. 도하가 병원에

도착했을 때, 고은은 그 남자와 나란히 앉아 곁을 내어 주고 있었다.

약사의 옷을 걸친 채 그에게 웃으며 고맙다는 말을 전했다. 도하는 한

번도 마주할 수 없었던 고은의 진심. 그걸 담은 두 눈으로 다른 남자

를 바라봤다.

'내가 너무 늦은 거 알아.'

'알면, 지금 타이밍이 좀 그렇지 않아요?'

고은이 또 한 번 웃어 주었다. 남자는 그 웃음에 심장이 멈춘 것처

럼 고은을 내려다봤다. 거리가 가까웠고, 둘은 누가 봐도 서로에게 호

감을 보이는 남자와 여자였다.

멀리서 그 모습을 지켜보고 있는 자신의 멍청함이야 이제 우습지도 않았다. 의사의 부름에 남자가 떠나고, 걸음을 옮기던 고은이 스치듯 그를 바라봤다. 그녀는 그를 단박에 알아챘다. 하지만 돌아서지 않았다. 주먹을 움켜쥐고 모른 척, 그에게서 멀어져 갔다.

"하아……."

침대에 누워 천장만 하염없이 올려다보던 도하에게서 서글픈 웃음이 새어 나왔다. 그때 이상하리만큼 발이 떨어지지 않았다. 달려가 고은을 붙잡지 못했다. 사랑한다는 말 따위. 고은의 웃는 얼굴 앞에서 할 수가 없었다. 고은이 웃고, 상대를 편안하게 바라봤다.

행복하다. 행복해요. 그런 말을 도하에게 건넬까 봐 두려웠다. 그녀를 함부로 대했던 그의 모든 행동들이 잔인하게 뒤통수에 내리꽂히는 것만 같았다. 그래. 그런 시간들이 우리에게 있었지……. 도하는 이제 와 소스라치게 그 사실을 인지하는 자신이 놀라워 그곳을 도망치듯 벗어났다.

아무 곳에나 차를 세우고 내렸다. 정신을 차리니 눈앞에 바다가 보였다. 고은과 걸었던 바다였다. 그 여자가 나를 바라보는 눈빛에 심장이 간질거렸던 어떤 밤. 도하는 참지 못하고 키스했고, 고은은 수줍게 그것을 받아들였다.

도하는 눈을 감고 바다 쪽으로 걸어 들어갔다. 파도가 그의 신발을 덮치는 게 느껴졌지만 눈을 뜨지 않았다. 조금 더. 더 들어가 보면 그때의 고은을 이해할 수 있을까. 물에 빠진 생쥐 꼴을 하고 바닷가에서 덜덜 떨고 있던 고은과 그녀를 구출한 것마냥 옆에 서 있던 약사를 떠올릴 수밖에 없었다.

한 걸음 더. 도하가 발을 움직이자 이제 물은 허벅지까지 차올랐다. 파도는 더욱 거세게 그의 몸을 쳐 댔다. 그 순간, 눈을 뜨고 앞을 바라봤다. 검은 바다는 경계선 따윈 없이 캄캄하기만 했다. 파도치는 소리가 아니라면 바다인지 밤하늘인지 모를 검은색들만 눈앞에 가득했다.

"도하야."

정신을 차린 건 또다시 들려온 한수의 목소리 때문이었다. 그는 좀 전보다 더 심각한 표정으로 그를 바라보고 있었다. 도하는 지겹다는 눈빛으로 그를 내려다봤다. 도대체 왜 이러느냐고. 그가 묻고 싶었지만 그 말은 한수에게서 먼저 흘러나왔다.

"왜 이래, 진짜?"

한수가 도하를 붙잡은 건 그의 행동 때문이었다. 그는 어느새 주삿바늘을 거칠게 빼 버린 후 입고 온 코트에서 차 키를 꺼내고 있었다. 한수는 일단 그의 손을 붙잡고 막았다. 하지만 도하의 눈을 보니, 이미 자신이 감당할 수 있는 수준이 아니었다.

"비켜요."

"우도하!"

"가서."

도하가 말을 끊듯이 내뱉었다.

"얼굴이라도."

"……."

"……봐야겠어요."

그러지 않으면 미칠 것만 같았다. 도하가 애원하듯이 한수를 바라봤다. 한수는 어쩔 수 없이 도하의 손을 놓을 수밖에 없었다. 한수의 손아귀에서 벗어난 도하는 곧장 방을 빠져나갔다. 거실에 대기하고 있던 김 선생도 놀라 자리에서 일어났지만 도하를 말릴 순 없었다.

밖으로 나와 다시 차에 올랐다. 도하는 어제와 같은 목적지를 향해 달렸다. 가고, 돌아오고, 다시 가고, 또 돌아오는 한이 있어도 가야만 하는 사람처럼. 도하의 행동은 마치 어떤 입력값에 의해 움직이는 로봇 같기도 했다.

어둠의 고속도로를 달려 바닷가 앞에 도착했다. 어제와 달리 고은의 공부방은 불이 꺼진 상태였다. 그곳을 한참 동안 바라보고 있는데, 갑자기 문이 열렸다. 어두운 공부방 안에서 인영 하나가 걸어 나왔다.

전단기가 가득 담긴 박스를 품에 안은 고은은 눈앞의 사람을 확인하고 멈춰 섰다. 놀라움은 잠시였다. 어제보다도 더 차분해진 눈빛으로 고은은 도하를 지나쳤다. 몇 걸음이나 뗐을까. 그녀의 몸은 도하에 의해 돌려졌다.

"윽……."

그 바람에 고은이 들고 있던 박스 안의 내용물들이 바닥에 우르르 쏟아져 내렸다. 고은은 도하를 탓하는 대신 쏟아져 버린 내용물들에 시선을 두었다. 어떻게 만든 것인데. 아주 소중한 물건이라는 듯이 고은은 자리에 주저앉아 내용물을 다시 박스에 담았다. 차분하고 냉정한 손길이었다. 도하는 고은처럼 그 자리에 주저앉아 그녀의 손을 붙잡았다.

제발. 그를 한 번만 봐 달라는 것처럼.

"……."

"……."

그제야 고은의 눈이 도하에게로 향했다.

"지겹지도 않아요?"

고은이 환멸이 인 것처럼 웃으며 말했다. 어제의 웃음과는 달랐다. 도하는 심장 안이 마구잡이로 헤집어지는 것 같았지만 그 어떤 말도 할 수가 없었다. 누군가 목구멍을 꽉 막고 있는 것처럼 말이 나오지 않았다. 웃음을 거둔 고은이 싸늘해진 표정으로 자리에서 일어났다.

"이거, 만들면서…… 나, 행복했어요. 당신 생각 안 할 수 있었거든요. 얼마나 감사한지 몰라요. 요즘은…… 모든 게, 다 감사해요."

"……."

"당신이 내 옆에 없어서 그런가 봐요."

고은이 도하를 보며 다시 한번 웃었다.

19.
그 거짓도 진심이 되리라

쏴아아아. 쏟아져 내린 물이 세면대 구멍으로 흘러 들어갔다. 고은은 가만히 서서 그 모습을 지켜보고 있었다. 머리를 묶고 헤어밴드까지 한 채로 욕실 안에 들어섰지만 무언가에 홀려 버린 사람처럼 물이 작은 홈으로 빨려 내려가는 것을 눈에 담기만 했다.

'가요.'

고은이 도하에게 날카롭게 소리쳤다.

'다시는 내 앞에 나타나지 마요.'

입술을 깨물며 주먹을 움켜쥐었다. 냉정하게 그의 눈을 노려봤다. 다른 건 생각하지 않겠다고 단단히 마음먹었다. 행복하다고 했다. 그래야만 할 것 같았다. 그렇다고 여겼다. 지금 그녀가 행복하지 않다면, 무엇이 행복일까.

'…….'

도하는 그 어떤 말도 하지 않았다. 고은이 다시 박스를 들고 돌아서는데도 그는 그 자리에 서 있었다. 불쌍한 컨셉이라도 잡아 보려는 거겠지. 조금만 건들면 되돌아갈 것이라 여기겠지. 세상에서 가장 쉬운 여자가 이고은이란 생각엔 변함이 없을 테니까.

"후……."

고은은 정신을 차리듯 깊은숨을 내쉰 후 드디어 세수를 했다. 차가운 물로 얼굴을 씻어 내자 그의 얼굴이 더 또렷하게 떠올랐다. 버석하게 마른 눈동자. 어둡게 가라앉은 눈가. 헝클어진 채 이마까지 내려와 있는 머리카락. 매끈했던 턱 주변을 뒤덮듯이 올라온 시커먼 수염 자국까지. 마치 한 달간 잠을 자지 못한 사람처럼 몰골이 형편없었다.

그녀가 아는 우도하가 아니었다. 망가진 건가. 아니면 망가진 연기도 일품인 걸까. 고은은 또다시 그를 떠올리는 자신이 멍청하게 느껴져 물속에 얼굴을 깊이 담갔다.

사라져. 사라져 버려. 잊을 거야. 잊고 말 거야. 다시는. 절대…….

안 돼.

"고은아!"

누군가 부르는 소리에 고은이 급하게 고개를 들었다.

"콜록콜록."

콧속으로 물이 들어가 사레가 들렸다. 고은은 기침을 뱉어 내며 뒤를 돌아봤다. 은금이 놀란 눈으로 욕실 앞에 서 있었다. 세수를 하러 들어간 고은이 나오지 않아 찾아와 본 것 같았다. 고은은 기침을 하면서도 괜찮다며 웃었다.

"잠, 잠이 안 깨서…… 콜록."

적당한 핑계를 대고선 고은은 미리 걸어 놓은 수건을 집었다. 얼굴을 닦자 기침은 조금씩 잦아들었다. 그 모습을 지켜보던 은금의 얼굴에서도 걱정이 서서히 걷혔다.

"얼른 와서 밥 먹어. 오늘 바쁘다며?"

"응. 금방 갈게요, 할머니."

고은은 목소리 톤을 올려 평소보다 더 밝게 대답했다. 은금이 자리를 뜬 후 고은은 세면대의 물을 잠그고 거울 안의 자신을 바라봤다. 창백하고 말간 얼굴의 여자가 보였다. 형편없기는 마찬가지였다. 누

가 누굴 걱정한다고. 고은은 자조 섞인 웃음을 내놓으며 욕실을 빠져
나왔다.

"무슨 일 있어?"

은금을 속이는 건 쉽지 않았다. 아닌 척하려 해도, 모든 걸 읽어 내
는 사람이 할머니였다. 그만큼 은금이 고은을 소중하게 여기기에 그
런 것이라 생각하며 감사하게 여길 때가 많았다. 내 걱정 하는 건 할
머니뿐이네. 평소 하지 않던 애교를 피우기도 했다.

고은은 은금의 말을 듣고 또 잠시 멍하게 할머니를 바라보고 있었
다.

"고은아."

"⋯⋯어?"

"얘가 정신을 놓고⋯⋯."

"⋯⋯."

"왜, 학원 다시 차리는 일이 잘 안 풀려?"

안 풀릴 이유가 없었다. 태진이 계약한 작업실 공간은 그대로 놔두
고 그 주변 상가를 알아보고 있었다. 예전엔 그저 바다가 보이는 곳이

좋겠다는 생각이었지만 이제는 본격적으로 아이들을 가르치고 싶었다. 가능하다면 미술학원도 겸하고 싶었고, 그렇게 하려면 그나마 젊은 부부들이 밀집되어 있는 강릉 시내 쪽 아파트 상가가 공부방을 차리기엔 적당해 보였다.

주말마다 부동산을 돌며 마땅한 곳을 찾아다녔다. 그 일을 같이 해 준 건 태진과 미선이었다. 세 사람은 예전처럼 붙어 다녔고 고은은 그들의 도움을 받는 것에 더 이상 죄책감을 가지지 않았다. 그들이 곁에 있어 주어 다행이었고, 자신이 복받은 사람이라 생각하는 게 맞았으니까.

"너무 잘돼서 문젠데?"

고은이 그녀답지 않게 허세까지 부리며 대답했다. 은금은 그런 손녀가 귀여워서 헛웃음을 내놓았다. 밝아서 나쁠 건 없다고 여기는 건 그녀도 마찬가지였다. 상처를 받는 건 어쩔 수 없는 문제였다. 극복하기 위해선 무엇에든 부딪쳐야만 했다.

"얼른 부자 돼서 이 할미 맛난 거 많이 사 줘."

은금이 고은의 말에 맞장구를 치며 그녀의 밥그릇 위에 고기 한 점을 올려 주었다. 원래도 살이 잘 붙지 않는 체질의 손녀였지만 큰일을 겪으면서 몸이 축난 게 눈으로도 확연히 보여 안타까웠다. 누가 누굴 걱정하느냐고, 고은이 잔소리를 할 테지만 그래도 은금은 지금 자신의 핏줄밖에 보이지 않았다. 본인은 어차피 마음의 준비가 되어 있었다. 더 이상의 희망도 욕심도 바람도 없었다. 그저 고은이 행복해하는 모습을 눈앞에서 보는 것만으로 충분했다.

은금은 고은이 밥을 먹기 시작하자 자리에서 일어나 주방 일을 보기 시작했다. 그녀는 이미 식사를 대충 마친 이후였다. 먹는 게 쉽지 않아 미리 먹었다고 둘러댈 때가 많았다.

"할머니 먹고 싶은 건 지금이라도 충⋯⋯."

고은이 은금 쪽을 바라보며 고기가 얹힌 밥을 입으로 가져가는 순간이었다. 그녀는 불쑥 헛구역질이 올라왔다. 그녀 자신도 놀라 말을 멈췄다. 고은은 자신을 등지고 있는 은금의 눈치를 살피며 조심히 숟가락을 내려놓고는 최대한 평소처럼 말했다.

"아⋯⋯. 나 견서서 보내는 걸 깜박했네. 할머니, 금방 일 보고 올게요."

고은은 메슥거림을 참아 내며 은금의 등을 향해 말했다. 자신의 소일거리에 빠져 있는 할머니는 의심하지 않고 그러라고 말했다. 그녀는 얼른 현관을 빠져나가 곧장 3층으로 올라갔다. 계단에 발을 내디딜 때마다 위 속에서 무언가가 쏟아져 나올 것만 같았다.

얼른 집 안으로 들어간 그녀는 화장실로 들어서 문을 닫고 잠금장치까지 누른 후 변기 앞에 주저앉았다. 미칠 듯이 솟구치는 울렁거림을 참지 못하고 속을 게워 냈다. 하지만 쏟아져 나오는 건 신물뿐이었다. 갑자기 왜 이러지. 고은 자신도 어리둥절해져 버렸다.

"하아……."

간신히 자리에서 일어나 입 안을 헹궈 내며 그럴 만한 일을 되짚어 보았다. 술을 마신 것도 아니었다. 미선이 파티를 하자고 했지만 할머니가 아픈 바람에 없던 일이 되었다. 그 후 공부방을 홍보하는 전단지를 만드는 일에만 집중했다.

그러다 어젯밤 예전 학원 앞에서 그를 마주쳤다. 그것이 전부였다. 그를 뒤로하고 집으로 돌아와 아무렇지 않게 잠들었다. 이젠 수면제 따윈 먹지 않았다. 조금 뒤척이긴 했지만 도하가 옆에 있을 때처럼 뜬 눈으로 밤을 지새우는 일 따윈 없었다.

모든 게 제자리로 돌아갔고 고은 스스로도 이 정도면 행복하다고 만족했다. 행복. 그 단어를 자꾸만 머릿속에서 되뇌게 되었다. 행복해야 해. 살아 내야 해. 그를 또다시 그리워하고, 놓지 못하는 미련하고 멍청한 짓 따윈 하지 말아야 한다고 자신을 다잡았다.

"너 왜 그러니……."

고은은 화장실 거울 안의 자신을 보며 말했다. 잠시의 해프닝일 것이다. 공부방을 알아보러 다니느라 무리를 한 탓도 있었다. 태진이 도와주지 못할 땐 그녀가 작은 경차를 직접 몰며 부동산을 돌아다녔다. 그러느라 끼니를 제대로 챙기지 못한 게 여러 번이었다.

은금이 걱정하는 것도 당연했다. 고은은 뒤늦게 자신을 반성했다. 나를 제대로 사랑하는 방법을 아직 제대로 터득하지 못한 걸지도 몰랐다. 오늘부터라도 건강 관리를 해야겠다고 마음을 먹었다. 그렇게 생각하며 뒤돌아서는 순간이었다.

머리가 핑, 돌며 어지러움이 찾아왔다. 고은은 그 자리에 주저앉았다. 도대체 왜 이러는 거야. 자신을 힐책했다. 뭐가 문제야. 빙빙 도는 머리를 부여잡고 생각했다. 끝내는, 결국엔 절대로 하지 말아야 할 추측을 끌어 올리고야 말았다.

"……."

고은은 입술을 깨물며 억지스레 몸을 일으켰다. 종종 어지럼증이 일 때가 있었다. 철분제를 더 먹으면 될 것이고, 밥도 지금보다 많이 먹으면 다 사라질 문제였다. 어려울 건 없었다. 고은이 큰 숨을 내쉬며 문을 열고 욕실을 빠져나오는 순간, 눈앞에 생각지도 못한 한 남자가 서 있었다.

"오빠가…… 어쩐 일이에요?"

태진이 들어와 있을 줄은 몰랐다. 현관문을 제대로 닫지 못했다는 걸 뒤늦게 알아챈 고은이 생경한 눈으로 바라보며 묻자 오히려 당황한 건 상대방이었다. 그는 멋쩍은 웃음을 보이고는 고은의 눈앞에 음악회 티켓 세 장을 흔들어 보였다.

"아……."

고은이 그제야 오늘이 그날이란 걸 깨달았다는 표정을 내놓았다. 태진은 그녀가 요즘 정신없이 지내는 것을 알기에 크게 동요하지 않았지만 어쩐지 민망해지기도 했다.

응급실 앞에서 손을 잡은 이후, 그는 고은에 대한 이성적인 마음이 걷잡을 수 없이 커져 버렸다. 가까스로 막아 놓은 둑이 한 번에 우르르 무너져 버린 것만 같았다. 고은은 여전히 같은 온도로 그를 대했지만 그는 이미 달라져 버렸다. 약속을 잡은 건 오래전 일이지만 평소보다 좀 더 신경 써서 옷을 입고 머리도 만졌다. 향수까지 뿌리면 너무

과할까 봐 몇십 분 동안 고민하기도 했다. 그런 그의 마음을 한순간에 나락으로 떨어뜨릴 수 있는 게 고은의 무표정이었다.

"바빠서 몰랐구나."

"미안해요, 오빠. 요즘 좀 정신이 없었어요."

고은은 애써 입꼬리를 올리며 그에게 눈을 맞췄다. 태진은 그것만으로 만족한다는 듯이 그럴 수 있다며 어깨를 으쓱거렸다. 고은이 준비할 때까지 할머니 은금과 시간을 보내겠다고 했다. 홍보 전단지를 돌릴 생각만 하고 있던 고은은 머릿속이 하얗게 지워진 기분이었지만 음악회를 가는 것도 나쁘지 않을 것 같았다. 기분 전환이 필요한 시점이었다.

"미선이는요? 그쪽으로 바로 온다고 했어요?"

주방으로 들어간 고은이 물 한 잔을 먹기 위해 냉장고 문을 여는데 태진이 망설이듯 대답했다.

"갑자기…… 친구 돌잔치를 깜박했대."

이번 공연을 보러 가자고 한 당사자는 바로 미선이었다. 그녀가 갑자기 빠지게 됐다는 말을 듣자 고은은 망설여질 수밖에 없었다. 고가의 티켓은 태진이 미리 예매를 해 놓은 상태였다. 그녀까지 가지 않겠다고 한다면 돈을 버리는 일이 되어 버렸다.

"그럼, 할머니랑 같이 갈까요?"

고은이 나름의 방법을 생각했다.

"나도 여쭤봤는데…… 낯선 곳이 싫으시다네."

태진은 이미 그 제안을 해 보았지만 실패했다고 전했다.

"그럼……."

데려갈 다른 사람을 떠올려 보는데 태진이 어느새 그녀의 눈앞에서 있었다.

"나랑 둘이 봐."

그가 고은에게 청했다. 그의 눈빛은 평소보다 더 단단했다. 피할구멍을 내주지 않겠다는 결연한 의지까지 담겨 있어 고은은 한 발 물러섰다. 그러자 태진이 더 가까이 다가왔다.

● ○ ●

공연장에 도착한 후 자리를 잡았을 즈음이었다. 고은의 주머니에서 진동음이 울렸다. 들어오기 전에 미리 꺼 놓지 못한 걸 뒤늦게 깨달았다. 전원 버튼을 누르기 위해 얼른 핸드폰을 꺼내는데 화면 안에 찍힌 이름이 그녀의 손짓을 멈추게 했다.

고은이 잠자코 멈춰 있자 옆자리의 태진이 건너다보는 게 느껴졌다. 그에게 들키지 않기 위해 고은은 핸드폰 화면을 뒤집은 후 옆쪽의 전원 버튼을 길게 눌러 핸드폰을 꺼 버렸다. 아무렇지 않은 척 표정을 지었지만 심장이 뛰는 건 어쩔 수가 없었다.

전화를 건 사람은 도하였다. 포기하지 않았을 수도 있을 것이란 예상은 했지만 이렇게 전화를 걸어 올 줄은 몰랐다. 그랬다면 처음부터 직접 찾아오지 않고 전화부터 했겠지. 방법을 달리한 그가 어쩌면 다른 이유 때문에 전화를 걸어 왔을 수도 있단 생각이 불쑥 들었다.

하지만 그 사소한 행동 하나에 반응 하는 그녀 자신이 싫었다. 고은은 그의 번호를 지우지 못하고 이렇게 저장해 놓은 것부터가 잘못이었단 반성이 들었다.

그를 지워 내야 한다고 여겼으면서도 전화번호를 삭제하는 가장 간단한 일조차 하지 못했으니. 머릿속이 또다시 도하로 가득 찼다. 그러자 속이 울렁거리기 시작했다. 마치 반사 작용 같았다. 끊어 내기 위해, 지우기 위해 그녀는 연신 생수병을 들어 물을 마셨다.

"왜 그래? 속이 안 좋아?"

아직 공연이 시작되지 않아 주변이 살짝 소란스러웠다. 그 덕분에 태진은 고은 쪽으로 고개를 돌려 작은 목소리로 걱정의 말을 건넬 수 있었다.

"아뇨. 괜찮아요."

고은은 고개를 흔들며 웃었다. 공연장에 와서까지 바보 같은 짓을 할 순 없었다. 핸드폰은 껐고, 도하에 대한 생각은 곧 사라질 것이다. 그러면 속도 괜찮아질 게 분명했기에 고은은 애써 입가에 미소를 걸었다. 걱정스러운 눈빛으로 자신을 바라보는 태진이 느껴졌지만 고은은 일부러 모른 척을 했다. 이 자리를 참아 내는 것만으로도 그녀는 자신이 처한 상황을 이겨 낼 수 있다는 자신감을 가질 수 있을 것만 같았다.

그때 공연이 시작된다는 안내 멘트가 들리고 사위가 천천히 어두워졌다. 막이 오르자 정말 아무 일 없었던 것처럼 속이 가라앉았다. 고은은 온전히 공연에만 집중할 수 있도록 머리를 비웠다. 못 할 건 없었다. 모든 게 순조롭다고 생각했다. 공연이 끝날 때까지 고은은 그 세계 속으로 푹 빠져들어 있었다.

"고은아! 이고은!"

공연이 모두 끝나고 문이 열리는 순간, 고은은 무언가 잘못되었다는 것을 깨달았다. 사색이 된 채 두 사람 앞에 나타난 미선을 보자 직감이라는 게 그녀의 온몸을 휘몰아치며 심장을 짓이기는 것만 같았다. 느낌은 잊은 줄 알았던 그때를 떠올리게 했다.

아버지가 죽던 날. 어머니의 전화를 받고 달려가던 순간. 내 일이 아닐 것이라 여겼던 마음이 얼마나 어리석었는지 너무도 일찍 깨달아 버린 어린 날의 그녀가 갑자기 악몽처럼 눈앞에 다시 나타났다. 그러지 않고서야. 고은은 이럴 수 없다고 짧은 순간 수없이 되뇌었다.

"나도 우도하, 그 사람 전화 받고…… 암튼, 일단 병원부터 가. 먼저 가서……."

고은은 미선을 말을 전부 다 듣지도 못한 채 공연장을 빠져나왔다. 태진과 미선이 뒤에서 그녀를 불렀지만 고은은 멈추지 않고 내달렸다. 차가 다니는 도로로 나가 택시를 잡기 위해 간절하게 손을 흔들었다. 눈물이 터져 나오며 숨이 콱 막혔다. 고은은 차를 세워 주지 않으면 도로가로 뛰어들 것처럼 발을 내디뎠다.

"이고은!"

그런 고은의 팔을 붙잡아 이끈 건 태진이었다. 그의 눈은 고은과 달리 이성적이었다. 이런 일이 생길 줄 이미 예상한 것처럼. 언제고 있을 수 있는 일인 것처럼. 사람이 죽고 태어나는 건 세상의 순리일 뿐이라고, 그렇게 말하는 것만 같아 고은은 태진의 손길을 날카롭게 쳐 냈다.

"괜찮아요. 저 혼자 갈 수 있어요."

고은이 고집을 부리자 이번에 미선이 그녀의 팔을 붙잡았다. 그때 실랑이하는 세 사람 앞에 택시 한 대가 멈춰 섰고 고은은 뒤도 돌아보지 않고 차에 올랐다. 미선도 그녀를 따라 옆에 탔다. 차에 탄 두 사람이 떠나는 모습을 지켜보고 서 있는 태진이 보였지만, 고은은 얼른 병원으로 가 달라는 말을 꺼냈다.

"고은아……."

고은은 앞만 본 채 두 주먹을 움켜쥐었다. 아니다. 아닐 것이다. 이럴 순 없다. 늘 최악은 왜 그녀에게만 존재하는가. 수많은 물음 속에서 고은은 정신을 잃지 않기 위해 노력했다. 할머니가 절대 그녀의 얼굴도 보지 않은 채 떠날 사람이 아니란 걸 아니까. 믿었다. 믿음만이 고은이 이성의 끈을 놓치지 않게 만들었다.

급하게 달려온 택시가 병원 앞에 도착하자 고은은 미선에게 가방을 넘기고 차 밖으로 벗어났다. 뛰듯이 응급실 안으로 들어섰다. 비어 있는 병상을 지나 가림막이 쳐져 있는 한 곳으로 달려가 커튼을 열어 젖혔다.

그러자 눈앞에 도하가 보였다. 할머니 은금의 손을 붙잡고 있는 그가 우습고 저주스러워 고은은 그부터 밀쳐 냈다. 고은의 악다구니를 받아 주듯 그가 자리에서 일어섰다. 고은이 할머니 은금 앞에서 무너져 내리자 도하는 그녀가 쓰러지지 않도록 붙잡았다.

"아니죠? 아니라고 해요! 아닌 거잖아. 아니…… 흑흑."

고은이 눈물을 흘리며 그에게 소리쳤지만 도하는 그저 그녀를 안아 주려 할 뿐이었다. 그 몸짓조차도 소름이 돋았다. 고은은 경멸하듯 그를 노려봤다. 그가 할머니를 죽인 사람이라도 되는 것처럼 눈물을 삼키며 도하를 밀어 냈다.

"우리 할머니한테 무슨 짓 했어? 당신이…… 당신이, 그런 거라고 말해!"

고은은 도하의 멱살을 움켜쥐고 흔들었다. 뒤늦게 나타난 미선이 그녀를 말리려 했지만 도하가 차갑게 저지했다. 고은을 그대로 두라는 도하의 서늘한 눈빛 앞에서 미선은 더 이상 어떤 행동도 할 수 없었다.

"……."

도하는 말없이 고은의 모든 아우성을 받아 냈다. 악을 썼다가 흐느끼다가 정신을 잃듯 자리에 주저앉은 고은을 감당해야 할 사람은 당연히 자신이라는 듯 그의 행동은 흔들림이 없었다.

"오은금 씨 보호자 되십니까?"

그때 커튼이 열리고 의사가 안으로 들어왔다.

"우선 고인의 사인부터 말씀드……."

의사가 기계처럼 읊어 대는 말들이 귓가에서 멀어져 가고, 고은은 정신을 잃었다. 그녀는 할머니 은금의 손을 붙잡은 채 도하의 품으로 쓰러졌다. 밀어 낼 힘조차 남아 있지 않았던 고은이 마지막 의식을 놓을 수 있었던 건 익숙한 몸 때문이었을까. 뒤늦게 병원에 도착한 태진은 도하에게 안긴 채 정신을 놓은 고은의 모습 앞에서 얼음이 된 것처럼 움직이지 못했다. 그에겐 은금이 운명을 달리했다는 것보다도 이 상황이 더 충격적인 현실이었다.

● ○ ●

"고은아. 일어나 봐. 죽 좀 먹어."

미선의 목소리가 귓가에 가까이 다가왔지만 고은은 좀처럼 침대에서 몸을 일으키기가 어려웠다. 장례식은 태진과 미선이 자신의 일처럼 진행해 주었다. 그녀는 그저 멍한 눈으로 할머니 은금의 영정 사진만 바라보다가 3일을 보냈다.

눈물도 더 이상 흐르지 않았다. 받아들여진다는 게 이런 걸까. 태진이 말한 마음의 준비를 이미 그녀의 가슴속에서 조금씩 해 두고 있었던 걸지도 몰랐다. 아니면 지금도 모든 게 꿈만 같아 현실로 받아들이지 못한 건가.

"……고마워."

고은은 미선의 성의를 생각해 억지스레 몸을 일으켰다. 침대 위에 간이 식탁이 놓이고 미선은 고은의 손에 숟가락을 쥐여 주었다. 그러고는 죽을 먹을 때까지 가만히 지켜봤다. 이렇게라도 하지 않으면 고은에게도 무슨 일이 생길까 봐 애가 타는 눈빛이었다.

"알았어. ……먹어."

희미하게 웃으며 고은이 죽 한술을 떠서 입으로 가져갔다. 속이 여전히 울렁거렸지만 고은은 참아 냈다. 할머니의 죽음도 견디고 있는데 메스꺼움 따윈 아무런 문제가 되지 않았다. 쑤셔 넣듯 억지로 몇 숟가락을 입 안으로 넣자 미선은 안심하듯 침대에서 몸을 일으켰다.

"오늘 저녁엔 나 커피 수업 있어서 태진 오빠가 오기로 했어."

"……."

"뭐 당기는 음식이라도 있어?"

은금의 장례를 치르고 태진과 미선은 자신의 가족을 챙기듯 고은의 안위를 살폈다. 괜찮다는 거절도 이번만큼은 허용되지 않았다. 고은은 그럴 힘조차 남아 있지 않았다. 태진이 그녀의 눈앞에서 돌아다녀도 아무런 감정도 느낄 수 없었다. 그가 건네준 음식도 당연한 것처럼 받아먹었다. 그래야 이 시간이 빨리 지나갈 것만 같았다.

"죽이면 충분해. 그리고…… 이제, 오빠는 오지 말라고 해."

고은의 뒷말에 외투를 챙겨 입던 미선이 뒤돌아서 친구를 바라봤다. 가져서는 안 될 마음일지 몰라도 이런 위로의 시간들이 태진에게 기회가 될 것이란 생각도 들었다. 미선은 고은이 다시 이곳으로 돌아온 후, 두 사람에게 새로운 만남의 타이밍이 생긴 것 같아서 운명에게 감사했다. 언제부턴가 태진의 마음이 너무 안타까웠다. 고은이 그로 인해 위로받길 원했다. 이제 고은은 더 이상 우도하란 남자와 엮여선 안 되었고, 고은도 그걸 안다고 여겼다.

"왜? 오빠가…… 불편해?"

미선은 평소답지 않게 진지하게 물었다. 고은이 이러는 이유에 그 남자가 포함되어 있을까 봐 불안했다. 우도하는 고은이 쓰러진 날 이후, 모습을 드러내지 않았다. 당연히 은금의 장례식장에도 나타나지 않았다. 고은이 어떻게 나올지 뻔히 알고 있으니까 그랬을 것이다. 그게 당연한 것이고, 다행이라 여기면서도 미선은 고은이 도하의 품에서 쓰러졌던 그 순간을 잊기가 힘들었다.

"오빠 때문이 아니야."

고은은 간단하게 대답했다.

"그럼?"

미선이 어쩐지 날카로워진 목소리로 다시 물었다.

"언제까지 이러고 있을 순 없잖아. 나도 이제…… 정신 차려야지."

그런 이유 때문인가. 예민하게 올라섰던 미선의 미간이 천천히 풀렸다. 고은이 어떤 생각을 하고 있는지 이해하지 못하는 건 아니었다.

그녀의 말처럼 언제까지 누워 있을 수만은 없었다. 은금을 떠나보낸 슬픔은 이제 가슴 한편에 묻어 두고 일어서야 할 때였다.

"알았어. 오빠한테 내가 잘 얘기할게."

"그래. 고마워."

고은이 미선을 배웅하기 위해 자리에서 일어났다. 표정이 한결 가벼워 보였다. 마치 자신이 떠나길 기다린 것만 같았다. 미선은 고은의 말과 모습에서 알 수 없는 서운함을 느끼기도 했다. 이렇게 복잡한 게 사람의 감정인가 싶었다.

"자꾸 고맙다고 하지 마. 내가 이러는 건 당연한 거야."

미선은 참지 못하고 결국 고은에게 속엣말을 꺼내 버렸다.

"너도 내가 힘든 일 겪으면 안 그럴 것 같아?"

"그건, 그래도……."

"네가 내 입장 됐을 때 나처럼 이러지 않을 수 있는지 지켜볼게."

"……뭐?"

하하하. 둘은 동시에 싱거운 웃음을 터뜨렸다. 고은의 웃음을 보자 미선은 정말 마음이 놓였다. 그녀는 문단속을 잘하라는 말을 꺼내고 3층을 나섰다.

미선을 보내고 문을 닫은 후 고은은 잠금장치를 걸었다. 뒤돌아 거실을 바라보는데 어쩐지 너무 조용해 쓸쓸한 느낌이었다.

"후……."

고은이 힘을 내듯 안방으로 돌아가 죽 그릇을 들고 나왔을 때였다. 초인종 소리가 들렸다. 미선은 비밀번호를 누르고 들어오는 편이었으니 그녀가 다시 돌아온 건 아닐 것이다. 그렇다면 태진인가. 하지만 그는 대부분 미리 연락을 하고 왔었다. 고은의 생각이 깊어질 즈음 또 한 번 초인종이 울렸다.

"누구세요?"

고은은 우선 식탁 위에 쟁반을 내려놓고 현관 쪽으로 향했다. 그녀가 조심히 묻자 건너편에선 아무 말이 없었다. 그때부터 심장이 뛰었다. 아닐 것이라 생각하면서도 당연하게 그런 가능성을 열어 놓고 말았다. 멈칫하던 고은이 뒤쪽으로 물러서려는데 그제야 익숙한 목소리가 들렸다.

"나야. 문 열어."

어머니 정화였다. 연락을 했지만 장례식장엔 찾아오지도 않았던 사람이었다. 이혼한 남편의 어머니 장례식까지 참석할 만큼 정이 많은 여자는 아니니 이해는 했다. 새아버지도 신경 쓰였을 것이다. 하지만 고은은 3일 내내 정화가 나타나 주길 기다리고 말았다.

아무리 헤어진 전남편의 어머니라 해도 자신이 낳은 딸의 할머니였다. 그리고 고은이 은금을 어떻게 생각하는지 안다면 전화라도 한 통은 걸어 왔겠지. 하지만 정화는 고은이 예상했던 모습 그대로의 사람이었다.

그리고 이제 와 불쑥 고은을 찾았다. 이유를 알 것도 같았다. 이 빌라를 어떻게 처리할 것인지 통보하고, 고은에게 아껴 둔 잔소리를 스트레스처럼 풀고 싶은 거겠지. 안다. 너무 잘 알고 있었다. 모든 게 그녀가 예상한 대로 벌어지는 중이라 고은은 쉽사리 문을 열 수가 없었다. 열어 주고 싶지가 않았다.

"얘가 왜 문을 안 열어……."

탕탕탕. 정화는 이제 초인종을 누르는 대신 거칠게 문을 두드렸다. 몇 번을 해도 돌아오는 답이 없으면 뒤돌아설 법도 하건만 고은이 아는 어머니는 그런 인물이 아니었다. 이번엔 거실에 둔 핸드폰이 요란하게 울렸다. 벨 소리로 해 두었으니 밖으로 소리가 새어 나갈 수밖에 없었다.

"이고은! 문 열어! 안 여니!"

일부러 열지 않고 있다는 걸 알아채고는 더 화가 났는지 정화는 발
길질까지 하며 문을 차 버렸다. 언제나 교양을 운운하는 어머니지만
자신의 본성을 끝까지 숨기지 못할 때가 많았다. 그녀의 그 악하고 비
열하며 추잡한 마음들이 쏟아져 나오는 유일한 분출구가 본인의 딸
고은이었다. 여러 번 두드려도 문이 열리지 않자 이젠 문의 손잡이를
부술 듯이 돌려 댔다.

"너, 거기 있는 거 다 알아. 안 열면 내가 못 들어갈 것 같아?"

정화가 열쇠 업자에게 전화를 걸어 대화를 나누는 소리가 들렸다.
사람을 부르고 난리를 쳐도 뻔뻔하게 고개를 들고 고은을 노려볼 사
람이 어머니였다. 고은은 지친 표정으로 현관문을 열었다. 주소를 알
려 주고 있던 정화가 고은의 얼굴을 보고서 말을 멈췄다.

"끊어요."

고은은 제 말만 하고 안으로 들어가 버렸다. 상대에게 미안하다는
말도 없이 통화를 종료한 정화는 날카로운 구두 소리를 내며 현관 안
으로 들어왔다. 언제나처럼 깔끔하게 정장을 갖춰 입은 흐트러짐 없
는 모습이었다. 그것에 한 번씩 숨이 막힐 것 같아 고은은 어머니를

잘 바라보지 못하게 되었다.

'여자는 꾸며야 해. 그래야 남자들이 좋아한다. 무슨 말인지 아니?'

늘 같은 레퍼토리. 지겨웠고, 고은은 어머니를 이해하지 않았다. 그것만이 그녀가 숨을 쉴 수 있는 방법 같았으니까. 지금 생각해 보면 모든 게 우스웠다. 삶이 그랬다. 꾸역꾸역 살아 내는 누군가에게 어머니는 영화 속 인물처럼 현실로 다가오지 않았다. 존재했지만 존재하지 않았다. 그녀의 곁에 있었지만 단 한 번도 위로가 된 적이 없었다.

"상 치른 지가 언젠데 얼굴이 왜 아직도 그 모양이야?"

많이 슬프냐고, 괜찮으냐는 물음을 바라지도 않았지만 왜 그러고 있냐는 멍청한 지적을 받자 고은도 더 이상 참을 수가 없었다. 주방 냉장고에서 음료수를 꺼내려다 어머니 돌아봤다. 식탁에 앉으려던 정화와 눈이 마주쳤다. 자신의 딸이 이런 눈동자를 보일 때도 있다는 걸 이제야 안 것처럼 그녀는 처음으로 딸의 시선을 피했다. 그러고는 자신의 작은 핸드백을 식탁 위에 올려놓고 그 안에서 봉투 하나를 꺼내 앞으로 내밀었다.

"네 새아빠가 전해 주란다. 나도 거기에…… 보탰다."

고은은 하마터면 폭소를 터뜨릴 뻔했다. 어찌 살아야 이토록 뻔뻔

할 수 있을까. 어머니가 내민 돈이 그녀가 현재 가진 돈보다 더 많다고 해도 고은은 이 적선 같은 값싼 동정을 눈감고 받아 줄 인내심이 남아 있지 않았다. 그녀는 다시 그걸 어머니에게 건넸다.

"필요 없어요."

"……."

고은이 정색하자 정화는 못마땅한 얼굴을 감추지 못했다. 모녀는 한동안 대립하듯 눈싸움을 벌였다. 이번에도 먼저 지쳐 시선을 피한 건 어머니 정화였다. 여기까지 찾아온 이유가 따로 있다는 얘기겠지. 고은은 그녀가 빨리 쏟아 내고 떠나기만을 바랐다.

"할 말 하세요."

"꼭 이렇게 야멸차게 굴어야겠어?"

참지 못한 정화가 끝내 고은의 한계를 건드리고 말았다.

"네. 저는 이 정도밖에 못 해요. 더 모질게 굴고 싶은데, 시원하게 욕이라도 하고 싶은데, 그게…… 안 되는 바보예요. 엄마도 잘 알잖아요. 그러니까 전화 한 통도 없이 날 찾아온 거 아니에요?"

"……."

고은에게서 처음으로 긴 화풀이를 들은 정화가 놀란 눈으로 자신의 딸을 바라봤다. 그녀의 입꼬리가 떨리는 걸 보자 고은은 이제야 통쾌한 기분이 들었다. 이런 말조차 하지 못한 채 살았으니. 모두가 자신을 쉽게 보았지. 그러니 그 남자도……. 고은은 더 생각하지 않으려 고개를 흔들었다.

"가세요. 어떤 말이든, 지금은 듣고 싶지 않아요."

고은은 몸을 돌려 안방 쪽으로 향했다. 바보처럼 굴어서 남은 게 무엇인가. 그녀를 낳아 줬다는 이유만으로 어머니를 이해하려 끝없이 노력했지만 결국에 남은 것은 지독한 외로움뿐이었다. 허무하고 헛헛했다. 오로지 그녀의 편이었던 은금이 없다는 사실을 아직도 받아들이기가 쉽지 않았다.

"우 서방한테 그만 고집부리고, 다시 합쳐."

기어이. 상대의 가슴에 생채기를 내야만 직성이 풀리는 사람인가. 고은은 돌아서 어머니를 차갑게 응시했다. 지금 그게 할머니를 떠나보낸 자신의 딸에게 할 소리일까. 그러나 어머니는 그런 사람이지. 고은만 또다시 상처받을 뿐이었다. 정말로 정화는 꿈쩍도 하지 않은 채 다음 말을 이었다.

"첫 번째 이혼 했을 땐…… 그래, 너한테서 마음이 떠난 줄 알았어. 근데 이번엔…… 아니었어. 나도 얼마 전에 들었다. 너랑 다시 합치려고 네 시아버지랑 협상까지 했다는 걸. 그냥 네가 편하고 다루기 쉬워서 데리고 있고 싶은 줄 알았지. 우리야 너희가 다시 합치면 이득이니까 별말 안 했어."

"……."

그가 어쨌든 이젠 고은에게 아무런 의미가 되지 못했다. 또한 어머니의 말도 다 믿지 않았다. 본인 딸의 결혼시키면서도 득과 실을 따지는 사람인데 어떤 생각이든 하지 못할까. 고은은 정화가 쏟아 내는 말을 흘려들으며 초점 없는 눈으로 인형처럼 가만히 서 있었다.

"다시 이혼한다고 찾아왔기에 내가 안 된다고 했다. 그랬더니 원하는 걸 다 들어주겠단다. 내가 물었어. 그 정도로 우리 딸이 싫어졌느냐고. ……아무 말이 없었어. 그리고 나한테 약속을 하란다. 널 괴롭히지 않는다고. 그럼 언제든지 호구가 돼서 이용당해 주겠다고. 내가 어이가 없어서 한참을 웃었다. 배우 할 때 사이코패스 연기도 진짜처럼 하더니 완전히 미친 건가…… 그런 생각을 했어."

고은은 더 이상 듣고 싶지 않았다. 들어선 안 될 것 같았다.

"그만하세요. 더 이상 의미 없……."

"함부로 입 놀린 대가가 어떤지 보여 주려고 진짜 건드려 봤어."

정화가 끝내 할 말을 던지고 비릿하게 웃었다. 그 모습을 지켜보던 고은은 질끈 눈을 감았다가 뜨며 다시 앞의 어머니를 바라봤다. 이 사람이 어떤 사람인지는 그녀가 제일 잘 알았다. 저 웃음 안에 어떤 악랄함이 숨어 있는지도. 고은은 아니길 바랐다.

도하가 자신을 버렸다고 해도 그가 지옥에 떨어지길 저주하지 않았다. 그녀로 인해 저당 잡힌 인생을 살길 원한 적은 없었다. 끝났고, 정리했다. 각자가 행복해지면 그만이라고 여겼다. 그를 미워하는 것도 감정이었다. 그 미련 또한 없애려고 수없이 노력했다.

"원하는 족족 주더라. 꼬리 내린 개처럼. 얼마나 우습던지. 그 녀석이나, 그 집안이 우리를 얼마나 무시했는지 넌 모를 거야. 그 새엄마가 자기가 낳지도 않은 아들 가지고 장사를 얼마나 해 대는지 내가 역겨워서 그 목이 꺾이는……."

"그만해요! 그만해!"

고은이 정화에게 악다구니를 썼다. 미친 사람이 된 것처럼 식탁 쪽으로 다가가 어머니를 위협하듯 눈빛에 칼을 달았다. 저 입을 찢으면 끝날까. 아니다. 입이 아니라 머리가 문제인가. 태어날 때부터 잘못된

저 구역질 나는 마음을 죽여 버려야지. 고은은 자연스럽게 살인을 떠올렸다. 여기서 모두 끝내고 마무리해야지. 이제 살아갈 이유 따윈 없으니.

"화나니? 왜……? 네 엄마가 이런 사람이라서? 아니면…… 그 녀석한테 복수하는 게 못마땅해? 네가 원한 거잖니. 너 싫다고 두 번이나 버린 놈 내가 물 먹이겠다는데 뭐가 그렇게 억울해?"

박수라도 치고 좋아해야 하는 거 아니냐고. 어머니 정화는 그렇게 뻔뻔하게 물었다. 널 보라고. 네 마음이 지금 어디에 있는지도 모르면서 멍청하게 다른 사람을 죽일 생각이나 하고 있다고. 고은의 가슴을 손가락으로 탁탁, 밀어 내면서 정화는 당당하게 자리에서 일어났다.

"끝까지 모르는 네가 바본지, 그런 너라도 좋다고…… 무슨 일이라도 일어날까 봐 문밖에서 정승처럼 보초나 서고 있는 놈이 정상인지. 난 이제 모르겠다."

정화가 지겹다는 듯 고개를 흔들며 가방을 챙겼다. 고은은 그 자리에서 움직이지 못했다. 그런 딸의 뒷모습마저 마음에 들지 않아 그녀는 혀를 찼다. 제대로 미워하지도 못하면서 무슨 사랑을 해? 복수? 그런 걸 할 수 있는 애였으면 넌 진작 그 옛날에 나부터 죽였을 거야.

어머니의 뒷말이 돌이 되어 가슴을 때렸다.

긴 한숨과 함께 정화가 사라지고 공간은 다시 조용해졌다. 고은은 흐려진 시선으로 베란다 쪽을 바라봤다. 그러고는 발을 움직여 안방으로 들어섰다. 침대 안으로 몸을 넣고 눈을 감았다. 아득한 울음이 몰려왔다. 고은은 견딜 수 없어 다시 눈을 떴다. 몸을 일으켜 현관으로 걸어 나갔다. 신발을 구겨 신은 채 급하게 문을 열었다.

정말로 그의 차가 세워져 있었다. 한눈에 봐도 티가 나는 이전의 스포츠카는 아니었지만 그가 가진 차들 중 하나였다. 고은은 그것을 기억하는 자신이 싫었다. 운전석으로 걸어가 무슨 말이든 퍼붓고 싶었다. 무시가 답이 아니라면 이젠 싸울 수밖에 없었다. 그녀에게 질리도록 만들어 버릴 것이라 다짐하며 차 문을 두드리려 했지만 주차된 차 안에는 사람이 없었다.

"하……."

웃음이 터졌다. 이것마저 의도된 연극일까. 그녀는 또다시 우도하의 손바닥 안에서 놀아나고 있는 걸까. 고은은 머리가 팽팽하게 조여져 터질 것만 같았다. 또다시 속이 울렁거렸다. 파도가 휘몰아치는 배위에 홀로 서 있는 것처럼 중심을 잡을 수가 없었다.

몸 안의 모든 걸 쏟아 내어도 다시 쌓였다. 의미 없는 짓들의 반복이었다. 벗어나고 싶었다, 그가 없는 세상으로. 그의 생각들로 가득 찬 그녀의 몸이 저주스러웠다.

고은은 뚜벅뚜벅 빌라 밖으로 걸어 나갔다. 잠옷 차림으로 겉옷 하나 걸치지 않은 채였다. 차가운 칼바람이 온몸에 생채기를 내는 것처럼 스쳐 지나갔다가 다시 공격해 왔다. 바람과 싸우듯이 그녀가 힘겹게 발걸음 내디뎠다.

손마디가 시려 오며 입술이 덜덜 떨렸지만 그 고통이 오히려 마음에 평안을 주었다. 행복이란 그것을 제대로 아는 사람의 것일지도 모르겠다. 고은은 행복이 어떤 것인지 몰랐다. 늘 고통이 습관처럼 그녀에게 머물렀고, 그러한 현실에서 벗어나려는 노력조차 하지 않았다.

어쩌면 스스로가 그 불행을 즐긴 것인지도 모르겠다. 사랑받고 싶었지만 사랑이 무엇인지 몰라 늘 아파하고 그를 원망했다. 사랑해 줄 사람이 아니란 것을 처음부터 알고 있었지만 종교처럼 그를 믿으려 했고 벗어나지 못했다. 그 누구에 의해서가 아니라 그녀 자신의 선택이었다.

"후……."

고은은 어느새 바닷가 앞에 서 있었다. 검은 파도가 그녀를 덮칠 것처럼 다가왔다. 언제나 아버지를 삼켜 버린 밤바다가 무섭기만 했는데 이제는 오히려 따뜻한 품 같았다. 그녀가 한 발씩 앞으로 걸어 나가자 바람도 그녀를 비켜 가는 것처럼 더 이상 추위를 느끼지 않았다.

내디딜 것이다. 가 버릴 테다. 훌훌. 벗어던져 버릴……. 마음속의 질긴 되새김이 우습게도 고은은 발끝이 파도에 닿기 전에 그 자리에 주저앉아 버렸다. 뒤를 돌아봤지만 아무도 없었다. 기다렸다. 그를. 그녀에게 뛰어올. 나타날. 그녀가 죽지 못하도록.

"흐흑……."

파도를 등진 고은에게선 아기 같은 울음이 터졌다. 끝내 버려지지 않는 외로움이었나. 사랑이 이토록 지독해 몸서리쳐지는 서러움을 만들었나. 고은은 꺼이꺼이 울었다. 도하가 눈앞에 없어서 울어 버렸다. 도하를 기다리고 있는 자신이 불쌍해 울음을 멈출 수가 없었다.

다시 일어나 뒤돌아섰다. 앞으로 걸었다. 바다 안으로 들어가며 눈을 질끈 감았다.

"……이고은!"

발이 깊은 수렁에 빠지기 전에 그녀는 누군가에 의해 건져졌다. 남자의 억센 팔이 그녀를 목숨처럼 붙잡았다. 고은은 그 사람의 얼굴을 보기도 전에 단단한 품에 결박되었다. 밀어 내 보려 해도 쉽지 않았다. 익숙한 체향, 숨결, 목소리까지. 그 모든 것들이 고은의 가슴을 쥐고 흔드는 것만 같아 고통스러웠다.

"놔……."

흐느끼며 그녀가 말했다.

"안 돼."

그가 단단한 목소리로 대답했다. 그녀를 더욱 꽉 끌어안았다. 가볍게 몸이 들릴 정도의 완력은 고은이 감당할 수 있는 수준이 아니었다. 그의 품에 몸을 거의 반쯤 묻은 채 가만히 서 있었다. 파도가 두 사람의 다리를 흠뻑 적시고 있었지만 움직일 수가 없었다. 침묵이 흐르는 둘 사이로 밤바다의 노여운 외침이 가까이 다가왔다 사라지길 반복했다.

"……내려 줘요."

감정이 한풀 꺾인 고은이 도하에게 부탁하듯 말했다. 이제는 그래도 될 것 같다고 느낀 걸까. 비적비적 모래사장 쪽으로 걸어 나간 도하가 순순히 그녀가 땅에 발을 디딜 수 있게 만들어 주었다. 하지만 마지노선처럼 허리를 꽉 붙들고 있는 손은 떼어 내지 않았다.

"……."

"……."

고은은 고개를 들어 그를 올려다봤다. 도하의 시선이 가까이에서 그녀를 옭아매듯 멈춰 있었다. 그의 앞에 보이는 것은 오로지 그녀가 전부라는 것처럼 그의 눈빛에는 거짓이 없었다. 이걸 그의 진심으로 받아들이지 못하는 '이고은'이란 여자가 있을 뿐이었다.

"왜 여기 있어요?"

그녀가 침착하게 물었다. 도하는 그제야 눈동자를 살짝 내리고선 그녀의 목덜미 어디쯤을 응시했다. 꼭 선생님에게 혼나는 학생처럼 그의 눈꼬리가 아래로 처져 또 한 번 고은의 가슴을 욱신거리게 만들었다.

"내가 또 속아 주면 돼요?"

벗어나는 게 힘들다면 또 한 번. 그게 영원히 반복되어야 하는 거면 그것까지도. 거짓을 믿는 이가 진심이라면 그 거짓도 진심이 되리라. 모든 걸 내려놓고 받아들이겠다는 것처럼 고은의 목소리엔 돌고 돌아 막다른 길에 선 이의 체념이 묻어났다.

"……."

도하는 그녀와 눈을 맞췄지만 그 어떤 말도 할 수 없었다. 믿지 못한다는 걸 안다. 그럴 수 없게 만들어 버린 그의 잘못도. 하지만 또 한 번 그렇게 넘어가 줄 고은이 절실히 필요했다. 체념이든, 동정이든, 미움이든. 그 모든 걸 삼켜 내서라도 고은을 보고 싶고 만지고 싶었다.

"그래."

"……."

"그렇게 해 줘."

뻔뻔한 마음이, 당당한 말이 되어 흘러나왔다. 도하의 대답에 고은의 눈동자가 잠시 깊게 가라앉더니 그녀의 입에서 웃음이 터졌다. 또다시 기회를 줬건만. 그것마저 놓치는 당신은 자격이 없다고 말하는 것처럼, 얼음을 매단 눈빛으로 도하를 가만히 응시했다.

"당신한테…… 난 어떤 의미예요?"

사랑한다는 말을 원하는 건 아니었다. 용서해 달라 빌어도 믿지 못하는 자신이 되어 버린 건 이미 자명했다. 되돌릴 수가 없었다. 그런다고 달라질까. 우린 이미 이 끝에 서 있는데.

"……모르겠어."

그 자신도 그걸 몰라 이런 상태라고. 해답을 내놓을 사람은 그가 아니라 그녀라고. 도하의 결론에 고은은 또 한 번 웃음이 새어 나왔다. 바보 같은 연민이 들었다. 당신도 나와 같아 우리는 이 힘든 길을 불행으로 이어 가는 멍청한 짓을 하고 있는 거구나.

"그래요."

"……"

"우리, 그냥…… 모른 채로 살아요."

제발. 애원하듯 고은이 그에게서 벗어나려 했다. 제 허리를 휘감은 팔을 떼어 내 보려 하지만 도하가 힘을 빼지 않았다. 오히려 그녀를 더 당겨 안았다. 고은이 그를 다시 올려다봤다.

"그것도 안 돼."

도하의 눈빛이 마치 차가운 불덩이를 삼킨 것만 같았다. 설명할 수 없었다. 그래서 고은을 빨아들였다. 끝내 벗어나지 못하게 했다.

"아무것도 안 돼. 설명도 안 되고, 설명할 수가 없어."

혼란이 가득한 도하의 눈동자가 그럼에도 고은을 악착같이 붙잡았다.

"놔주면 될 줄 알았어. 그렇게 끝내면……. 너도 살고, 나도 살고.

우리의 이 지겨운, 엿같은 줄다리기를 끝내는 게 맞다고 혼자서 결론 내렸어. 원래부터 개새끼니까, 쉬웠어. 놓는 게 뭐라고. 평생 그런 인생을 살았으니 쭉 그 길 가는 거지. ……멍청하게. 근데…… 죽겠어."

그가 자신을 조소하듯 비릿한 미소를 내놓았다.

"이고은은 내가 있으면 잠을 못 자는데, 나는 네가 없어서 잠이 안 와. 돌아 버릴 지경이야. 그래. 그것도 벌이라면 달게 받아야 하는 거 아는데…… 받아들여 하는데……."

도하는 고은의 두 뺨을 붙잡아 자신을 바라보게 했다.

"못 보니까 죽겠어. ……죽을 것 같아."

이 모든 말들을 거짓이라 믿어도 좋다고. 그래도 좋으니 얼굴만 보여 달라고.

그런 절박함이 느껴져 고은은 습관처럼 입술을 깨물었다.

"바라는 것 없어."

"……."

"……얼굴만 보게 해 줘."

처절한 고백 뒤에 도하가 무너지듯 몸을 숙였다. 그의 이마가 고은

의 이마에 닿았다. 그제야 깨달았다. 그의 몸이, 팔이, 이마가 아주 뜨

겁다는 것을. 고은은 몸을 뒤로 물리고 손을 들어 도하의 뺨 온도를

체크했다. 피부로 느껴지는 체온이 정말로 뜨끈했다.

"아파요?"

고은이 물었다. 그가 간단히 대답했다.

"……응."

거짓말인가, 아닌가. 그것은 중요하지 않을지 모른다. 고은은 그런

생각을 했다. 작은 한숨이 흘렀다. 동정이겠지. 그렇게 여기면 된다.

그가 지옥에 가길 바란 건 아니니까. 각자 행복하길 바랐으니. 고은은

마음속으로 아픈 사람을 모른 척할 수 없다는 핑계를 대면서 뒤돌아

섰다.

"병원 가요."

"……."

고은이 그를 이끌어 보려 했지만 도하는 꿈쩍도 하지 않았다.

"잠을 못 자서 그래."

그의 변명이 우스웠다.

"재워 달라는 소리예요?"

"……그래."

그가 희미하게 웃었다. 입꼬리가 올라선 게 보이자 예전 우도하의 얼굴이 나타났다. 고은은 이때를 안다. 속이고 속았던 수많은 날들. 그 안에서 모든 걸 알면서도 끝내 버릴 수 없었던 미련까지.

"알았어요."

어려울 것 없다는 듯, 간단하게 말하고는 고은은 앞장서 걸었다. 도하가 그녀의 등 뒤에 따라붙었으나 손을 잡거나 허튼짓을 하지는 않았다. 두 사람은 거리를 유지한 채 고은의 빌라에 도착했다. 3층으로 천천히 올라서자 도하도 그녀의 발걸음에 맞춰 계단을 올랐다.

비밀번호를 누르고 현관문을 연 고은이 그가 안으로 들어설 수 있도록 비켜섰다. 도하가 안으로 발을 들이자 고은은 건조한 동작으로 중문을 열었다. 시선을 마주치는 일 따윈 없었다. 마치 이전으로 되돌아간 것처럼, 그가 기억 상실증에 걸렸다는 거짓말을 하며 고은의 곁에 있었던 순간들의 반복인 것만 같아 도하는 심장이 짓이겨지는 듯했다.

그래도 이제 와 물러날 수는 없었다. 어떻게 잡은 기회인데. 그는 씁쓸한 미소를 입가에 건 채 젖은 신발을 벗었다. 어느새 옷을 갈아입고 나온 고은이 예전에 그가 입었던 운동복 세트를 건넸다. 도하는 그것을 내려다보며 또 한 번 입꼬리를 올렸다.

그에게선 아무런 말이 없었다. 그가 욕실로 들어간 이후 고은은 주방으로 들어섰다. 미선이 만들어 주고 간 죽을 담았던 그릇들과 밀린 설거지가 그녀를 기다리고 있었다. 도하가 지금 그녀의 집 안에 있었지만 일상은 그렇게 크게 달라지지 않았다. 고은은 그것을 다행이라 여기며 그릇들을 천천히 씻어 냈다.

마무리를 할 즈음 욕실 문이 열리는 소리가 들렸다. 그녀가 쓰는 바디 워시 향이 조금씩 진해졌다. 도하를 등지고 있는 고은은 그가 어디쯤 서 있는지를 가늠했다. 은은한 꽃향기가 더 이상 밀려오지 않았다. 잠자코 기다리던 고은이 먼저 몸을 돌렸다.

"안방에서 자면 되……."

머리카락에서 물을 뚝뚝 떨어뜨린 채 그가 길 잃은 아이처럼 그녀를 보고 있었다.

20.
아무도 알지 못하는

사람의 마음이 얼마나 간사한가. 죽도록 경멸하며 미워했던 한 남자가 그녀 앞에 꼬리 내린 한 마리 큰 개처럼 서 있자 고은은 자신에게 있는지도 몰랐던 악랄한 심술이 치솟는 기분이었다. 이제 와 선을 지키며 넘어오지 않는 도하 앞으로 고은은 성큼 다가섰다.

"머리부터 말려요."

"아…… 괜찬……."

그가 대답하기도 전에 고은은 안방으로 들어가 드라이기를 가지고 나왔다. 그녀가 소파 언저리에서 그를 기다리고 서 있자 도하는 포기하듯 고은 앞으로 걸어왔다. 그리고 잠시 시선을 마주했다. 고은은 왜

앉지 않느냐는 눈빛을 보냈다. 작게 한숨을 내쉰 도하가 살짝 웃더니 소파 아래에 자리를 잡고 앉았다. 소파는 당연히 고은에게 양보해야 하는 것처럼.

"내 옆에 오는 것도 싫어할 줄 알았더니……."

그가 의외라는 것처럼 웃었다. 고은은 천천히 드라이기를 켰다. 어느 날인가 들었던 적이 있었다, 누구든 그의 머리카락을 만지는 걸 질색한다고. 그래서 코디들도 머리를 만지는 것만큼은 도하 본인에게 맡길 수밖에 없었다고.

"너무 뜨거우면 말해요."

정수리부터 손가락을 넣고 살살 흔들며 바람을 쐬게 했다. 이 상황이 낯선지 도하가 몇 번 움찔하는 게 느껴졌지만 싫다는 말은 절대 하지 않았다. 하기 싫은 것까지 참아 내며 그가 얻어 가려는 건 뭘까. 고은은 또 한 번 물음표를 가지고야 말았다.

"누가 머리를 만져 주면…… 이런 기분이구나. 어릴 때 꼭 한 번은 어떤 기분인지 느껴 보고 싶었는데 그 누구도 해 주질 않더라고. 어리광 부릴 처지가 아니란 거지. 그래서 더 싫어했어. 병적으로. 나는…… 그렇게 좀, 청개구리야."

도하가 제 속 이야기를 꺼내며 그녀에게 온전히 머리를 맡기듯 목을 더 뒤쪽으로 젖혔다. 그의 묵직한 상체가 그녀의 가랑이 사이로 파고들어 왔지만 또 마지막 선은 넘지 않고 지켜 냈다. 뱀처럼 그녀의 몸을 꼬아서 소파에 무너뜨리고도 남을 사람인데. 그러고도 화사한 웃음을 지으며 그녀의 목덜미에 진한 키스를 남겨 고은의 심장을 쥐락펴락하는 게 그에겐 당연한 행위였다.

고은은 달라진 그가 오히려 낯설었다.

안 돼. 그만. 하지 마. 멈춰.

주인의 명령에 복종하는 강아지처럼, 그녀의 말이라면 모두 들어줄 것처럼 구는 우도하를 보는 게 이리도 힘든 일일 줄은 몰랐다. 그걸 바란 게 아니었나. 그렇다면 그녀는 도하에게 무엇을 원한 걸까. 그녀가 하는 사랑이란 도대체 뭔가. 모든 것이 답을 알 수 없는 물음처럼 다가와 그녀의 목구멍을 틀어막고 있는 것만 같았다.

"다…… 됐어요."

고은은 끝내 견뎌 내지 못하고 드라이기를 껐다. 머리카락이 아직 덜 말랐다는 걸 알면서도 도하는 또 아무 말도 하지 않았다. 그저 누워 버리듯 고개를 뒤로 젖혔다. 고은의 아랫배에 머리를 기댄 그가 자신을 내려다보는 그녀와 시선을 맞췄다.

무슨 말을 하고 싶은 것 같은 눈빛이었으나 여전히 입을 열지 않았다. 그는 멈춰 버린 시간을 즐기는 사람처럼 그녀를 올려다볼 뿐이었다. 침묵이 침묵 같지 않은 순간. 그녀의 심장 안으로 손을 넣어 조심히 만지는 것만 같은 그의 눈동자에 고은이 목이 멨다.

"할머니한텐 왜…… 안 왔어요?"

결국 속에 담아 둔 말이 입에서 나와 돌덩이처럼 그에게 던져졌다. 편안히 입꼬리를 말고 있던 도하가 곧장 가라앉은 표정을 내비쳤다. 변명의 여지가 없다는 것처럼 그가 미안한 웃음을 보였다.

"오지 말라고…… 하셨어."

은금이 그런 말을 했단다. 고은은 정말 그랬던 걸까. 혼란스러운 눈빛을 보냈지만 곧 아무렇지 않게 정리되었다. 할머니는 이미 죽었고, 그녀는 두 사람이 무슨 대화를 나눴는지 알 수 없었다. 그러나 은금의 마지막을 본 사람이 도하였다. 이야기를 나누고 도하가 떠나려는 순간, 은금은 바닥에 쓰러졌고 그런 할머니를 병원으로 옮긴 사람이 그였다.

정말 그 때문에 할머니가 쓰러진 걸까. 고은은 그 물음은 끝끝내 내뱉지 못한 채 묻어 둬 버린다. 더 이상 알아서도 안 되며, 알고 싶지 않다는 것처럼 그녀가 자리에서 일어났다. 덩달아 도하의 고개도 들렸고, 그는 고은의 모습을 지켜보기만 했다.

고은은 평범한 일상처럼 안방으로 들어가 여분의 이불을 가지고 나왔다. 도하는 여전히 그 자리에 앉아 그녀가 소파 언저리에 그것을 펼치는 모습을 지켜보았다. 고은이 베개까지 완벽하게 세팅해 놓고 쳐다보자 도하에게선 받아들이는 듯한 작은 웃음이 새어 나왔다.

"필요한 거 있으면 말해요."

고은이 지나가는 말을 꺼내고 몸을 일으키자 도하가 벌러덩 이불 위에 누우며 말했다.

"지금 그 말 하는 사람?"

그의 다정한 시선은 고은에게 꽂혀 떨어지지 않았다. 장난스러운 눈빛. 심장이 지조도 없이 멋대로 간지러웠다. 수시로 변하는 마음 앞에서 고은은 바보 같게도 또다시 외로움을 느낀다. 외로워서 그래. 그것뿐이다.

"잘 자요."

고은은 자신의 말만 꺼내고 돌아섰다. 도하에게서 조용한 웃음이 흘러나온 걸 알았지만 무시한 채 안방으로 들어섰다. 불부터 끄고 침대 안으로 몸을 들였다. 평소처럼 잠을 청해 보지만 당연한 것처럼 불면증이 찾아왔다. 그 이유도 너무 잘 안다. 우도하가 그녀의 곁에 있으니까.

'이고은은 내가 있으면 잠을 못 자는데, 나는 네가 없어서 잠이 안 와.'

바닷가에서 그 말을 하던 그의 모습이 영상처럼 재생되었다. 그를 위해서 오늘 밤은 그녀가 잠을 포기해야 할까. 고은은 그런 마음을 가지고 몸을 뒤척였다. 그러다 또다시 불쑥 억울함이 치솟았다. 마치 화병 같았다. 그녀가 왜 그래야 하는지. 왜 이 모든 걸 참아 내기만 해야 하는지. 감정이 우르르 쏟아져 조절이 쉽지 않을 때면 고은은 어찌해야 할지 몰랐다.

그녀는 이불을 걷어 내고 안방을 빠져나왔다. 불빛이 없는 거실 소파 아래에 잠들어 있는 도하가 보였다. 잠을 못 잤다는 건 거짓말인 게 분명했다. 이렇게도 잘 자는 남잔데. 그녀는 또 한 번 속아 넘어간 것이다.

"잘만 자네."

도하의 머리맡으로 다가가 쭈그려 앉은 고은이 악담처럼 말을 뱉었다.

"이고은이 옆에 있으니까."

그가 눈을 감은 채 대답했다. 고은은 놀라서 움찔했다. 분명 잠들었다고 생각했다. 살짝 코까지 골지 않았나. 그게 모두 연기였다는 것처럼 도하가 천천히 눈을 떴다.

"억울해서 잠이 안 오나?"

그는 입꼬리에 미소를 매단 채 고은을 올려다봤다. 이런 얄미움 때문이었다. 다른 이유는 없었다. 고은은 오로지 복수심만 생각했다. 사랑이라면, 이것도 사랑의 일부라면 그녀 자신이 너무 처량하고 불쌍해져 버리니까. 고은이 손을 뻗어 도하의 이마를 짚었다.

"그래요. 나만 못 자서 억울해요."

열이 있던 체온이 정상으로 돌아왔다.

"그래서?"

도하가 더 해 보라는 것처럼 물었다. 그래. 그래서 뭘 어쩌겠단 말인가. 고은은 도하의 물음을 듣고 나서야 제정신으로 돌아오는 기분이었다.

"그러니까, 코는…… 골지 말아요."

하. 하하. 하하하. 도하에게서 청량한 웃음소리가 터지자 고은은 가슴이 찡, 하고 울렸다. 정말 몹쓸 병이었다. 각자 행복하자고. 우린

그래야 한다고 결론을 내렸으면서도 돌아서지 못했다. 미련이라 정의

내리면서 그 주저함을 핑계로 당신의 곁에 와 보아야 직성이 풀렸다.

징글징글한 감정이었다.

"난 그냥 1층 가서 잘 테니……."

고은이 안 되겠다 생각하며 반쯤 몸을 일으킬 때였다. 도하가 빠른

동작으로 고은의 팔을 붙잡아 자신의 아래에 눕히고 그녀를 양팔 안

에 가둬 버렸다. 순식간에 일어난 상황에 고은은 눈만 크게 뜬 채 코

앞의 도하를 올려다봤다.

"아무 짓도 안 할게."

그가 아주 큰 맹세처럼 말했다.

"그냥…… 내 옆에서 자."

가라앉은 가여운 눈동자 때문에 고은은 망설여졌다. 간사함이 단

숨에 그녀의 이성을 마비시키는 것만 같았다. 고은이 그의 베개를 옆

으로 당겨 머리를 놓고는 등을 돌리고 누웠다.

"그 대신, 베개는 내가 써요."

유치함에 끝은 없었다. 고은도 자신이 이런 사람인지 몰랐다. 도하가

입술을 깨물며 웃음을 참는 게 느껴졌지만 무시했다. 그 베개 말고 이건

어떠냐고 그가 팔을 헌납해도 고은은 고맙단 말도 하지 않았다. 그가 백

허그를 하듯 그녀를 안았을 때 고은은 꼭 해야 할 말을 꺼냈다.

"엄마한테 들었어요."

"……."

"……그러지 마요."

"내 맘이야."

도하는 고집을 부리는 어린애처럼 그녀의 목덜미에 얼굴을 묻고는

대답했다.

"그만하면…… 충분해요."

끝을 맺듯, 고은의 목소리엔 어떤 감정도 담기지 않았다.

"……."

도하는 말이 없었다. 고은을 끌어안고 있는 팔에 더욱 힘이 들어갈

뿐이었다. 소유욕이 전부였으며, 그것밖에 표현할 줄 모르는 남자. 아

무도 알지 못하는 우도하가 그녀의 등 뒤에 웅크리고 있었다.

"……."

하는 수 없이 고은이 몸을 돌려 그를 바라봤다. 잠든 것도 아니었

다. 그는 여전한 눈빛으로 그녀를 눈에 담고 있었다. 우리, 다시 시작

하면 그땐 어떨까. 상상하지만 고은은 두려웠다. 버리고 버려지는 건 언제나 아팠고, 용서가 쉽지 않았다.

"그렇게 봐도 소용없어요."

고은이 자신에게 경고하듯 말했다.

"……"

캄캄한 어둠 속에서 쓸쓸한 그의 눈동자가 더욱 짙게 빛났다. 어둠을 밝히는 건 빛이 아니라 또 다른 어둠이 아닐까. 고은은 그런 생각을 했다. 블랙홀처럼 빨려 들어갈 것 같은 그의 검은 눈 안에는 그녀가 온전히 믿을 수 있던 욕망이 살아 있었다. 그래서 다행이라 여기는 자신을 어쩌면 좋을까.

"섹스라도 해요."

고은이 일부러 자신에게 상처를 입혔다.

"그러면 잠이 올 것 같아요."

그녀는 당돌하게 그의 티셔츠 안으로 손을 집어넣었다. 단단한 근육이 손끝을 스쳤다. 그의 눈빛이 더욱 검게 변했다. 그녀는 몸을 좀 더 밀착시켰다. 그러자 도하가 고은의 두 뺨을 우악스럽게 붙잡았다. 잠시 비참함이 담긴 시선이 머물고, 그에게서 공허한 한숨이 새어 나왔다. 사나운 입술이 그녀를 덮칠 줄 알았는데 아니었다. 그가 그녀를 감싸 안았다. 꽉 붙잡은 몸에서 뜨거운 심장이 느껴졌다. 고은은 또 한 번 수렁으로 빠져드는 기분이었다.

● ○ ●

'우도하, 너 그거 아냐? 네가 하는 말들, 행동들…… 그게 전부 연기처럼 느껴질 때가 있어. 네 직업이 그거니까…… 이해는 하는데, 진짜 네 마음은 뭘까, 진심은 맞을까, 그걸 의심하게 될 때면…… 슬프더라.'

술을 잔뜩 먹고 나타난 한수의 넋두리가 이제 와 생각난 것은 왜일까.

'……그런데…… 오늘에서야 그럼 넌 어떨까, 그런 생각이 들더라고. 진심을 말해도 진심으로 받아들이지 않는 사람들을 보면서…… 너는 얼마나…… 쓸쓸하고, 외로울까. 참…… 배우란 게 그래. 이 일로 먹고사는 건 진짜 서글픈 일이다. 그치, 도하야……?'

그날, 도하는 어떤 말도 하지 않았다. 한수의 술주정이야 익숙한 일이었다. 없는 사람 취급 하며 다음 날 촬영할 대본을 훑던 도하는 한수가 소리도 없이 돌아가고 난 이후, 처음으로 자신을 사랑할 사람에 대해서 상상해 봤다.

있지도 않을 일, 만들지도 않을 걱정이었지만 얼굴 없는 상대는 끝내 우도하란 남자를 받아 내지 못한 채 뒤돌아섰다. 그는 그저 가만히 서서 그녀를 보고만 있었다. 어느 누구나 이해할 수 있도록 대본 속 인물을 완벽히 연기하지만 정작 그 자신은 단 한 사람도 이해하지 못하는 삶을 살아 내는 건가. 도하는 쓸쓸하게 웃고서 그 순간을 잊었다.

"이, 이봐요……!"

누군가 그의 귓가에 소리쳤다. 도하는 천천히 눈을 떴다. 여긴 어딘가. 낯선 마룻바닥이 보였다. 그제야 자신이 엎드린 채 잠들었다는 걸 알아챘다. 잠들다니. 잠이 들었다고? 도하가 놀라 몸을 뒤집었다.

"자, 잠깐만요!"

그를 부르던 여자가 놀라서 뒷걸음질 치다가 철퍼덕 넘어지며 엉덩방아를 찧는 소리가 들렸다. 도하는 천장에 향해 있던 시선을 아래로 내려 여자를 봤다. 어디서 본 적이 있는 사람이었다. 아, 이고은의 친구였다. 여전히 반응 없이 여자만 보고 있자 그녀는 도하의 상체를 가리켰다.

"거, 거기 좀…… 제발."

여자가 아예 그를 등지고 앉았다. 도하는 여자의 손이 가리켰던 곳을 내려다봤다. 윗도리도 걸치지 않은 맨몸이었다. 아무것도 걸치지 않고 잠드는 습관이 있어 잠결에 옷을 벗어 던진 것 같았다. 그래도 아래엔 바지를 입고 있는데 뭐가 문제냐는 식으로 그는 여자를 노려봤다.

"고은 씨는 어디 있습니까?"

눈앞에 있어야 할 고은이 보이지 않았다. 도하는 이 상황만으로 불안했다. 엄마 잃은 아이처럼 곧장 초조해지고 만다. 하지만 여자는 뒤돌아 앉은 채 자신의 할 말만 폭포수같이 쏟아 냈다.

"그건 제가 하고 싶은 말이에요! 저녁은 자기가 알아서 먹는다고 해서 안 왔더니. 전화도 안 받고. 계속 걱정돼서 아침 일찍 와 봤어요. 혹시 자고 있는 거 깨울까 봐 그냥 비밀번호 누르고 들어왔는데…… 근데, 그쪽이 왜 여기…… 아니, 도대체 고은이는 어디 있어요!"

도하는 여자의 말이 끝나기도 전에 벌떡 자리에서 일어났다. 고은이 보이지 않는다는 말이 불길했다. 그럴 일은 없을 것이라 되뇌면서도 몸은 공간을 이리저리 뒤졌다. 안방, 작은방, 다용도실, 욕실까지모두 뒤졌지만 고은은 없었다.

"그쪽 만나고 사라진 거예요? 그래요?"

이제 맨몸엔 익숙해졌는지 여자가 그의 뒤꽁무니에 달라붙어 여러 말들을 쪼아대듯 건넸지만 도하에겐 들리지 않았다. 그는 자신의 핸드폰을 찾았다. 분명 고은이 혼자서 움직였다면 그의 의뢰를 받은 파파라치들이 따라붙어 동선을 파악했을 것이다. 그러라고 돈을 주고 붙인 사람들이었다.

"진짜 당신 때문에 우리 고은이 사라진 거면 나도 이번엔 정말 가만히 있지 않을 거예요! 왜 잘 살고 있는 애를 자꾸 건드려요? 그렇게 심심해요? 그렇게 갖고 놀았으면……."

"하…… 씹!"

도하가 간신히 자신의 외투에서 핸드폰을 찾았지만 전원이 꺼진 상태였다. 그는 핸드폰을 던지듯 내려놓고선 머리를 감쌌다. 순식간에 온몸의 피가 굳으며 돌아 버릴 것만 같은 기분이었다. 도하의 거친 행동에 움찔하고 말을 멈춘 후 물러선 미선이 그의 앞에 불쑥 핸드폰 충전기를 내밀었다.

"나도 전화 돌려 볼 테니까, 그쪽도 빨리 어떻게든 해 봐요."

전선줄을 낚아채듯 손아귀에 쥔 도하가 코드를 꽂고선 핸드폰에 전원이 들어오길 기다렸다. 미선도 그 옆에서 초조하게 그를 바라보고 있었다. 몇 초 만에 화면은 켜졌고 도하가 파파라치들의 전화번호를 찾기도 전에 그들에게서 전화가 걸려 왔다.

"네."

— 죄송합니다, 이사님.

그들의 말을 받아들이고 싶지 않은 도하가 낮게 소리쳤다.

"그 사람 지금 어딨습니까?"

— 그게, 저희가 따라붙긴 했는데…… 사모님이 이미 다 아시고 저희를 따돌린 것 같습니다. 상가 쪽으로 들어가서는 샛길로 빠지신 게 아닐까 싶습니다. 거기다 입고 있던 옷도 카페 쓰레기통에 버렸고 모자에 마스크까지 하셨으니 저희도 찾아내긴 힘듭니다. 또 이쪽 동네는 저희가 모르는 곳이…….

도하는 더 이상 상대의 말을 듣지 않고 핸드폰을 내던졌다. 이미 상황을 모두 파악했는지 미선이 헐레벌떡 문밖으로 뛰어나갔다. 여자의 뒷모습을 초점 없는 눈으로 보고 있던 도하가 갑자기 기괴한 웃음을 터뜨렸다.

'그만하면…… 충분해요.'

'그렇게 봐도 소용없어요.'

'섹스라도 해요.'

어젯밤 고은이 했던 말들이 떠올랐다. 그 말들이 하나씩 그의 뇌를 찌르고 들어와 박히는 것만 같았다. 왜 그 생각을 못 했을까. 그의 옆에 다정히 누워 있어 안심했던 걸까. 이만하면 그의 마음을 받아 준 것이라 여긴 게 착각인 걸까. 섹스 대신 너를 사랑한다는 말처럼, 그 여자를 꼭 안아 주면 모든 게 제자리로 돌아와 해피 엔딩을 맞을 것이라고 홀로 시나리오를 쓴 것이나 마찬가지였다.

'……자요. 나도 이제 잠이 와요.'

한참을 끌어안은 채 심장 소리를 들었다. 그러다 고은이 말했다. 도하는 그 말을 자장가처럼 생각하며 잠에 빠져들었다. 몇 달 만에 잠이 쏟아졌다. 이길 수가 없었다. 버텨지지가 않았다.

그가 살고자 고은을 붙잡았고, 또다시 그녀를 놓쳤다.

"……흐, 하하…… 하……."

바닥에 주저앉은 도하는 침대 모서리에 머리를 기댄 채 울음보다 더한 서글픈 웃음을 흘려보냈다. 머리를 젖힌 채 멍하니 천장을 올려다봤다. 그가 조용히 눈을 감았다. 여전히 어디선가 고은의 체향이 느껴지는 환각에 사로잡혔다. 심장 끝이 저릿해 그는 가슴을 움켜잡았다.

● ○ ●

버스를 타고 다른 도시로 왔다. 그녀의 핸드폰은 집에 놔둔 채 할머니 은금이 쓰던 물건을 챙겼다. 요즘은 사람이 죽으면 이것부터 정지시키고 없애야 한다고 했지만 그녀는 그럴 수 없었다. 그 안에 담긴 고은의 사진들, 풀밭, 나무들, 꽃들, 바다의 모습까지도. 어느 하나도 버겁지 않게 지워 낼 수가 없었다.

고은은 할머니의 핸드폰을 켠 후 인터넷 창을 열었다. 근처 산부인과부터 검색했다. 그 목적으로 적당한 곳을 찍어 버스표를 끊었다. 이젠 도하가 붙인 파파라치들이 어떤 방식으로 그녀를 쫓는지 눈에 훤히 보였다.

그러거나 말거나 관여하지 않고 살았다. 그렇게 해서라도 이고은을 감시하고 싶은 게 우도하의 끊을 수 없는 소유욕이라면 그녀가 아무런 동요도 보이지 않은 게 정답이라 여겼다. 하지만 때론 스스로 목을 조르고 싶을 만큼 견디기 힘들었다. 그 순간이 바로 오늘이었다.

아침부터 속이 좋지 않았다. 도하가 잠든 걸 보고 1층으로 내려와 내내 토하며 위를 비워 냈지만 울렁거림은 가라앉지 않고 더욱 심해지기만 했다. 임신 테스트기는 진작 사서 해 보았다. 강릉 시내에 나갈 때마다 체크를 했지만 모두 한 줄이었다.

당연하지 않은가. 그렇게 고은은 불안을 잠재웠다. 하지만 시간이 흘렀는데도 생리를 하지 않았고 속은 하루에도 수십 번 메스꺼웠다. 먹은 것도 없는데 속을 게워 내는 게 여러 날이었다.

고은은 온몸의 기운이 모두 빠져나간 발걸음으로 욕실에서 나와 거실 벽에 걸린 종이 달력 앞에 섰다. 마지막 생리를 한 날을 정확히 세어 보기 위해서였다. 달력에는 중요한 기념일이나 약속에 대한 내용이 할머니의 글씨로 꼼꼼하게 기록되어 있었다. 이번 달엔 무슨 일이 있었나. 고은은 원래의 목적을 잊고 달력을 뒤적였다. 그리고 발견했다. 할머니가 죽던 날. 그러니까, 도하를 만났을 때의 기록이었다.

[망할 놈]

거기엔 단 세 글자가 쓰여 있었다. 고은은 단어를 보자 웃음이 터지고야 말았다. 이 글자를 미리 써 놓았을 할머니가 떠올랐고, 은금의 목소리가 금방이라도 들릴 것 같았다. 할머니가 살아 있을 때 '망할 놈'이라 부른 사람은 단 한 명이었다. 그녀의 아버지. 이이강.

고은은 무너지듯 주저앉을 수밖에 없었다. 이곳에서 그와 은금이 나눴을 대화가 그려졌다. 자신의 장례식에 오지 말라 말했다는 할머니는 분명, 도하의 손을 붙잡고 눈으로 뭔가를 전했을 것이란 확신이 들었다. 고은이 아직도 널 좋아한다고. 그러니 포기하지 말고 붙잡으라고. 할머니의 목소리가 어디선가 들려오는 것만 같았다.

고은은 오히려 차분해진 마음으로 다시 일어나 급하게 가방을 챙겼다. 새벽 동이 트기 전에 택시를 타고 터미널로 향했다. 가장 빠르게 갈 수 있는 도시의 차표를 끊었다. 그리고 일부러 작고 오래된 산부인과를 골라 그곳으로 향했다.

"와 보신 적 있으세요?"

컴퓨터 화면만 보고 있던 중년의 간호사가 문이 열리는 소리에 천천히 몸을 일으켰다. 친절하지도, 불친절하지도 않은 그 중간 어디쯤의 목소리로 고은에게 물었다.

"아뇨."

"그럼 여기 작성해 주시고. 오늘 진료는 뭐 때문에 오신 거죠?"

익숙한 일을 빠르게 넘기려는 듯 간호사의 목소리가 빨라졌다. 고은이 생리를 하지 않아서 왔다고 말하자 마지막 월경 날짜와 알레르기, 피임 여부 등등을 물어본 후 진료 대기 의자를 가리켰다.

"잠시만 기다려 주세요."

병원 안은 조용했다. 다른 환자가 없어 고은은 덜 긴장할 수 있었다. 모자에 마스크까지 썼으니 그녀를 알아보는 사람은 없을 것이다. 도하와 다시 결혼하면서 모자이크 처리 되지 않은 예전 사진들이 인터넷에 떠도는 바람에 간혹 그녀를 알아보는 사람이 나타났다.

"이고은 님, 진료실로 들어오세요."

짧은 걱정을 끝내기도 전에 진료실 문이 열리고 간호사가 그 앞에 섰다. 고은은 습관처럼 입술을 깨물며 자리에서 일어났다. 발걸음을 옮길 때마다 심장 소리가 귓가를 타고 흘렀다.

● ○ ●

"……찾아 줘요, 형."

도하의 목소리가 이보다 더 간절했던 적이 있는가. 심상치 않은 녀석의 목소리에 한수는 과거 그의 매니저였을 때처럼 한달음에 강릉으로 달려갔다. 고속도로에서 그만큼 속도를 올린 것도 난생처음이었다. 아무래도 내가 너 때문에 이 생을 마무리할 것 같구나. 그런 생각을 한 건 고은의 빌라 3층 식탁에 맨몸으로 앉아 있는 우도하를 본 순간이었다.

"야, 인마, 너는…… 사랑도, 무슨, 이렇게 죽을 것처럼……."

한수가 거실 어딘가에서 도하의 티셔츠 찾아 건네며 말했지만 녀석의 귀에는 들리지 않는 것 같았다. 고은이 사라졌단다. 연락이 되지 않는다고 말했다. 핸드폰이 꺼져 있다는 사실만으로 경찰서에 실종 신고를 할 것처럼 구는 우도하를 설득시킨 뒤 직접 운전을 해 이곳으로 온 건 한수가 요 근래에 한 일 중 가장 잘한 것에 속했다.

"일단 연락은 뿌려 놨어. 그러니까, 옷도 좀 입고."

혹시 몰라 휴게소에 들러 사 온 음식을 한수는 도하 앞에 내려놓았다. 초점 없는 눈으로 있던 도하가 그걸 보고선 한수에게 날카롭게 시선을 꽂았다. 지금 자신에게 밥을 먹으란 소리가 나오느냐는 노여움이 한가득이었다.

"왜 못 먹어? 먹어야 살지. 먹어야 찾지!"

한수는 감정을 이기지 못하고 와락 소리쳤다.

"너 지금 몰골이 어떤지 말해 줘?"

죄수 역을 맡았을 때도 이 정도는 아니었다. 잠을 못 자니 당연히 그럴 수밖에 없다는 걸 알면서도 앙상하게 말라붙은 도하의 턱과 볼을 보니 칼로 써도 될 것 같다는 쓴 농담이 나올 지경이었다.

"괜찮아요. 괜찮……으니까! 제발……, 이고은 좀 찾아 줘요."

도하는 다른 말은 모르는 것처럼 고은만 찾아 달라 반복했다. 누가 누굴 이기겠냐. 한수는 깊은 한숨을 내쉬며 자신의 주머니를 뒤져 핸드폰을 꺼냈다.

우도하가 개인적으로 의뢰한 사람들이 못 해내는 걸 윤한수는 할 수 있을 것 같단 결론에 이른 건 수시로 연락을 끊고 잠수를 탔던 과거의 본인을 떠올렸기 때문인 것 같았다. 윤 대표는 그때 놀라운 마당발과 엄청난 추리력, 조금의 불법적인 행동을 곁들여 단숨에 도하를 찾아낸 실력자였다.

"그럼 힌트라도 좀 줘 봐."

한수가 핸드폰을 든 채 도하를 바라봤다.

"……모르겠어요."

도하는 머리가 백지 상태였다. 아무것도 생각나지 않았다. 오로지 고은의 얼굴만 잡히지 않는 환영처럼 눈을 감아도, 떠도 나타났다. 손을 뻗어 붙잡으면 그녀는 달아났다. 그를 등진 채로. 절대 돌아오지 않을 것처럼.

"같이 살면서 이런 비슷한 적 없었어? 연락이 안 돼서 네가 걱정했다든지."

그제야 도하는 산부인과를 떠올렸다. 왜 그 생각을 못 했을까. 멍청했다. 그가 벌떡 자리에서 일어났다. 왜 그러냐고 한수가 말려도 현관으로 나가 신발부터 꿰어 신었다. 한수가 그를 돌려세우자 도하는 마치 가슴이 갈기갈기 찢기는 것 같은 고통이 심장을 파고들어 망부석처럼 서 있었다.

"산부인과……."

그가 가슴을 부여잡은 채 느리게 말했다.

"뭐?"

"근처…… 산부인과…… 기록 좀 뒤져 줘요."

한수가 놀란 것도 잠시였다. 곧장 정신을 차린 그가 쥐고 있던 핸드폰으로 어딘가에 전화를 걸어 대화하는 목소리가 들렸지만 도하의 귀에는 이명처럼 구체적으로 들리지 않았다. 누가 바늘로 찌르는 듯

한 고통은 심장에서 고막으로 옮겨 갔다. 그는 깊은숨을 여러 번 삼켰다. 그를 향해 돌아서는 고은을 떠올리려고 악착같이 노력했다.

● ○ ●

"임신 때문은 아니네요."

은금의 나이쯤으로 보이는 고령의 의사는 고은의 불안을 일치감치 눈치채고 차분한 표정으로 웃었다. 간단한 이력들을 다시 한번 묻고 답한 후 생리 불순의 원인을 찾고자 했다. 고은이 임신 테스트기를 몇 번이나 해 봤지만 매번 음성이 나왔다는 걸 알리자 의사는 착상의 가능성을 아예 염두에 두지 않았다.

질 초음파로 확인할 수도 있지 않나요?

의사 앞에서 고은은 집요했다. 인터넷 검색으로 그녀가 찾아낸 방식은 여러 가지였으니까. 자신의 손녀를 보듯 바라보던 의사는 더 말리지 않고 고은을 초음파실로 이끌었다. 결과는 당연히 의사가 추측한 그대로였다.

"그럼…… 그럼, 왜 계속……."

고은은 믿을 수 없다는 눈빛으로 의사를 바라보았다. 진료실에 앉아 있는 이 순간에도 속이 울렁거렸다. 입덧을 해 본 적은 없으나 입덧 같았다. 그때 고은은 끝내 사후피임약을 먹지 않았다. 그런 결정을 한 자신에게 당연히 아이가 찾아온 것이라 여겼다.

"지금 증상이야 여러 가지 원인이 있을 수 있습니다. 꼭 임신이 아니어도요."

의사의 목소리는 차분하면서도 냉정했다.

"더 확실하게 알고 싶으시면 피검사를 진행하시는 게 어떨까요?"

"결과는 금방 나오나요?"

고은이 시계를 내려다보며 물었다.

"여긴 작은 병원이라 며칠 걸립니다. 아니면 강릉이나, 큰 도시에 가시면 금방……."

"아뇨. 제가 알아서…… 암튼, 감사합니다."

아직도 결과를 믿을 수 없다는 듯이 멍해진 눈으로 자리에서 일어나는 고은에게 의사는 굳이 할 필요가 없는 말을 덧붙였다.

"아이를 원하시는 분들 중에, 심리적인 문제 때문에 종종 그런 경우가 있습니다."

돌아서던 고은은 갑자기 웃음이 터졌다. 이 의사가 지금 무슨 말을 하는 건가. 그녀가 임신을 원해 스스로 이런 행동을 벌인단 말인가. 고은은 받아들일 수 없다는 눈빛으로 의사를 내려다봤다. 그녀를 보며 안타까운 표정을 감추지 못하는 의사의 얼굴이 자꾸만 은금과 겹쳐 보여 고은은 더 견딜 수가 없었다.

문을 박차고 나와 출입문 쪽으로 직행했다. 낡은 문을 여는데 간호사가 뛰어나와 그녀의 뒷덜미를 잡았다. 그제야 고은은 자신이 진료비도 계산하지 않았다는 걸 알아챘다.

"계산하셔야죠, 환자분!"

날카로운 간호사의 목소리가 그녀의 귓가에 박혔다. 고은은 허둥지둥 주머니를 뒤져 카드를 내밀었다. 간호사는 차갑게 카드만 빼앗아 들어 자신의 자리로 돌아갔다. 고은은 멍하니 여자가 하는 모습을 지켜봤다. 그 순간에도 의사가 건넨 말이 머릿속에서 사라지지 않았다.

● ○ ●

도하의 추측은 정확했다. 강릉에서 멀지 않은 도시의 산부인과에서 고은의 카드 기록이 떴다. 동시에 진료 내용까지 도하의 메일함으로 들어왔지만 열어 볼 생각은 들지 않았다. 그것 따위가 중요하지 않게 되었다.

그저 고은을 찾아야만 했다. 어떻게 해서든 그의 두 눈으로 보아야 이 심장이 통증이 가라앉을 것만 같았다. 도하는 한수가 이끄는 차에 탄 채 고은이 다녀간 도시를 뒤졌다. 산부인과에 들이닥쳐 고은의 행방을 물었지만 간호사는 그녀를 도둑 취급 했다.

계산도 하지 않고 병원을 빠져나간 환자였다며 도하를 날카롭게 올려다봤다. 그러다 자신의 눈앞에 있는 남자가 아주 유명한 배우라는 걸 뒤늦게 알아채고 순식간에 태도를 바꿔 무슨 일 때문에 그러냐고 물었다. 도하는 여자를 무시하고서 병원을 빠져나왔다.

"……."

가슴의 통증은 점점 더 심해졌다. 정말 심장병에라도 걸린 건가. 마음의 죄가 몸으로 옮겨 간다고 하더라. 어느 날인가 은금이 산책길에서 불쑥 그런 말을 도하에게 했었다. 무슨 뜻인지 이제야 몸소 느꼈다. 도하는 쓴웃음을 지으며 고은이 갈 만한 곳을 뒤지기 시작했다.

"안 돼."

그 앞을 막아선 건 한수였다.

"너, 알아보는 사람도 많고. 내가, 내가 찾아볼 테니까 넌 그냥 차에 들어가 있……."

"형!"

도하가 단말마의 소리의 뱉었다. 지긋지긋했다. 우도하가 뭔데. 배우 그딴 거 필요 없다고 던져 버린 지가 언젠데, 아직도 그 미련에 사로잡혀 사람들의 시선 앞에서 벌벌 기는가. 그렇게 해서 얻는 게 돈이라면 이미 충분히 가지지 않았느냐고 그를 경멸하듯 내려다봤다.

"그래. 해! 맘대로 해. 이 나쁜 새끼야!"

한수는 손을 털듯이 물러났다. 도하가 망설임도 없이 가까운 카페부터 뛰어 들어가기 시작했다. 그의 뒷모습을 바라보며 한수는 낮게 욕을 뱉었다. 그냥 가 버리면 그만인 것을. 상관하지 않고 인연을 끊어 버리면 그만인 것인데. 뭐가. 도대체 뭐 때문에 자신은 또다시 도하의 뒤를 따르는 걸까. 한수는 그것을 알 수가 없어 짜증스럽게 한숨을 내놓고는 재촉하듯 발걸음을 옮겼다.

"걱정하지 마. 무슨 일 안 일어나. 우리가 오버하는 거라고."

결국 그 도시에선 고은을 찾지 못했다. 주변 상권과 바닷가, 갈 만한 곳은 전부 뒤졌지만 고은의 흔적은 없었다. 산부인과에 다녀간 후 카드도 사용하지 않았다. 혹시 몰라 병원 쪽으로 연락망을 돌렸으나 다행히도 비슷한 인상착의의 여자가 내원한 곳은 없다고 했다.

"그리고 너 아까부터 자꾸 심장 붙잡고 있는데, 괜찮은 거야?"

도하는 조수석에 거의 눕듯이 앉은 채 눈을 감고 있었다. 그의 손이 하루 종일 심장쯤에 머물러 있어 한수는 걱정이 이만저만이 아니었다. 어쩔 도리 없이 자신에겐 고은보다 도하가 더 중요했다. 도하가 '이고은'이란 여자를 사랑한다면 자신도 그녀를 지킬 의무가 있었지만 고은이 우선이 될 수는 없었다. 한번 맺은 인연 앞에서 한수는 그 전환이 잘 되지 않는 사람이었다.

"우도하, 대답 좀 해라! 어후……!"

한수가 답답함에 운전대를 내려쳐도 도하는 꿈쩍하지 않았다.

"……."

그는 이제 창밖으로 흘러가는 어둠을 멍하니 바라봤다. 언제 밤이 된 건가. 고은이 사라진 건 아침인데. 벌써 세상이 온통 새까맣게 변했다. 어디에 숨었든 밥은 먹었나. 그 걱정이 앞섰다. 실실 웃음이 샜다. 한수가 그런 도하를 경악한 표정으로 바라보는 게 느껴졌지만 그는 어깨를 들썩이며 울음 같은 웃음을 내어놓을 수밖에 없었다.

"다 왔으니까 내려."

곧 죽어도 고은의 빌라로 돌아가겠다고 했다. 한수도 이제 항복을 외쳤다. 진짜 미친 인간은 거둬들이는 게 아니라고 했는데. 후회가 물밀듯이 밀려왔다. 문을 열고 차에서 내린 도하가 죽은 사람처럼 걸어가는 걸 지켜봤다. 죽은 사람이 걷는 걸 본 적은 없었지만 아마도 딱 저 모습일 것 같았다.

"에휴."

다시 서울로 갈까, 고민하던 한수는 뒤늦게 핸드폰에 들어온 문자를 확인했다. 고은의 카드 기록이었다. 고민한 것이 무색하게 얼른 차 문을 열고 내린 그는 도하의 이름을 크게 부르며 빌라 쪽으로 뛰었다. 그리고 1층 계단 앞에서 발걸음을 멈췄다.

"도하……."

고은이 1층 문 앞에 서 있었고, 도하가 그 앞에 무릎을 꿇었다.

도하는 말 그대로 꿈을 꾸는 줄 알았다. 아니면 심장에 이어 머리도 아예 미쳐 버렸거나. 눈앞에 보이는 걸 믿지 않으면서도 그쪽으로 걸어갔다.

"⋯⋯이고은."

와락 껴안자 그녀는 미동도 없이 가만히 서 있었다. 밀어 내지 않는 것만으로 좋았다. 눈앞에 있기만 하다면. 도하는 하늘에 감사했다. 이렇게 함께 있게 해 준 것만으로도 제 목숨을 내어 줄 수 있었다.

"됐어. 왔으니, 됐어."

도하가 고은을 더 꽉 품었다. 고은의 체온이 심장으로 전해지는 이 순간을 영원히 기억할 것이다. 사랑이 뭔지 몰라도 그에게 이런 감정을 느끼게 할 사람은 오직 한 사람뿐이란 걸 깨달았다. 눈두덩이에 뜨끈하게 열이 올랐다. 이게 눈물인 건가. 연기를 위해 수없이 흘렸던 그것과는 전혀 달랐다. 네가 쏟아 냈던 그 수많은 울음들은 가짜로 뱉어 낸 껍데기였다는 걸 확인받은 순간이었다.

"너무⋯⋯ 추워요."

고은이 그에게 안긴 채 작게 속삭였다. 도하는 정신을 차리듯 그녀를 번쩍 안아 들고 3층까지 계단을 올랐다. 고은이 사라져 하루 종일 아무것도 먹지 못했지만 어딘가에서 초인적인 힘이 솟아나는 것만 같았다.

그녀를 안은 상태로 그는 3층의 현관문을 열었다. 신발을 벗고 들

어가 고은을 소파에 앉혔다. 그러곤 안방에서 급하게 담요들을 꺼내

와 그녀의 몸 위에 덮어 주었다. 서둘러 보일러를 틀고 이리저리 움직

였다. 따뜻한 것. 그것부터 먹여야겠다고 생각하고 제집처럼 냉장고

문을 열 때였다.

"내가 도망간 줄 알았어요?"

고은이 덤덤한 눈빛으로 물었다.

"……그냥, 내 착각이야. 안 보이니까. ……걱정한 거야."

도하는 그녀를 의심한 게 아니라고 변명해야만 했다. 이 지독한 불

안함을 들키고 싶지 않았다. 아무 데도 가지 못하게 밧줄로 묶어 둘 수

도 없는 노릇 아닌가. 그런 미친 집착이 사랑이라고 말할 순 없으니까.

사랑. 그래. 그 말부터 건네야 했다.

"도하 씨……."

고은이 그의 이름을 불렀다. 이제 목소리만 들어도 무슨 말을 꺼낼

지 알아차릴 정도로 도하의 모든 감각은 고은에게로 뻗어 있었다. 냉

장고 문을 붙잡은 채 그가 고은 쪽으로 고개를 돌렸다. 담요에 전신이

파묻힌 채 그녀는 앞만을 바라보고 있었다. 도하 쪽을 보지 않았다.

그게 뭐라고. 그는 불안함을 이기지 못해 냉장고 문을 닫고 그녀에게

로 다가갔다. 그를 봐 달라고 무릎을 꿇고 앉았지만 고은은 시선은 아래로 내려오지 않았다.

"고은아."

이렇게 불렀던 적이 있던가. 다정하게. 더할 수 없이 사랑하는 연인에게 하듯이. 투정을 부리며 그녀와 눈을 맞추려 노력한 적이 있었나. 도하는 스스로를 반성하게 되어 더 고은의 눈길을 재촉할 수가 없었다.

"아무것도 안 먹었지?"

"……."

"따뜻한 거 만들어 줄게요."

침묵을 견딜 수 없어 도하가 자리에서 일어난 순간이었다.

"임신인 줄 알았어요."

고은은 여전히 도하를 바라보지 않은 채 입을 열었다.

"……."

도하는 그 자리에 정승이 된 것처럼 서서 고은을 내려다봤다. 잠잠하던 심장에 다시 고통스러운 통증이 일었다. 그 산부인과로 걸어 들어가는 고은의 모습이 눈앞에 그려졌다. 검사를 받고 임신이 아니라는 진단을 듣기까지. 무슨 생각을 했을지 짐작조차 되지 않았다.

"약을 먹지 않았으니까, 당연히 그럴 줄 알았나 봐요."

고은이 본인을 책망하듯 흐리게 웃었다.

"헛구역질을 한다고 다 입덧이 아닐 텐데."

"……."

"나는…… 난, 바보처럼 당신 애를 가진 줄만 알았어요."

그제야 고은의 눈길이 서 있는 도하에게 닿았다. 그녀의 눈동자는 평상시와 다르지 않았다. 온순하면서도 고요했다. 그를 탓하는 원망 같은 건 전혀 담겨 있지 않아 더 가슴이 찢길 듯 조여들었다.

"그래요. 인정할게요."

"……."

"나는 아직도 당신을 사랑하나 봐요."

이것은 고백일까. 아니면 후회일까. 고은이 입 밖으로 꺼낸 '사랑'이란 말이 그토록 그가 듣고 싶어 하던 것이었나. 허탈한 되물음이 찾아왔다. 끈질기게 그녀를 괴롭히며 듣고자 했던 말이 고작 '사랑'이란 한 단어였는데, 그와 그녀는 너무도 많은 길을 돌아와 버렸다. 그 고통의 줄다리기를 이끈 건 다름 아닌 그였다는 걸 더 이상 부정할 수가 없었다.

"싫다고 원망하고, 미워하고, 무시했지만…… 결국 나는, 난……

당신 아이를 가지고 싶었나 봐요. 그래야만 했나 봐요. 악착같이. 왜 그랬을까요? 나는, 왜……. 그 끈으로 뭘 붙잡고 싶었던 걸까요? 그렇게 해서라도 당신이랑 이어지길 바랐다는 건데, 그게 내가 하는…… 사랑이라는 건데……."

고은의 두 눈엔 이미 눈물이 가득했다. 참을 수 없는 감정이 치고 올라와 그녀의 눈과 입을 부들부들 떨리게 만들었다. 팡, 하고 터져 버리듯 울음이 쏟아지자 고은은 시선을 내려 바닥을 쳐다봤다. 그녀의 손은 좀 전부터 피가 통하지 않도록 움켜쥔 채였다.

"내 사랑이…… 너무 불쌍하고, 비참해요."

바닥을 향해 내놓은 고백 앞에서 도하는 더 이상 참을 수가 없었다. 몸을 내린 채 기듯이 고은에게로 다가가 그녀를 꽉 묶어 안았다. 슬픔이 새어 나오지 못하게. 그 슬픔이 모조리 그에게 옮겨지길 바라면서. 고은이 더 이상 울지 않기를 바라면서. 그는 스스로 배팅을 해야만 했다.

"원하는 대로 다 할게. 원하는 대로……."

"……."

"이고은이 하라는 대로."

"……."

고은은 대답 없이 그저 도하의 품에 안긴 채 울어 댈 뿐이었다.

"고은아."

"임신했으면, 또 당신을 원망하면서 살았겠죠."

"……."

"그렇게 벗어나지 못할 이유를 스스로에게 만들면서."

"……."

"더 이상은, 그러면 안 되잖아요. 그런 사랑은…… 지옥일 뿐이에요."

그를 밀어 내고 품에서 빠져나간 고은이 또렷한 눈동자로 도하를 바라봤다. 무엇을 말할지 도하는 이미 알고 있었지만 피하려고 발버둥 쳤다. 돌이킬 수 없다는 걸 알면서도 놓지 못했다. 기어코 고은의 입에서 이런 말이 흘러나오길 기다린 사람처럼.

"당신도 마찬가지잖아. 날 미행하고 의심하면서 하는 사랑이 무슨 의미가 있어. 그게 사랑이라고 할 수 있어요? 그런 사랑이라도 해야만 해요? 나는, 나는…… 이제 아니에요. ……당신이 아니라, 나를…… 사랑하고 싶어요."

울음기 가득한 목소리였지만 고은의 말엔 힘이 있었다. 그녀는 차분하게 눈물을 닦아 냈다. 도하처럼 바닥에 무릎을 꿇은 고은이 그의 얼굴을 올려다봤다.

"나도, 당신도…… 제대로 사랑할 수 있을 때, 그때 다시 만나요."

꾹꾹, 눈물을 참아 낸 고은이 먼저 손을 뻗어 그의 뺨을 어루만졌다. 도하는 자신이 울고 있었다는 것도 몰랐다. 눈가를 훔쳐 내 주고 떨어지려는 손을 그가 마지막처럼 꼭 붙잡았다.

"그때가 언젠데?"

도하의 물음은 아이 같았다. 다시 돌아올 것이라고, 죽은 엄마가 깨어나길 하염없이 기다리는 눈빛으로 그가 고은을 바라봤다. 울던 그녀가 그를 보며 웃어 주었다. 처음이었다, 진심으로 온전히 도하를 바라봐 준 것은.

"언젠지만 말해 줘."

그래서 더 놓을 수 없었다. 놓아지지가 않았다. 도하는 고은을 또 한 번 품에 꽉 안았다. 이 따뜻한 품을 그리워하며 살라니. 그의 과거에 대한 완벽한 형벌이 아닐 수 없었다.

"우연히…… 다시 만나요."

고은이 우습고도 잔인할 말을 꺼냈다.

"그 우연, 내일이라도 강제로 만들 수 있어."

도하도 쉽게 물러나지 않았다. 고은이 그의 품에서 빠져나가며 피
식, 웃음을 내놓았다.

"그럼 무효예요."

그녀가 무슨 말을 하고 싶은지 그가 더 잘 알았다. 파파라치를 붙
여 그녀의 뒷조사를 해 오던 남자가 우도하였다. 그 소유욕이야말로
믿음의 반대말이었다. 찾아내고 집착하며 끝끝내 그의 앞에 데려다
놓은 '이고은'은 이제 무의미하다는 소리이기도 했다.

"그래. 참아 볼게."

"……."

"참는 거 더럽게 못하지만, 그래도 할게. 하는데……."

"……."

"너무 보고 싶어 미치겠으면?"

그땐 어째야 하는지 도하가 물었다. 이제 이고은이 없으면 잠도 잘
수 없고, 밥도 먹을 수 없고, 심장도 뛰지 않은 남자가 되었으니 책임
을 좀 져 보란 말이었다. 그렇게 해서라도, 고은의 마지막 동정이라도

받아 내려 도하가 간절하게 그녀를 응시했다.

"그땐 지금 이 품……을 기억해요."

고은이 처음으로 그를 먼저 안아 주었다. 도하에게선 웃음이 샜다. 정말 이길 수 없는 여자였다. 아이처럼 떼도 쓸 수 없도록 만드는 재주가 있었다. 그가 포기하듯 몸을 일으키고 자신의 물건을 챙겼다. 고은이 그 모습을 덤덤하게 지켜봤다. 어느새 현관 앞에서 도하는 고은과 마주섰다.

"잘 지내."

도하가 먼저 말을 건네자 고은이 짧게 고개를 끄덕였다.

그는 빌라를 빠져나가면서 생각했다. 이것은 이별일까, 아닐까. 우연히 다시 만나면 그녀는 그를 온전히 사랑해 줄 것인가. 그 또한 그녀에게 진심으로 '사랑'한다는 말을 고백할 수 있을는지. 아무것도 알 수 없었지만 그는 더 이상 욕심을 부리지 않기로 했다.

도하는 주머니에서 핸드폰을 꺼내 통화 목록을 뒤졌다. 건조하게 이름 세 글자가 적힌 번호로 전화를 걸었다. 신호음이 몇 번 가지도 않았는데 통화는 연결되었다.

"우도합니다."

— 알아요. 고은이 찾았…….

"좀…… 부탁합니다."

뚝 끊어 맺듯 중간 말은 생략했다. 여자는 곧장 이해한 듯 뒤늦게
대답했다.

— ……알겠어요.

도하는 핸드폰을 주머니에 넣은 후 바닷가 쪽으로 걸어 나갔다. 큰
길까지 하염없이 걷다가 하얀 라이트 불빛에 정신을 차리고 고개를
돌리자 그를 기다리고 있는 것처럼 택시 한 대가 보였다. 그는 손을
뻗어 택시를 멈춰 세웠다. 도하가 차에 오르자 기사는 그를 알아보고
화들짝 놀랐지만 도하의 표정에 알은척을 하지 못했다.

"서울로 가 주십시오."

기사가 웬 횡재냐는 듯 재빨리 미터기를 켜고 차를 출발시켰다. 바
닷가를 벗어날 즈음 도하는 후드 모자를 뒤집어쓰고 뒷좌석에 몸을
깊이 묻었다. 창밖으로 보이는 까만 밤은 여전했다. 아무것도 달라지
지 않았다. 도하는 어둠 속이 익숙한 듯 눈을 감았다.

21.
처음을 시작했다

시간의 힘을 믿은 적이 있었다. 전혀 마음에 들지 않아 처박아 두었던 그림을 몇 년 만에 꺼냈을 때, 고은은 다른 눈으로 그 그림을 바라볼 수 있게 되었다. 채색을 더하고 부족한 걸 채웠더니 전혀 다른 회화가 완성작으로 탄생했다.

하지만 어느 땐 실패했다. 몇 년이 지나도 마음이 들지 않았던 그림들이 존재했다. 5년, 10년이 지나도 스케치는 고은에 의해 다시 해석되지 못하고 끝내 쓰레기통으로 직행해 운명을 달리했다.

시간이 지나도.

시간이 지나서.

마지막 어미만 달라진 문장의 의미가 그렇게나 컸다.

"어서 오세…… 어, 이 사장님!"

카페 문을 열고 들어서자 카운터에 앉아 있던 미선이 번쩍 손을 흔들었다. 고은은 익숙하게 안으로 걸어 들어가 미선의 앞에 놓인 바 테이블 쪽에 자리를 잡고 앉았다.

"모닝커피 한 잔만."

고은이 간단히 주문을 넣었다.

"옙. 바로 만들어 드리지요."

미선은 분주하게 커피 머신 쪽으로 다가갔다. 친구의 뒤태가 제법 능숙한 카페 사장님 같았다. 고은도 미선이 이런 모습으로 자신의 곁에 이전보다 더 가깝게 머물 줄은 몰랐다.

도하와 제대로 이별한 이후, 고은은 빌라 건물을 정리하고 작은 소도시로 이사를 했다. 어차피 공부방을 알아보던 중이라 장소만 적당하면 금방이라도 계약할 마음이 있었다. 다행스럽게 시기가 딱 맞는 매물이 나왔고, 고은은 지체하지 않고 할머니와 아버지의 고향을 떠났다.

그런 결정을 내림으로써 당연히 미선과 태진을 이전처럼 만나지 못할 것이란 계산도 서 있었다. 언제까지고 그들에게 의지할 순 없는 일이었다. 도하에게 말했듯이 그녀 자신을 사랑할 시간을 가지고 싶었다.

도망치는 것이 아니었다. 온전히 제 몫을 해내며 삶을 살아 내는 건강한 이고은이 되면, 정말 그땐…… 어느 누구든 제대로 '사랑'이란 걸 할 생각이었다. 미선도, 태진도 그런 고은의 선택을 존중해 주었다. 자주 보지 못해도 연락은 하겠다고 말하며 돌아섰었다.

그랬던 고은의 학원 옆 건물로 미선이 이사를 올 줄은 전혀 예상하지 못했다. 그리고 더 놀랐던 건 공무원 일을 그만두고 카페를 차리겠다던 미선의 결정이었다. 모두가 후회할 것이라 뜯어말렸지만 미선은 후회해도 좋으니 하고 싶은 걸 해 본 뒤에 죽고 싶다고 했다.

죽긴 왜 죽냐며 고은이 조용히 친구를 혼내자 미선은 천연덕스런 표정으로 그녀를 단숨에 웃게 만들었다. 누가 대신 살아 주지도 않는 인생. 원하는 걸 해 볼 수 있는 것도 축복이 아니겠냐며 태진만이 미선과 고은의 선택에 박수를 쳐 주었다.

"오빠는 지금 어디래?"

"아, 이탈리아에서 스위스로 넘어갔나 봐."

미선이 커피 한 잔을 뚝딱 만들어 낸 후 대답했다. 고은은 약사 가운이 아닌 배낭을 멘 태진의 모습을 잠시 상상해 보았다. 그 역시 본인의 인생에서 낯선 결정이었지만 선택에 후회는 없다고 했다. 늦은 나이라는 생각 때문에 늘 주저했고, 그 망설임들이 인생을 좀먹었던 것 같다는 소회와 함께 태진은 돌연 무기한으로 해외 일주를 떠났다.

"근데 놀라운 소식 하나."

미선은 신난 표정을 감추지 못한 채 고은의 앞에 따끈한 라테 한 잔을 내려놓았다.

"뭔데?"

커피 잔을 붙잡은 고은은 알면서도 되물었다.

"오빠, 거기서 운명의 여자를 만났다는 거 아니겠니?"

고은은 그러냐며 입꼬리를 살짝만 올렸다.

"뭐야, 너 벌써 알고 있는 거야?"

놀라지 않는 친구의 모습을 보고 단박에 눈치챈 미선이 허리를 세우며 고은을 바라봤다. 고은은 라테를 마시며 미안한 웃음을 흘렸다. 어쩌다 보니 그녀가 중간 다리 역할을 해 준 게 되었기 때문에 그 사실을 먼저 알고 있게 된 것뿐이었다.

"나도 오빠랑 윤진이가 그렇게 급하게 가까워질 줄은 몰랐어."

정말 인연이라는 건 따로 있는 걸까. 고은은 지금 생각해도 둘의 만남이 운명처럼 느껴졌다. 유학 떠난 친구를 현지 가이드 겸 술 친구로 태진에게 소개해 준 건 정말 우연이었다. 윤진은 고은의 고등학교 동창이었고, 그녀는 일찍 이탈리아로 그림 공부를 하러 유학을 떠났다. 그곳에서 결혼을 한 번 하긴 했지만 짧은 시간 만에 끝이 났다고 했다. 혼자 사는 게 편해. 그냥 연애만 할래. 그렇게 간단한 안부를 주고받은 것도 한참이나 이전의 일이었다.

그런 그녀가 갑자기 생각난 건 태진이 이탈리아에 도착한 이후 여러 번 길을 잃고 헤매 중요한 박물관 전시를 놓쳤다는 말을 미선에게 듣고 나서였다. 자신이 길치인 줄 여기 와서 깨달을 줄은 몰랐다고 했다. 고은에게까지 전해진 하소연은 현지인처럼 사는 친구를 태진에게 소개해 주는 것으로 이어졌다. 고은은 그저 윤진에게 태진의 상황을 설명하고 혹시나 시간이 되면 도와줄 수 없겠냐는 메일을 보냈을 뿐이었다. 부담이 되면 말없이 거절해도 괜찮다는 글을 메일의 끝자락에 덧붙였다.

그리고 나선 그 메일을 윤진이 읽었는지도 확인 못 한 채 바쁘게 살았고, 그러는 사이 약속을 잡고 만난 두 사람은 첫눈에 서로에게 강한 끌림을 느끼고 현재까지 좋은 만남을 가지고 있단 소식을 얼마 전에 전했다. 이건 미선에게 비밀이라는 말을 덧붙였던 태진이었기에 아마도 사촌 동생의 끈질긴 유도심문에 어쩔 수 없이 넘어간 것 같았다.

"정말 사람 인연은 따로 있다더니."

미선도 고은과 같은 생각을 하며 어깨를 으쓱거렸다.

"진짜 그렇네."

고은은 고소한 라테를 한 모금 더 마시며 옆쪽으로 난 통유리창을 바라봤다. 그녀가 좋아하는 은행나무 잎이 노란 눈처럼 흩날리고 있었다. 벌써 낙엽이 떨어지는 가을이라니. 시간을 계절로 느낄 만큼 고은은 바쁜 일상을 살아오고 있었다.

'우연히…… 다시 만나면요.'

갑자기 그 말이 왜 떠오르는 걸까. 도하와 헤어지던 날 고은이 건넨 허무한 약속이었다.

'그 우연, 내일이라도 강제로 만들 수 있어.'

곧장 이어 붙였던 도하의 대답도 생각나자 고은의 입가엔 웃음이 스몄다.

"갑자기 왜 웃어?"

고은의 표정을 살피던 미선이 고개를 갸웃했다.

"……아니야."

고은은 고개를 흔들었다.

"뭐가 아님? 하여튼 신비주의!"

툴툴대는 친구의 말을 웃어넘기며 고은은 한 모금 남은 라테를 마저 마셨다. 가방을 들고 자리에서 일어서려 할 즈음 매장 안으로 시끌벅적한 사람들의 소리가 한꺼번에 뭉쳐 들어왔다. 고은과 미선이 놀라 동시에 그쪽으로 시선을 보냈다. 단체 손님인 것 같았다. 고은이 미선을 바라보자 그녀는 벌써부터 손목이 시큰하다는 표정을 감추지 못했다.

"나 아직 시간 괜찮으니까, 도와주고 갈게."

고은의 말에 미선은 구세주라도 만난 것처럼 친구의 손을 붙잡았다. 손님이 많으면 행복하다고 누가 그랬나. 현실과 꿈은 이래서 다른 것이라고, 미선은 자신의 어머니가 말로 뼈를 때린 게 아직도 얼얼하다며 고은에게 푸념했다.

"정신없이 시간 가고 좋지, 뭐."

고은의 긍정에 미선은 고개를 내저을 수밖에 없었다.

"네네, 이고은 부처님."

놀리는 친구의 말에도 고은은 기분이 나쁘지 않았다. 잠도 잘 자고, 밥도 잘 먹고, 열심히 일할 수 있는 요즘이 가장 감사하다고 말할 수 있었기에 고은은 이 또한 행복이라고 받아들이게 됐다. 그녀가 팔을 걷으며 카운터 앞에 서자 사람들이 다가와 각자 먹고 싶은 음료를 주문하기 시작했다.

● ○ ●

잠시 휴식 시간을 가진 촬영장에 스태프 한 무리가 손에 음료를 들고 우르르 몰려 들어왔다. 오늘은 신이 많지 않아 현장이 조금 여유롭게 돌아갔다. 그 속에 도하의 코디와 매니저도 끼여 있었다. 모두 한수가 직접 뽑은 신출내기들이었다.

그는 여전히 자신만의 방식을 고수하며 엔터테인먼트 대표로 돌아왔다. 그리고 잠시 연예계를 은퇴했던 우도하는 자신의 데뷔작 감독의 멜로 영화로 화려하게 복귀식을 치르며 모든 구설수와 악플러들의 공격을 빼어난 연기로 단칼에 잠재워 버렸다.

모두 그 우도하가 되돌아왔지만 그 우도하가 아닌 것 같다고 평했다. 눈빛이 이전과 다르다는 분석이 앞다투어 쏟아져 나왔다. 이젠 멜로 장인이 되어 제2의 전성기를 누리게 된 셈이었다. 이런 배우가 연기를 하지 않으면 누가 하느냐고. 한국 연예계가 큰 인물 하나를 잃을 뻔했다가 다시 되찾았다는 헤드라인의 기사도 끊이지 않았다.

"이번엔 준 시나리오들은 볼 게 없네요."

그러거나 말거나. 도하는 여전히 싸가지가 없었고, 한수의 울화통을 치밀어 오르게 하는 게 일상이었다. 며칠 밤을 새서 고르고 고른 작품들인데 마음에 드는 게 하나도 없다니. 밴 조수석에 앉아 뒤를 돌아보며 한수는 콧구멍에서 열을 내뿜었다.

"그럼, 그냥 네가 쓰지 그러냐?"

"그럴까요?"

한수의 띠꺼운 농담에 도하는 진지하게 웃으며 진담으로 받았다.

"어후, 내가 않느니 죽지."

한수는 답답함에 가슴을 주먹으로 내리쳤다.

"그거, 그렇게 한다고 안 내려가요."

뒷좌석에 몸을 기댄 도하가 창밖을 바라보며 충고했다. 그의 말에 한수도 아차, 싶었다. 정말 그때 한수는 도하에게 무슨 일이 생기는 줄만 알았다. 서울로 돌아온 녀석이 심장을 부여잡고 쓰러져 일주일

간 병원에 입원해 있었다. 의사는 원인이 불확실하다고 했다. 그게 의사가 할 소리냐며 한수가 울부짖으며 도하를 살려 내라고 했지만 모두들 손을 놓고 뒷걸음질만 쳤다.

그런데 신기했다. 일주일 만에 잠에서 깨어난 도하는 멀쩡히 일어나 걸었다. 심장에도 이상이 없다고 했다. 통증도 남아 있지 않은 상태였다. 그날로 퇴원한 도하는 연예계 복귀를 빠르게 서둘렀다. 이제 절대 배우 같은 거 안 한다고 소리치던 놈이 왜 이러느냐며 한수가 물으면 도하가 웃으며 대답했다.

'그래도 잘하는 게 이것뿐이잖아요.'

잘해도 너무 잘해서 탈이었다. 또 한 번 고개를 설레설레 저을 수밖에 없었다. 그때 도하의 밴으로 뛰어온 신입 매니저가 커피를 들고 운전석에 올라탔다. 법인 카드를 쥐여 준 대가로 녀석의 손에는 여러 종류의 음료가 한가득이었다. 한수가 자신이 원하는 걸 하나 가져가자 매니저는 뒤쪽으로 몸을 돌렸다.

"배우님은 뭐 드실래요?"

"난 괜찮아요."

도하가 웃으며 간단히 거절했다. 그러고는 다시 창밖을 바라봤다.

은행나무가 절정이라 시선은 그곳으로 집중되었다. 도하는 흩날리는 노란 잎을 보며 문득 그날을 떠올렸다. 가을밤이었고, 달이 아름답게 떠 있었다. 저절로 한 여자가 생각나 그는 질끈 눈을 감았다.

● ○ ●

"선생님 선물이에요."

막 수업을 마친 중등생 하나가 고은에게 코팅한 은행나무 잎을 내밀었다.

"어…… 고마워."

아이들 선물이야 늘 비슷했다. 자신들이 자주 먹는 과자나 사탕 종류가 많았고, 더러는 립스틱까지 사 주는 학생도 있었다. 값이 나가는 것들은 웬만하면 다음부턴 받지 않는다고 잘 돌려 말하는 편이었고, 선생님은 손 편지를 제일 좋아한다며 아이들에게 글쓰기 연습을 하도록 했다.

고은의 그런 행동에 미선은 정말 악착같은 선생님이라고 했다. 그때 고은도 자신이 정말 편하게 살 수 없는 사람이란 걸 인정할 수밖에 없었다. 시험 기간이 아니더라도 아이들을 풀어 주기보단 하나라도 더 알려 주기 위해 노력하는 선생님이었다.

"이 은행잎, 선생님 닮았어요."

여학생은 수줍은 미소를 내놓으며 말했다.

"나?"

고은은 노란 잎을 내려다보며 의아하게 되물었다. 단 한 번도 자신을 닮은 색이 노랑이라고 여겨 본 적 없었다. 회색이나 검은색이 더 잘 어울린다고 생각했고, 그런 채색을 할 때마다 편안함을 느꼈다. 그래서 고은의 화풍은 무채색으로 점철될 때가 많았다.

밝음을 의도적으로 멀리하진 않았지만 그것들을 보고 있으면 언젠가 빛바래 변화할지도 모른다는 사실이 두려웠다. 늘 같은 모습으로 자리에 머물러 있는, 모든 색을 섞으면 결국 검정에 가까워지는 확실한 결말에 그녀는 이제껏 머물러 있었던 것 같았다.

"쌤 웃을 때 보면 그래요. 웃는 게 예쁘세요."

아이들은 항상 그녀의 좋은 점을 봐 주었다. 그것이 이토록 고마웠던 적이 있었나. 고은은 이상하게 가슴이 시큰거리기도 했다. 다시 한 번 노란 잎을 내려다보며 여학생이 말한 것처럼 활짝 웃어 보았다.

이제는 웃음이 낯설지 않은 걸 보니 자신이 많이 변한 것 같기도 했다. 고은은 의미 있는 선물을 스케줄 수첩에 소중히 넣으며 아이들을 배웅했다. 어느새 오늘의 일정이 마무리되었고, 고은은 퇴근 준비를 서둘렀다. 오늘은 오전 수업만 있는 토요일이라 미선의 가게에 들를 작정이었다. 집으로 돌아가면 그리다 만 스케치들을 끄적거릴 게 뻔했다.

그림을 그리는 것도 나쁘진 않았지만 오늘은 어쩐지 집에 혼자 있고 싶지 않았다. 밖에서 흩날리는 은행나무 잎이 그녀의 마음을 자꾸만 싱숭생숭하게 만들었다. 아무래도 가을을 타는 게 확실해 보였다. 잠시 낮은 숨을 내쉰 고은은 빠르게 뒷정리를 시작했다.

"너…… 손이, 왜……."

"아, 괜찮아. 별거 아니야."

미선이 얼른 등 뒤로 손을 감췄지만 놀란 고은은 그 손을 다시 앞으로 가져올 수밖에 없었다. 뜨거운 물에 화상을 입었다는데 그 정도가 심했다. 왜 병원에 가지 않았느냐고 타박하자 오늘 오기로 한 알바가 갑자기 펑크를 내 버렸다고 했다. 고은은 거기다가 다른 말을 덧붙일 수가 없었다.

장사란 걸 시작해 보니 무슨 일이 어디서 터질지 몰랐다. 제 삶보다 가게가 우선이 되었다. 그래서 미선은 아픈 것도 잊고 오전 내내 사람들이 먹을 커피를 내렸다. 고은의 눈가에 갑자기 눈물이 핑 돌았다.

"뭐야, 너 울어? 왜 그래, 너? 나 괜찮아. 진짜, 멀쩡해!"

미선이 더 놀라 고은을 달랬다. 무슨 부귀영화를 누리겠다고 여기에 카페를 차린 건지. 뒤늦은 후회가 친구의 눈물 때문에 밀려올 줄은 몰랐다.

미선은 오늘은 이제 그만 가게 문을 닫을 생각이라고 했다. 고은은 그 말에 잘 생각했다, 오늘은 쉬어라, 또 그렇게 말할 수가 없었다. 약속을 어기는 카페에 손님들이 보일 반응은 뻔했다. 고은은 공부방을 시작하면서 작은 사업이라도 신뢰가 얼마나 중요한 것인지 매일매일 깨닫고 있기에 미선의 돌발 휴무를 마냥 찬성하기가 힘들었다.

"그냥 내가 있을게. 넌 병원 갔다 와."

고은은 나름 대책을 내놓았다. 미선만큼은 아니었지만 그녀도 나름 카페 일에 능숙했다. 서당 개 3년이면 풍월을 읊는다는 말이 있듯이 어깨너머로 보고 배운 게 반이었다. 그리고 미선이 장사를 끝내고 고은에게 커피 수업을 해 준 적도 여러 번이었다. 그때마다 미선은 고은에게 소질이 있다고 칭찬해 주었다.

"진짜…… 내가 이때 아주 멋있게, 아니라고 가게 문 닫을 거라고 큰소리를 못 친다는 게…… 슬프다. 하…… 인생 참 쉽지 않네. 정말 내가 너한테 평생 충성할게. 병원만 금방 다녀올 테니까 그때까지만 좀 부탁한다. 진짜 미안해, 고은아."

미선도 눈가를 붉히며 가방을 챙겼다. 고은은 미선의 마음을 너무 잘 알기에 그저 그녀의 어깨를 두드려 주었다. 그렇게 미선이 카페를 나서고 간단히 이곳저곳의 물건을 살피는데 어디선가 기다렸다는 듯이 사람들이 몰려 들어오기 시작했다. 고은은 정신없이 주문을 받고 메뉴를 만들었다.

"여기 커피가 맛있더라고요."

잠시 밴을 정차시킨 매니저 승찬이 뒷좌석을 향해 조심스럽게 말을 건넸다. 오늘은 윤 대표가 일이 있어 동석하지 못했기에 도하와 그, 둘이서 스케줄을 함께했다. 배우 우도하의 평소 성격이 어떤지는 그동안 거쳐 간 매니저 선배들에게 비밀리에 전해 들어 미리 파악하고 있었다.

윤 대표는 그가 아주 신입인 줄 알았지만 사촌 형이 한때 배우 지망생이었기에 이쪽 판이 어떻게 돌아가는지 모를 수가 없었다. 고등학생 시절 무보수로 사촌 형의 매니저 역할을 하기도 했었다. 물론 이력서에는 올리지 않았다. 윤 대표가 우도하의 매니저만큼은 꼭 아무것도 알지 못하는 신입을 쓴다고 전해 들었기 때문이다.

"나는 신경 쓰지 말아요."

도하는 여전히 시나리오 책자에 시선이 꽂혀 있었다. 아직 얼마 되진 않았지만 그가 봤을 땐 우도하란 사람은 그렇게 까다롭지는 않은 것 같았다. 현장에서 일을 할 때는 종종 까칠하게 굴긴 했지만 그건 모두 감독을 향한 것이었다. 자신의 스태프들에게 스트레스를 푸는 타입은 아니었다. 오히려 거의 신경 쓰지 않아도 될 정도로 우도하는 본인의 일을 스스로 하는 편이었다.

"네. 금방 다녀오겠습니다!"

"그래요."

"아, 혹시 배우님 것도……."

"괜찮아요."

도하가 고개를 들어 차갑게 일갈했다. 집중하는 중이니 방해하지 말라는 뜻이 눈빛에 또렷이 담겨 있었다. 승찬은 어쩐지 소름이 돋아 얼른 차 문을 열고 나섰다. 눈동자 하나로 사람을 제압할 수 있는 게 우도하란 남자였다. 승찬은 신기하면서도 조금 무섭기도 했다.

그는 빠르게 음료를 사 가야겠다고 생각하며 카페 안으로 들어섰다. 그런데 예상보다 손님이 너무 많았다. 늘 보이던 사장은 없었고, 한 번씩 그녀와 함께 있던 여자가 카운터를 보고 있었다. 다른 사람들과 우르르 몰려간 평소 때와 다르게 홀로 주문을 기다리고 있다 보니 그는 자꾸만 여자를 관찰하게 되었다.

그런데 이상했다. 분명 처음 보는 사람이 맞는데, 어쩐지 낯설지가 않았다. 어디서 봤었나. 그러기엔 그가 이 소도시에 와 본 기억이 없었다. 이번에도 촬영지가 이곳으로 결정되어 방문했을 뿐이었다.

'이상하다. 누구지.'

승찬이 곰곰이 생각할 즈음, 그가 주문할 차례가 되었다. 그리고 여자의 앞에 가까이 다가서는 순간, 그는 번뜩 깨달았다. 이 여자를 어디에서 보았는지. 그는 또 한 번 몸 안으로 소름이 돋고 말았다.

●　○　●

"헐…… 맞아?"

"확실하다니까."

"비슷한 얼굴일 수도 있잖아."

"아니야. 내가 그 우, 그, 매니저한테 살짝 떠봤거든."

"정말? 그러니까?"

"말까지 더듬던데? 누가 그러더냐고 막 흥분하면서……."

"어머, 진짠가 보네. 세상 참 좁다더니."

"모르지. 이미 알고 있을지도?"

"에이, 설마. 이번엔 확실히 정리했다던데?"

"그걸 믿니? 네가 몰라서 그래. 그 인간이 얼마나 집착이 심하냐
면……."

두 여자의 수다가 길어질 즈음 분장실 문이 벌컥 열렸다.

"우도하 배우님 준비 다 되셨나요?"

현장 스태프가 안의 사정을 파악하려 큰 소리로 물었다.

"아뇨. 아직 도착 안 하셨는데요?"

특수 분장을 담당하는 분장사가 스태프에게 대답했다.

"어? 진짜요? 매니저가 분명 여기 계신다고 했는데."

"네?"

스태프의 말에 두 여자의 눈이 경악하듯 커졌다. 내부를 이리저리 둘러보던 현장 스태프가 방 안의 또 다른 방문을 열었다. VIP 배우들이 잠시 잠을 자거나 휴식할 때 쓰는 공간이었다.

"여기 있으면 우리가 알······."

코디 중 한 명이 놀라서 바짝 다가섰다가 소스라치게 기겁하며 뒷걸음질 쳤다. 흐트러짐 하나 없이 소파에서 몸을 일으킨 사람은 우도하였다.

'뭐야. 언제 와 있던 거야.'

두 여자는 순간적으로 자신의 입을 손으로 막았다. 그는 보던 대본을 접고 자리에서 일어나 뚜벅뚜벅 공간을 빠져나오더니 분장 의자에 아무렇지 않게 앉았다.

"대화가 재밌기에 나올 타이밍을 놓쳤어요."

"······."

"미안합니다."

사과하는 도하의 얼굴엔 감정 따윈 없었다.

● ○ ●

미선이 없는 두 시간이 이렇게나 길 줄은 몰랐다. 고은은 한바탕을 손님을 치러 내고 잠시 카운터 의자에 앉아 멍하니 창밖을 바라봤다. 시간이 어떻게 흘러갔는지도 모를 만큼 바빴다. 마침 점심시간이라 직장인들은 없었지만 근처에서 무슨 축제가 열린 것인지 외지 사람들이 많이 찾아와 많은 양의 음료를 주문했다.

"하아……."

다리가 퉁퉁 부은 느낌에 고은은 몸을 숙여 종아리를 주물렀다. 그때 또다시 카페 문이 열리는 소리가 들렸다. 고은은 자동적으로 몸을 일으켜 주문받을 준비를 했다.

"어서 오……."

반사적인 말을 다 뱉기도 전에 고은의 눈가에 눈물이 맺히고 말았다. 그녀의 눈앞에 나타난 사람은 두 손 가득 봉지를 든 미선이었다. 미선이 돌아왔다는 것만으로 고은은 긴장했던 마음이 확 풀려 버리는 기분이었다.

"고생 많았지?"

"아니라고는 말 못 하겠다."

고은이 주방 쪽을 돌아봤다. 완전히 초토화 상태였다. 치울 생각조차 하지 못한 듯했다. 미선은 그 모습만으로도 고은이 얼마나 고생했을지 눈에 훤히 보이는 것 같아 더 미안해졌다. 그녀는 자신이 사 온 치킨과 맥주를 카운터에 올려놓고 고은을 주방에서 밀어 냈다.

"일단 좀 앉아서 쉬어. 나머지는 내가 알아서 할 테니까."

미선에게 끌려 나오던 고은은 친구 손에 감긴 붕대를 보자 그게 되지 않았다.

"야, 같이 해. 아니다. 그냥 내가 할게. 너 손······."

"아니야. 나 지금 마감할 거야."

미선이 망설임 없이 선언했다.

"어? 아직 몇 시간······ 남았는데?"

고은은 시계를 바라봤다.

"야, 그 몇 시간 돈 안 벌고 만다. 그리고 내가 살아야 커피도 팔지. 손 치료 받는데 그런 생각이 들더라고. 무슨 부귀영화를 누리겠다고 아무것도 모르는 너한테 카페 봐 달라고 부탁하면서까지 꾸역꾸역 치료받는 내가 너무…… 너무, 못났고, 또…… 불쌍하더라."

이씨. 미선은 눈물이 찔끔 흘러나와 작은 욕을 내뱉었다. 그녀는 말이 나온 참에 행동으로 옮기겠다며 카운터를 빠져나가 문 앞에 걸린 팻말을 'Closed' 쪽으로 바꿔 놓았다. 고은 역시 미선의 마음을 충분히 이해했다. 혼자서 많은 손님을 치러 내고 나서야 미선이 이제껏 얼마나 외롭고 힘들었을지, 자신의 일처럼 공감하게 되었다.

"그래. 오늘은 좀 일찍 쉬자. 이런 날도 있는 거지."

고은이 동의하자 미선은 더 홀가분해진 마음으로 카운터에 올려 둔 맥주와 치킨을 테이블 쪽으로 가져왔다. 캔 맥주를 하나둘 꺼내는 친구의 다친 손을 보자 고은은 또 한 번 고민이 들기도 했다.

"그래도…… 술은……."

"아아, 그럴까 봐 나는 무알콜로!"

고은의 잔소리를 미리 예상한 듯 미선은 자신의 몫을 앞에 가져다 놓았다. 그때 고은에게서 작은 웃음이 새어 나왔다.

"왜?"

"아니, 우리 너무…… 웃겨서."

무슨 말을 하는지 미선도 단박에 알아들었다. 오늘은 편하게 살아 버리자 카페 문까지 닫아 놓고선 다친 손을 염려해 맥주까지 허락하지는 못했다. 오늘만 살자 했지만 오늘만 살고 죽지 못하는 게 삶이란 걸 은연중에 깨달아 버렸다.

"원래…… 인간이 갑자기 변하면 죽는댔어."

미선이 캔 맥주를 따서 한 모금 마시고는 멋쩍게 웃었다.

"그래서 너는 얼마나 오래 살고 싶은데?"

고은도 자신의 앞에 놓인 캔 맥주 하나를 땄다. 정신없이 일하고 먹는 맥주라 그런지 술이 쓰기보다 달았다. 이렇게 한 잔 먹고 나서 자 버리면 또 다른 하루가 시작되는 것이다. 사는 건 별게 아니었다.

고은은 이제 습관이 된 것처럼 고개를 들어 창밖을 바라봤다. 은행 나무가 여전히 아름다웠다. 그것으로 그녀는 행복했다.

"나? 음, 네가 그만큼 살았으면 됐지 않았냐는 소리 들을 만큼?"

미선은 본인이 말을 해 놓고 너무 허무맹랑해 실소를 터뜨렸다.

"근데 나 원래…… 짧고 굵게 사는 게 목표였다? 그래서 어릴 땐 죽어도 여한이 없는 찐한 사랑 하고 누가 말려도 미련 없이 죽으려고 생각했지. 근데…… 미련은 무슨. 내 사랑들은 모두 다 사랑이라고

부를 수 없을 만큼 시시했고요. 또 살다 보니 사랑이 전부가 아니더라. 그래서 남자 없이 가늘고 길게 살다 가는 걸로 인생 모토를 바꿨지. 하하하."

무알콜 맥주에 식은 닭 다리를 뜯으면서 미선은 소주를 한 병 정도 마셨을 때나 나올 법한 한탄을 늘어놓았다. 그녀에게 오늘은 유독 긴 하루였다. 더 행복해지기 위해 발버둥 치고 있는 것 같은데 그 행복이 정말 행복이 맞을까, 하는 되물음이 자꾸만 들었다.

"너…… 지금도 아주 잘하고 있어."

고은이 그녀의 마음을 위로하듯 캔 맥주를 내밀었다. 미선은 짠, 하고 캔을 부딪치며 고은에게 웃어 주었다. 언제 이고은이 이렇게나 단단해졌나. 문득 감탄이 나오기도 했다. 근데 되짚어 보면 고은은 결정적 순간에 누구보다 강했다. 진짜 힘들고 아플 때 제대로 울고 일어날 수 있는 사람도 강한 거라고, 미선은 고은을 보며 인생의 관점이 바뀌었다.

"우리 이고은 선생님만 하려고요."

"나는……."

이제 괜찮다는 말을 할 수 있을 것 같았는데 막상 하려니 쉽지 않았다. 고은은 쉽게 입을 열 수가 없었다. 그녀는 말 대신 술을 한 모금 더 마셨다.

아직도 그 사람이 나올까 봐 티브이를 켜지 못했다. 어쩌다 광고판을 마주하면 곧장 시선을 피하고 바닥만 보며 걸었다. 언제쯤 괜찮아질 수 있을까. 그런 때가 오긴 하는 건가. 고은은 미선에게도 할 수 없는 물음을 가슴 안으로 삼켰다.

"아, 근데 치킨 다 식어서 넘 맛없다. 내가 아주 최고의 안주를 만들어 주지."

미선이 벌떡 자리에서 일어났다.

"너 그 손으로 뭘 하려고?"

"……한 손으로도 다 할 수 있지요."

고은의 걱정에도 미선은 기어이 주방으로 들어갔다. 그렇게 해서라도 오늘 하루 그녀에게 고마웠던 마음을 갚고 싶은 것 같아 고은은 더 이상 말릴 수가 없었다. 곧 주방 쪽에서 요리 도구들이 시끄럽게 부딪치는 소리가 고은의 자리까지 들려왔다.

고은은 혼자만의 시간을 즐기며 밖의 은행나무를 전시회장의 그림처럼 구경했다. 그녀의 눈에는 마치 움직이는 회화 같기도 했다. 가을밤 나무 조명 아래의 은행나무는 불 꺼진 어두운 카페 안에서 더 선명하게 빛이 났다.

그래서 이유도 없이 마음이 시큰거렸다. 맥주를 더 많이 먹게 되었다. 안주도 없이 홀짝이다 보니 빠르게 취기가 올랐다. 미선이 주방에서 나오기 전에 잠시 바람 좀 쐬고 와야겠다는 생각이 들었다. 몸이 저절로 일으켜지고 발이 움직였다.

"나 잠깐 은행나무 구경 좀 하고 올게."

고은이 주방 쪽으로 말을 던지자 바쁘게 움직이던 미선이 천천히 보고 오란 말을 건넸다. 음식이 다 되면 부르겠다고 했다. 고은은 고맙다고 대답한 후 카페 문을 열고 나갔다.

그녀는 천천히 은행나무 앞으로 다가갔다. 멀리서 바라봤을 때와는 느낌이 또 달랐다. 그 자리에 풀썩 주저앉은 고은이 나뭇잎 하나를 들어 올려 자신의 손에 올려놓아 보았다.

'이게 날…… 닮았다고?'

머릿속에 물음표가 떴다. 고은은 끝내 고개를 흔들며 아니라 생각했다. 소중하게 손바닥에 올려놓고 있는 나뭇잎을 보며 그녀가 떠올린 건 자신이 아니라 다른 사람이었다.

"후……."

가슴 깊은 곳에 또다시 아득한 울음이 차오르는 기분이었다. 고은은 술을 많이 마신 탓이라 여겼다. 그래서 이 은행잎이, 나무가, 흩날리는 바람들이 그녀에게서 그리움을 끄집어낸다고 여겼다.

바스락. 바스락.

그때 뒤쪽에서 낙엽이 흩어지는 소리가 들렸다. 미선이 음식을 다 만들었나 싶어 몸을 일으키려는데 고양이 한 마리가 그녀 곁을 스쳐 지나갔다. 고은은 잊었던 콩이가 생각났다.

"안녕. 나비야."

고양이는 사람이 무섭지 않은지 고은의 곁을 맴돌았다.

"너도 이 나무가 좋아?"

무릎에 고개를 반쯤 묻은 채 고은이 물었다. 고양이는 마치 대답하듯 그녀의 맞은편에 거리를 두고 앉았다. 고은을 빤히 올려다보는 눈동자가 또렷했다. 어쩐지 그게 위로 같았다.

"언니도 이 나무가 좋아."

고양이는 묻지 않았지만 고은은 혼잣말을 이어 갔다.

"그게…… 이 은행나무 잎이 날 닮았대……. 네가 볼 때도 그래?"

고은의 말을 듣던 고양이는 갑자기 어디선가 날카롭게 울려 퍼지는 클랙슨 소리에 놀라 저 멀리로 달아나 버렸다. 고은은 고양이가 사라져 버린 쪽에서 시선을 거두지 못하고 마음속에 담아 두었던 말을 입 밖으로 꺼냈다.

"나는…… 난, 카페에 와서 이 나무 볼 때마다…… 다른 사람을 생각했거든. 노랗고 환한데, 이상하게…… 쓸쓸하게 흔들리는 이 나무를 보면…… 나는…… 그 보름달이, 그날, 나한테…… 처음…… 진짜로 웃어 주던 누가…… 떠올라."

고은은 얼굴을 더 깊이 무릎에 박고 바보처럼 웃음을 터뜨렸다. 웃음은 어느새 울음으로 변했다. 그녀를 그렇게 만들어 줄 수 있는 사람은 단 한 명이었다.

그 남자가 보고 싶었다. 고은은 끝내 자신의 그 감정을 인정하고 말았다. 우도하가 너무 보고 싶어서 자주, 틈틈이, 오래도록 가슴이 먹먹해진다고. 왜 그때, 그를 밀어내 버렸을까. 후회가 들기도 한다고.

그런 그녀 자신이 미워 마치 체한 것처럼 심장 언저리를 칠 때가 있다고. 그렇게 두드리면 내려갈 줄 알았는데 전혀 나아지지 않는다고. 그럼 이제 어떻게 해야 하냐고.

고은은 울음을 깊게 삼킨 후 몸을 일으켰다. 미선이 그녀를 찾을 것이다. 단속하듯 눈가를 훔치며 돌아섰다. 그리고 고은은 숨을 멈췄다. 눈앞에 서 있는 사람을 보자 다시 한번 왈칵 눈물이 쏟아질 것 같아 입술을 깨물고 두 주먹을 움켜쥐었다.

"혹시……."

익숙한 담배 향이 그녀의 코끝에 닿았다.

"이 나무 보면 생각나는 사람."

그녀의 눈앞에 서 있던 남자가 성큼성큼 걸어왔다. 고은의 앞에서 시선을 위쪽으로 옮겼다가 내렸다.

"……난가?"

도하가 싱겁게 말하고는 활짝 웃었다. 눈꼬리가 내려간 그의 두 눈 속 검은 눈동자가 고은에게서 떨어지지 않았다. 그녀의 심장을 콱 붙들고 놓아주지 않는 것만 같았다.

고은의 젖은 뺨이 도하의 눈에 들어왔다. 당연하다는 듯이 그가 한 발 더 다가서 손을 뻗으려 하자 고은이 놀라 뒤로 물러났다. 그러고는 두 손을 겹쳐 제 입을 막았다. 아무리 앞뒤가 없는 전남편이라곤 하지만 이렇게 힘겹게 다시 만났는데 무턱대고 입술부터 삼킬까. 도하는 고은의 행동을 어느 정도는 이해했지만 한편으로는 서운했다.

"아, 그게……."

입을 막은 채 고은이 웅얼거렸다. 섭섭함을 감추지 못하는 그의 표정을 읽은 것 같았다.

"술, 술 냄새 날 것 같아서……."

그녀의 변명을 들은 도하에게서 허무한 웃음이 터졌다. 그가 웃자 고은의 얼굴이 그를 마주했을 때보다 좀 더 발갛게 달아올랐다. 목 끝까지 붉게 물든 게 보이자 도하는 황급히 그곳에서 눈을 뗐다. 그러고는 자신을 향해 낮게 욕을 뇌까려야만 했다.

'미친 새끼.'

입술부터 박을 것이란 오해를 받아도 쌌다. 왜 저런 것들만 눈에 보이는지. 이 여자는 왜 이토록 오랫동안 그를 선명한 욕망에 흔들리게 하는지. 그게 신기하면서도 두렵기도 했다.

그는 포기해 버리듯 웃었다. 고은은 그의 웃음을 이해하지 못해 눈을 동그랗게 떴다. 부끄러워하면서도 그를 제대로 바라봐 주었다. 이전처럼 그를 무서워하지 않았다. 피하려 도망치지 않는 여자. 그것이 이토록 감사한 일일 줄이야.

"여긴 어떻게……?"

고은이 그 쪽으로 몸을 살짝 기울이고는 물었다.

"우연히."

그가 어깨를 으쓱거리며 간단히 대답했다. 그녀가 한 말을 항상 가슴속에 움켜쥐고 살았다. 우연히…… 다시 만난다면. 그 우연이란 것이 그에게 올 날이 있을까. 그는 잠시 체념하기도 했지만 쉽게 포기할 순 없었다.

'언젠가.'

그가 그녀를 놓지 않고 산다면 되겠지. 마치 수도승이 된 마음으로 지냈다. 고은의 부탁대로 그녀의 뒷조사는 집어치웠다. 어쩌다 한 번씩 그가 멍하게 하늘을 보고 있으면 한수가 걱정과 답답함을 이기지 못하고 고은이 있는 곳을 알아봐 주겠다고 말했다.

'기다리면…… 언젠간 만나겠죠.'

도하의 대답은 항상 같았다. 한수는 그를 반쯤 미친놈으로 보기도 했다. 기를 쓰고 찾으려고 해도 못 만나는 인연들이 얼마나 많은데. 이산가족은 괜히 있는 줄 아느냐는 헛소리를 내놓기도 했지만 그는 흔들리지 않고 고은과의 약속을 지켰다.

그녀가 내린 벌이 그것이라면 달게 받고 싶었다. 그래야 그를 온전히 바라볼 수 있다면 그렇게 할 수밖에 없었다. 결국 두 사람이 영원히 만나지 못한다면 그것 또한 받아들여야 하겠지. 그래야지, 하면서도 도하는 수많은 밤을 참을 수 없는 그리움에 무너지고 다시 일어섰다.

"여기 근처에서 촬영 중이야."

도하가 뒷말을 덧붙이자 고은은 그제야 이해한 것 같았다.

"전…… 미선이가 여기에 카페를 차렸어요."

"아."

그가 간단히 고개를 끄덕였다.

"바쁠 땐 자주 도와줘요. 오늘도 도와주러 왔다가……."

술까지 먹게 됐다는 뒷사정은 다 설명하지 못한 채 고은이 웃었다. 그렇게 잠시 두 사람 사이엔 어색한 침묵이 흘렀다. 고은은 카페 쪽을 신경 쓰며 자꾸 건너다봤다.

"들어가 봐."

도하가 먼저 말을 꺼냈다. 고은은 미안한 표정을 지으며 고개를 끄덕였다. 무슨 말이라도 해야 할 것 같은데 어떤 말을 해야 할지 몰랐다. 그 역시 혼자 있는 상황은 아닐 것이라 추측했다. 이 근처에서 촬영을 하니 당연하게 매니저와 동행 중에 잠깐 카페에 들른 것이라 여겼다.

"잘 가요."

"그래."

도하 역시 별말이 없었다. 고은은 술을 마신 지금 상황이 부끄러웠다. 일단은 정신을 차려야겠다는 생각으로 발걸음을 옮겼다. 도하가 여전히 은행나무 밑에서 움직이지 않고 있다는 걸 의식하며 카페 문을 여는데 이상하게 문이 밀리지 않았다.

고은은 그제야 정신을 차리고 카페 안을 훑었다. 어느새 불이 전부 꺼져 있었고 블라인드도 다 내려져 있었다. 다행히 주머니에 핸드폰을 넣고 나와 미선에게 전화를 걸었다. 통화는 곧장 연결되었다.

"문은 왜 잠갔어?"

— 나, 벌써 뒷문으로 나왔는데?

"뭐?"

고은은 무슨 소린지 이해할 수가 없었다.

— 가방은 내일 챙겨 가.

"최미선!"

— 우도하 씨 실물 오랜만에 봤는데 여전히 잘생겼네. 크크크.

미선은 자신의 말만 읊조린 채 전화를 끊어 버렸다. 멍한 상태가 된 고은은 미선의 말을 몇 번이나 곱씹고서야 상황을 깨달았다. 일부러 이런 건가. 황당함에 웃음이 새어 나왔다. 그때 뒤쪽에서 발자국 소리가 들렸다.

"친구가 나쁘네."

어느새 도하가 그녀의 등 뒤에 있었다. 돌아보자 그는 올라선 입꼬리를 감추지 못했다. 고은은 그것이 얄미워 당황한 표정을 감추고 도하를 비켜나 걸어 나갔다.

"신경 쓰지 마요."

고은이 퉁명스럽게 말했다.

"데려다줄게."

그가 고은의 팔을 붙잡았다. 괜찮다며 밀어 내려 하는데 놓치지 않겠다는 듯 손의 악력이 세졌다. 고은은 자신의 팔을 잠시 내려다보다가 도하를 올려다봤다. 아무렇지 않은 얼굴로 웃고 있었지만 눈빛엔 간절함이 가득했다.

"여기서 가까워요."

"그래도."

"······그래요."

그를 모른 척할 수가 없었다. 고은은 포기하듯 그와 나란히 걸었다. 도하는 억지로 손을 잡거나 어색하게 물음을 건네지 않았다. 그저 조용히 그녀의 곁을 지키며 같이 걸어 주었다. 그것이 이상하리만큼 고은의 가슴을 설레게 했다. 정말 술이 문제인가. 그녀는 힐끗 그의 옆모습을 훔쳐봤다. 심장이 당연하다는 듯이 두근거렸다.

"여긴가?"

"······네."

고은은 오늘따라 미선의 카페에서 자신의 집까지 가는 길이 짧게 느껴졌다. 늘 큰 횡단보도를 건너고 편의점을 두 개나 지나야 한다고 투덜댔는데. 걷기에도 버스를 타기에도 애매하다고. 그런데 오늘은 눈 깜짝할 사이에 그녀가 사는 빌라가 눈앞에 보였다.

"지은 지 얼마 안 된 것 같은데?"

도하가 부동산에서 나온 사람처럼 건물을 관찰했다. 고은은 이때다 싶어 도하의 얼굴을 정면으로 올려다보며 눈에 담았다. 보지 않은 동안 그의 턱선은 더 날렵해졌고, 눈가도 진해져 전체적으로 성숙함이 깊어진 느낌이었다.

"방범 시스템은 잘되어 있어?"

"……네?"

"안전하냐고."

"아, 그럼요. 그래요."

고은은 도하의 얼굴을 보느라 그의 질문에 한 박자 늦게 대답했다.

"……."

그제야 도하가 시선을 내려 고은을 바라봤다. 눈동자가 얽히듯 서로를 응시했다. 고은은 도하가 다시 만난 자신을 보며 무슨 생각을 하는지 궁금했다. 당신도…… 아직, 내가 좋으냐고.

"들어가."

빤히 그녀를 보던 도하가 한참 만에 말을 꺼냈다.

"아…… 네."

"문 잘 잠그고."

"그, 그럴 거예요."

고은은 눈을 내려 그의 시선을 피해 버렸다. 그녀를 빨리 집으로 들여보내려는 그에게 서운해지고 말았다. 아닌 척을 하려 해도 가슴 속에 작은 우물 하나가 파인 기분이었다. 그럼 뭘 어쩌겠다는 건가.

라면이라도 먹고 가라는 말을 건네려 하는가. 그것도 우스웠다. 자신이 없었다. 고은은 자신이 이전과는 많이 달라졌다고 생각했는데 아닌 것 같았다.

"그럼, 들어갈게요."

고은이 빌라 안으로 들어갔다. 엘리베이터에 오르고 자신이 살고 있는 층수에서 내렸다. 어쩐지 자꾸만 깊은 한숨이 새어 나왔다. 습관적으로 문 앞에 다가가 비밀번호를 누르려는데 손이 움직여지지 않았다. 그녀는 주먹을 움켜쥔 후 급하게 도어 록을 다시 닫았다.

엘리베이터를 타고 1층으로 내려가 빌라 밖으로 뛰쳐나갔다. 이미 멀리 가 버렸으면 어쩌나, 가슴이 걱정으로 뛰었다. 빌라 근처 골목까지 나온 고은은 큰길가로 뛰어 내려갔다. 이리저리 눈을 돌려 보지만 도하로 추정되는 사람의 뒷모습은 보이지 않았다. 금세 울컥하고 눈물이 차오르고 말았다.

라면이 어때서. 라면이든, 뭐든. 배가 부르다고 거절하면 그냥 그녀가 먹는 것이라도 보고 있어 달라 부탁했어야 한다는 자책이 들었다. 실망하고 가라앉은 표정으로 몸을 돌리는 순간이었다.

"무슨 일이야?"

거짓말처럼 도하가 그녀 앞에 서 있었다. 큰일이라도 일어난 것처럼 걱정 가득한 눈으로 그녀의 몸을 이리저리 살폈다.

"당신……."

고은은 끝내 눈물을 흘리고야 말았다. 도하가 놀라 그녀에게 시선을 맞췄다. 그러고는 이젠 그도 참을 수 없다는 듯 그녀의 몸을 와락 끌어안았다. 그리웠던 그의 품에 안기자 고은은 서러움이 더 밀려오는 것 같았다. 눈물은 참아지지 않고 왕창 쏟아졌다.

"왜 우는 거야? 응?"

"……."

"이고은."

"당신…… 갔을, 까…… 봐서요."

울음이 가득한 목소리로 고은이 끊어 대답했다.

"……."

그녀의 말을 듣고 도하는 아무 말도 할 수가 없었다. 고은을 더 꽉 안았다. 숨이 막힐 것 같은 포옹이었다. 고은이 거의 그에게 들어 올려질 정도로 안겨진 채 모자란 숨을 가까스로 내놓아야 했다.

"도하 씨."

"내가 어딜 가. 오늘은 이 앞에서 밤샐 생각이었는데."

고은은 그 말이 진심인지, 그의 얼굴을 보며 확인하고 싶었다. 도하의 몸을 밀어 내려 했지만 그는 허락하지 않았다. 그녀를 안은 채 목덜미 깊숙이 얼굴을 묻었다. 꼭 그녀의 향을 맡지 못하면 죽는 사람처럼 굴었다.

"음…… 이런 자세로…… 밤샐 생각은, 아니죠?"

고은은 길가를 지나치는 사람들과 자꾸만 눈이 마주쳐 당황할 수밖에 없었다. 혹시나 누가 도하의 얼굴을 알아채 나쁜 기사라도 올라올까 봐 급작스레 심각해졌다. 그런 그녀의 마음을 아는지 모르는지 도하는 그녀를 번쩍 안아 들었다.

"도, 도하 씨."

"어떤 자세를 원하는데?"

도하가 고은을 안은 채 빌라 쪽으로 걸으며 물었다. 고은은 그의 얼굴을 마주하자 그나마 마음이 편안해졌다. 자신의 모든 걱정들이 불필요한 것만 같았다. 그래. 누가 보든 무슨 상관인가. 나쁜 짓을 하는 것도 아닌데.

"그냥…… 내 옆에, 이렇게…… 있어 주기만 하면 돼요."

고은이 수줍은 고백처럼 말했다.

"그거면 돼요."

도하를 향해 활짝 웃었다.

도하가 고은의 집 안으로 발을 들였다. 미선에게도 공개하지 않은 곳이라고 고은이 불쑥 말했다. 제대로 독립한 후 그녀의 집에 찾아온 첫 손님이 그라는 걸 강조하고 싶어 꺼낸 혼잣말이었다. 도하는 그 뜻을 뒤늦게 이해하고 현관 앞에 멈춰 섰다.

"……왜요?"

도하가 안으로 들어오지 않자 고은이 그를 돌아봤다.

"그럼 난 왜 들이는데?"

그는 뻔뻔한 웃음을 입가에 매단 채 질문했다. 고은은 도하의 짓궂은 장난이 또 시작됐다 생각하며 모른 척 안으로 들어갔다. 겉옷을 벗고 주방의 냉장고부터 열었다.

"밥을 안 먹었다고 하니까요."

그 이유도 맞긴 했다. 도하가 그녀를 안은 채 엘리베이터까지 올라타자 고은은 민망함에 아무 질문이나 던졌다. 밥은 먹었느냐는 말에 그는 하루 종일 아무것도 먹지 않았다고 했다. 고은은 그럼 큰일 난다고 그를 혼냈다. 도하는 그녀의 잔소리도 사랑 고백 같은지 그저 웃기만 했다.

"밥 먹고 가라는 소리였어?"

도하가 어느새 그녀를 따라 주방 안으로 들어왔다.

"그, 그럼요."

고은은 급히 대답하며 냉장고 안을 뒤졌다. 제대로 장을 보지 않아 먹을 게 없었다. 남은 재료들로 어찌 요리를 한다고 해도 지금 당장 배고픈 사람한테 기다리는 시간은 곤욕일 것이다. 고은은 진짜 라면을 끓여 줘야 하나 싶었지만 그것도 내키지 않았다. 얼른 주머니에서 핸드폰을 꺼내 배달시킬 수 있는 음식을 검색했다.

"뭐 해?"

도하가 냉장고 문을 닫는 고은의 코앞까지 걸어왔다. 어쩐지 냉장고를 등진 채 그에게 갇힌 것 같아 고은은 그를 제대로 올려다볼 수 없었다. 그녀의 옆에 있어 달라 고백까지 해 놓고선 눈조차 쳐다보지 못하다니. 정말 구제 불능이었다.

"당신 먹을 수 있는 거 시키게요."

고은이 여전히 핸드폰에 눈을 박은 채 대답했다.

"내가 먹고 싶은 게 뭔 줄 알고?"

"아, 여기 종류 많아……."

고은은 도하에게 메뉴를 고르게 할 생각으로 고개를 들었다가 그와 정면으로 눈이 마주쳤다. 그리고 그녀는 도하의 물음이 어떤 뜻이었는지 뒤늦게 알아챘다. 그의 손이 고은의 뺨으로 올라와 잠시 머물다가 그녀의 입술을 매만졌다. 그리고 그의 얼굴이 내려오는 순간이었다.

"아, 지금은 안 돼요!"

고은이 그를 와락 밀쳐 냈다. 무방비 상태였던 도하가 고은을 낚아챌 타이밍을 놓치고 말았다. 고은은 얼른 욕실 쪽으로 향하며 그에게서 멀어졌다. 술을 마셨다는 게 그제야 또다시 떠올랐다. 도하가 허탈한 표정으로 그녀를 봤지만 고은은 금방 양치만 하고 나오겠다며 욕실 안으로 들어갔다.

문을 닫고 잠금 장치까지 누르고 나서야 고은은 뛰는 심장을 잠재울 수 있었다. 세면대에 물을 틀어 놓고 치약을 짜서 칫솔에 묻혀 입에 넣었다. 욕실 거울로 그녀의 모습을 보는데 아주 낯설었다. 들뜬 표정을 지으면 이렇구나. 고은은 자신이 사랑을 하면 어떤 얼굴로 변하는지 뒤늦게 인지했다.

그러자 잠시 웃음이 났다. 이미 볼 것 다 본 사이에 이렇게 처음 연애하는 듯한 감정이 드는 게 신기할 따름이었다. 그녀를 눈앞에서 놓치고 깊은숨을 내뿜던 도하의 얼굴이 리플레이되듯 떠올랐다. 그가 그녀의 집 안에 있다는, 믿을 수 없는 현실이 심장 한쪽을 뭉근하게 떨려 오도록 만들었다. 양치를 마친 고은은 후, 하고 참았던 숨을 내뱉을 수밖에 없었다.

"그래도 밥은 먹어야⋯⋯."

욕실 밖으로 나온 고은은 도하가 주방에 있을 줄 알았다. 하지만 그가 보이지 않았다. 고은은 놀라 하던 말을 멈추고 현관 쪽부터 확인했다. 다행히 그의 신발이 보였다. 그럼 어딜 간 거지. 그 생각을 하자마자 고은은 심장이 쿵, 하고 떨어졌다.

'설마.'

거긴 안 된다고 생각하던 찰나, 작은방의 문이 살짝 열려 있는 게 보였다. 도하가 그곳으로 들어간 게 분명했다. 고은은 급하게 그쪽으로 갔지만 그 순간 철컥, 방문이 닫혔다.

"도하 씨!"

"나 조금만 더 구경하고."

"아니, 그게…… 저기요!"

고은은 안 된다고 애원하듯 방문을 두드렸다. 이렇게 들키게 될 거라곤 전혀 예상하지 못했다. 솔직히 그녀도 이 방 안에 자주 들어가 보지 않았다. 정말, 아주, 미칠 것 같은 그리움이 차오를 때만 작은방으로 들어가 그의 사진들을 눈에 담았다.

"오, 오해하지 마요! 그거, 그냥…… 미선이가, 자기가 모은 거 싹다 불 질러 버린다고 해서 아, 그러니까……."

고은이 제대로 변명을 하지 못하고 서 있는데 벌컥 문이 열렸다. 도하가 그녀의 손을 잡아끌어 방 안으로 들였다. 그리고 닫힌 문 앞에 고은을 세우는 순간 탁, 하고 불이 꺼졌다. 이번엔 절대 놓치지 않겠다는 일념으로 그가 두 팔을 뻗어 고정한 채 고은을 그 안에 가뒀다.

"이고은."

그의 낮은 목소리가 방 안의 공기를 갈랐다.

"응큼한 면이 있었네?"

"아……."

고은은 변명하려 했지만 그게 무슨 소용인가 싶었다. 맞다는 걸 인

374

정하는 것처럼 그녀가 그를 올려다봤다. 이 안에 사진으로만 가득했던 우도하가 꿈처럼 눈앞에 있었다. 고은은 그것이 실감 나지 않아 그의 뺨으로 손을 뻗어 보았다.

"어때?"

그가 물었다.

"뭐가요?"

"실물이 더 나아?"

그의 장난스런 물음에 고은이 웃었다. 그녀의 입가에 미소가 스치자 도하의 눈동자가 더욱 깊어졌다. 고은은 자신이 먼저 도하의 입술에 버드키스를 날렸다. 생각지 못한 기습 공격에 도하가 어이없는 웃음을 내놓았다.

"이게…… 대답이에요."

고은의 말을 듣자마자 도하는 그녀의 두 뺨을 붙잡았다. 그 역시 지금 눈앞에 있는 여자가 자신이 그토록 그리워한 사람이 맞는지 확인하는 것처럼 그녀를 한참 동안 눈에 담았다.

그러고는 천천히 입술을 맞췄다. 짧게, 또 길게. 진하게 입술만 머금던 그의 키스가 사납고 농밀하게 변하자 고은은 도하의 목을 더 꽉 끌어안을 수밖에 없었다. 이제 다시는 떨어지고 싶지 않다는 마음 때문이었다.

● ○ ●

번쩍. 고은의 눈이 떠졌다. 늘 보던 방 안의 모습이었다. 언제 잠들었지. 그러자 어제의 일들이 모두 꿈처럼 느껴졌다. 어쩌면 진짜, 꿈이었나. 고은이 몸을 움직였다. 그 순간 느슨하게 풀려 있던 한 팔이 당장 무슨 사달이라도 낼 것처럼 그녀의 허리를 꽉 안았다.

"훗……."

그제야 헛웃음이 나고 현실감이 생겼다. 몸이 방망이로 두드려 맞은 것처럼 아려 왔다. 그것이 이토록 안심될 일일 줄이야. 그녀는 몸을 더 안쪽으로 밀어 넣어 도하의 가슴에 등이 닿도록 했다. 그녀의 행동에 그는 잠결임에도 자연스럽게 목덜미에 얼굴을 묻어 왔다.

몇 시일까. 창 쪽에 시선을 보내자 어스름한 새벽빛이 커튼 사이로 들어오는 게 보였다. 고은은 핸드폰을 찾기 위해 일어나야 했지만 엄두가 나지 않았다. 손가락 하나 까닥할 힘조차 없었다.

어째서 이 정도까지 되었을까. 고은은 어젯밤을 떠올렸다. 한바탕 일을 치르는 것처럼 그와 몸을 섞었다. 작은방에서 안방으로 어떻게 옮겨 갔는지도 모른 채 고은은 도하의 갈급한 육신을 받아 냈다. 찢듯이 벗어 놓은 두 사람의 옷들이 침대 아래에 버려진 것처럼 나뒹굴고 있는 게 보였다.

몇 번을 했던가. 고은은 머릿속으로 그걸 세어 보려 했지만 기억이 조각처럼 뜨문뜨문 남아 있었다. 하지만 절대 뇌리에서 잊을 수 없는 순간들도 있었다. 절정을 맞을 때마다 그녀를 오롯이 바라보던 그의 눈 속에 담긴 고백들이었다.

말로는 전할 수 없는 것들이 존재한다는 걸 고은은 어젯밤에서야 알았다. 말보다도 더한 진심. 도하는 이제 그것을 그녀에게 끊임없이 내놓았다. 그녀가 혹시 그의 속마음을 의심하는 순간이 생길까 봐. 그 순간조차 허락하지 않겠다는 것처럼. 고은은 녹지 않는 달달한 사탕을 계속 입에 물고 있는 기분이었다.

"무슨 생각 해?"

불쑥 귓가에 전해지는 목소리에 고은이 움찔했다.

"자는 거 아니었어요?"

"당신이 깼잖아."

도하가 고은의 몸을 돌려 그를 마주 보게 만들었다. 그의 눈동자는 잠든 적이 없는 것처럼 선명했다. 정말 체력은 여전했다. 고은은 자신 혼자만 녹초가 된 것 같아 그가 얄미워지고 말았다.

"깼으면 일어나요."

고은이 몸을 일으키려 하자 도하가 그녀를 다시 침대에 눕혀 안았다.

"안 일어나도 돼."

"일은요?"

"쉬지, 뭐."

도하는 남의 일처럼 말했다. 고은도 그 마음을 충분히 이해했다. 그가 돌아가야 하는 사람이란 걸 생각하기 싫으면서도 머리끝에 남겨 놓을 수밖에 없었다. 영영 가 버리는 것도 아닌데. 일만 하고 다시 만나면 될 텐데, 꼭 지금 헤어지면 큰일 날 것처럼 두 사람은 서로를 끌어안은 채 놓지 못하고 있었다.

"진짜 오늘 쉴 수 있어요?"

고은은 그를 보내기 싫었다.

"내가 쉬고 싶으면 쉬는 거지."

도하가 진지하게 대답했다. 고은은 그가 정말 그렇게 할 사람이란 걸 알기에 싱거운 웃음을 내놓았다. 하지만 그의 외투 주머니에서 수십 번 진동하고 있는 핸드폰을 두 사람 다 모른 척하고 있단 걸 인정할 수밖에 없었다. 고은은 또 성격상 그를 책임감 없이 무단으로 촬영 펑크를 내는 배우로 만들 수 없는 여자였다.

"근데…… 나, 윤 대표님, 좀, 무서워요."

"……뭐?"

고은의 핑계는 너무 신빙성이 없었다. 도하는 한수를 무서워하는 사람이 있다는 사실 자체를 받아들일 수 없다는 표정이었다. 고은은 이때다 싶어 몸을 일으켜 옷을 집어 입기 시작했다.

"나 싫어하면 어떡해요."

"형이 왜 널 싫어해? 그럼 내가 가만 안 둬."

정말 당장이라도 한수를 데려와 그녀를 좋아한다고 말하게 시킬 기세였다. 고은은 자신의 옷을 다 입은 뒤 도하의 옷을 가져와 그에게 하나둘 입혔다. 고은이 안 하던 행동을 하자 정신을 차리지 못하고 있던 도하는 어느새 복장을 갖추고 손에는 울리는 핸드폰까지 쥐게 되었다.

"당신을 좀 힘들게 했어야죠."

고은의 고해성사에 도하는 또 쓰게 웃을 수밖에 없었다. 그게 아니라고. 첫 단추를 잘못 끼운 사람은 자신이라고 말해 주어야 하는데, 도하는 그 말을 하는 대신 고은을 끌어와 한 번 꽉 안아 주는 걸 선택했다. 고은 역시 도하의 마음을 읽은 듯 그의 등을 다정하게 쓸어 내 주었다.

"빨리 전화받아요. 윤 대표님 귀에서 불나겠다."

끊기지 않고 걸려 오는 전화가 오히려 안쓰러울 지경이었다. 고은이 일어서자 도하는 그제야 통화 버튼을 눌렀다. 번개처럼 쏟아지는 잔소리가 끝날 때까지 도하는 핸드폰을 귀에서 멀리 떨어뜨려 놓았다. 한수는 벌써 고은의 집 앞에서 대기 중이라고 했다.

그가 어제 어떻게 현장을 벗어났는지 뒤늦게 떠올랐다. 고은을 카페에서 봤다는 스태프들의 말을 듣고 도하는 다음 촬영을 도저히 이어 갈 수 없었다. 감독에게 상황을 설명하고 하루만 스케줄을 조정했다. 한수에게도 하루면 충분하다고 했지만 고은을 만나니 그게 되지 않았다. 정말 조금만 더 그녀와 같이 있고 싶었다.

"근데, 오늘까지 쉬……."

도하는 뒷말을 덧붙이려다가 지금 당장 고은의 집으로 달려가 벨

을 누르겠다는 말을 한수에게 돌려받았다. 한다면 하는 사람인 걸 알
았기에 도하도 더 이상 고집을 부릴 순 없었다. 체념하듯 그가 방을
빠져나오자 고은의 손엔 간단히 만든 과일주스가 들려 있었다.

"가면서 뭐 좀 먹어요."

주스를 마시는데 또 뭘 먹으란다. 도하는 고은의 걱정스런 눈빛이
싫지 않아 음료를 천천히 나눠 마셨다. 마시는 속도가 나지 않자 고은
은 금방 그의 장난을 눈치챘다. 도하에게서 컵을 뺏어 가 그를 내쫓듯
현관으로 밀어 냈다.

"전화할게."

도하가 돌아서다 말했다.

"알았어요."

고은은 고개를 끄덕였다. 그가 문을 나서는데 그녀가 망설이다 신
발을 꿰어 신었다.

"앞까지만 같이 나가요."

이럴 거면서 뭘 보낸다고. 도하가 한숨을 내쉬자 고은이 그의 손을
붙잡고 걸었다. 빌라 밑으로 내려오자 한수가 저 멀리 밴을 세워 놓고
기다리고 있었다. 그는 고은과 짧게 인사를 나누기도 했다.

"추워. 들어가."

"네. ……가요."

고은의 손을 놓은 도하가 천천히 걸음을 옮겼다. 그러면서도 몇 번이고 뒤를 돌아봤다. 얇은 카디건 하나만 걸치고 나온 고은이 가만히 서서 손을 흔들었다.

이산가족 상봉이냐. 적당해 하라. 투덜대는 한수의 목소리가 그녀에게까지 들렸다. 고은은 더 서 있다가는 한수가 뛰어올 것 같아서 어렵사리 빌라 쪽으로 발걸음을 옮겼다.

그때였다. 정말 누가 뛰어오는 소리가 들렸다. 고은이 놀라 뒤돌아보자 도하가 그녀의 앞에 서 있었다.

"깜박한 말이 있어서."

그가 헉헉, 숨을 몰아쉬며 말했다.

"뭔데요?"

고은이 어리둥절한 표정으로 그를 바라봤다.

"나는…… 우도하라고 하는데."

"……."

"나랑 만날래요?"

그의 싱거운 장난에 고은은 웃음을 터뜨렸다. 하지만 심장이 징, 하고 울리며 눈가에 눈물이 맺히고 말았다. 돌고 돌아. 우리는 이제야 처음을 시작했다. 도하가 그 발을 내딛듯이 고은에게 다가왔다.

그가 그녀의 귓가에 은밀하게 속삭였다.

"내가, 첫눈에 반했거든요."

고은은 마치 첫 고백을 받은 것처럼 얼굴을 붉혔다. 뒤꿈치를 들어 자신이 먼저 그를 끌어안았다. 도하는 거기에 화답하듯 고은을 안은 채 한 바퀴 돌기도 했다.

그 모습을 멀리서 지켜보던 한수는 영화 찍으러 가야 하는 놈이 여기서 영화를 찍고 있다며 깊은 한숨을 내쉬곤 고개를 절레절레 흔들었다. 하지만 그의 입꼬리도 천천히 올라설 수밖에 없었다.

서늘한 새벽바람이 그렇게 춥게 느껴지지 않았다. 벌써 겨울이 오는 건가 싶었는데 둘러보면 아직도 가을이 여전했다. 도하와 고은이 그 중심에서 서로를 마주 보며 웃고 있었다.

— fin

이혼 후 처음

1판 1쇄 찍음 2022년 6월 30일
1판 1쇄 펴냄 2022년 7월 8일

지은이 | 이윤정
펴낸이 | 정 필
펴낸곳 | (주)뿔미디어

기획·편집 | 심은지, 권자영
표지 디자인 | 우 물

출판등록 | 2002년 9월 11일 (제1081-1-132호)
주소 | 경기도 부천시 소향로17, 303(두성프라자)
전화 | 032)651-6513 팩스 | 032)651-6094
E-mail | dahyangs@naver.com
블로그 | http://blog.naver.com/dahyangs
비북스 | http://b-books.co.kr

값 9,000원

ISBN 979-11-6895-561-5 04810
ISBN 979-11-6895-559-2 04810 (세트)